위를 보고 걸어요

눈물이 흐르지 않게

위를 보고 걸어요

지은이 고미군

1판 1쇄 인쇄 2012년 4월 5일
1판 1쇄 발행 2012년 4월 10일

발행인 김범수
발행처 문무사

서울시 중구 을지로 3가 95-12 천이빌딩 302호
전화: (02) 2272-6146 / 팩시밀리: (02) 2272-6145
E-mail: munmu@hananet.net

등록번호 제 201-00154호
등록일자 1978년 10월 23일
©2012 Munmu Publications

값 11,000원

ISBN 978-89-86009-31-6   03810

위를 보고 걸어요

눈물이 흐르지 않게

고미군 장편소설

문무사

차 례

갑자기 온몸이 마비된 것일까 움직여지지가 않는다.

민진이를 태운 배는 우렁찬 선적을 울린 후 요코하마 항에서 점점 멀어져 가고 있었다. 저 끝으로 점 하나가 보이는 듯싶더니 그 점마저도 사라졌다. 주위는 고요하고 갑자기 외로움이 밀려왔다. 차에 앉아 있는 그는 요지부동으로 그냥 그렇게 있었다. 두뇌에서 아무런 명령이 내려지지를 않는다. 진이 말대로 진이가 그의 모든 것을, 브레인까지도 다 가져가버렸나 보다.

오박 육일의 시작

캠프장에서 스타였던 민진이는 많은 친구들로부터 작별인사를 받느라 분주했다.

1963년 7월 도쿄역 주차장에 모인 수백 명의 걸스카우트 단원들이 일주일 동안의 도카쿠시 마운틴 잼버리를 끝내고 각자 배정된 호스트 가정으로 가기 위해 헤어지며 같이 지내온 정을 못내 아쉬워 서로 껴안는 등 분주하기 짝이 없었다. 각 나라 말들이 시끌벅적하면서도 순수한 마음들이 있기에 아름다워 보였다.

진이는 도쿄에서 조금 떨어진 고궁과 어묵으로 유명한 오다와라라는 작은 도시의 스즈끼 씨네 가정으로 배정되어 마중나온 호스티스 준짱과 운전을 해 주는 큰오빠 요시와 같이 오다와라로 향했다.

전통적 일본집인 준짱 집에 도착한 진이를 맞이하기 위해 준짱 어머니,

작은오빠, 그리고 그 집 일을 도와주는 사람들이 모두 나와 현관 밖에서 기다리고 있었다.

준짱 아버지는 오다와라시의 부시장이며 무역회사를 운영하고 있었다. 도쿄역에서부터 운전을 해 준 큰오빠 요시는 게이오대학을 나와 일본 굴지의 회사에 다니며 틈틈이 아버지 회사에도 참여하고 있었다. 일본사람답지 않게 영어를 잘해서 오는 동안 대화가 막히지 않아 진이는 참으로 다행이라 생각하면서도 어떻게 이 사람은 영어를 잘할까하고 의아해했으나, 필요한 말 외에는 입을 열지 않는 극히 사무적인 성격인 듯하여 진이도 어디서 그렇게 영어를 잘 배웠는가는 묻지 못했다.

'저렇게도 입을 열지 않는 저 사람 입에선 혹시 곰팡이가 피지는 않을까' 하는 생각을 해보며…

차에서 짐을 내리고 있을 때 키가 크고 얼굴이 마치 영화배우같이 잘 생긴 사람이 차에서 내려 안으로 걸어 들어오고 있었다. 그 사람이 바로 준짱의 아버지였다. 다 같이 응접실로 들어가 일본차를 마시며 가족 소개를 받았고, 진이도 자신을 간단히 소개했다. 그리고 준짱의 아버지는 일 때문에 바로 나갔다. 진이를 집안의 귀한 손님으로 대접한다는 뜻으로 일부러 시간을 맞추어 들어온 것 같았다. 그 사람들 문화가 그렇다는 걸 이해하지 못했던 진이는 고맙고, 민망해 처음에는 몸 둘 바를 몰랐으나 지나보며 이해를 하게 되니 모든 것이 편안해졌다.

다음날 바닷가로 수영을 가며 차안에서 요시는 지금 가고 있는 곳에 대해 간단히 설명해 주었다. 곧 열릴 도쿄올림픽의 각국 수영선수들을 위해 지은 새 호텔이 있는 아름다운 비치라고.

비치 주차장 저쪽에서 미리 와 있던 청년들 네댓 명이 이쪽을 향해 손을 흔들었다. 그 중 한 사람은 오다와라 대표 수영선수로 자기 아버지의 부탁으로 진이를 지키기 위해 나왔다고 준짱이 설명해 주었다. 그 외 청년들은 요시 친구들로 여름휴가를 같이 보내기 위해서 온 장난꾸러기 대학 동창들이라고 했다.

각자 소개를 하고 잠깐 담소를 한 후 수영복으로 갈아입고 물로 들어갔다. 한국에서는 보지도 못했던 좋은 시설에 진이는 놀랐고 한편으론 부러웠다.

진이가 좋아하는 바다수영을 맘껏 즐기고 들어와 엎드려 쉬고 있을 때, 준짱이 사뿐히 진이 옆에 와 앉으며 그날 저녁에 준짱의 형부가 도쿄에서 저녁을 대접하겠다고 나오라고 했는데 어떻겠느냐고 물었다. 진이는 저녁에 도쿄에 있는 진이 아버지 친구 집에 가서 하룻밤을 자고 오기로 했으므로 좀 곤란하다고 하자, 그렇지 않아도 아침에 기요코라는 사람의 전화가 있어서 저녁 식사 후에 데려다 주겠다고 양해는 받았으나 진이의 의견을 묻는다고 했다. 진이도 쾌히 제안을 받아들였다.

기요코에 대해서는 말은 많이 들었어도 본 적이 없어 어떻게 만나야 할 건가 염려가 되던 중 그 집으로 데려다 준다고 하니 잘 됐다는 생각이 들었다.

파라솔 밑에서 덥지도, 차지도 않은 간지러운 바닷바람을 만끽하며 쉬고 있던 진이는 자기도 모르는 사이 잠이 들었다. 달콤한 잠이.

요시와 그 친구들, 오다와라 대표 수영선수 노리 등은 하얀 텐트가 있는 좀 떨어진 곳에서 눕거나 엎드려 쉬고 있었다. 미국으로 유학을 간다는 바람둥이 다나카 이치로가 침묵을 깨고 입을 열었다.

"내가 수많은 아름답다는 여자들 그리고 배우들과 데이트를 해 봤어도 진이처럼 저렇게 아름다운 여성은 본 적이 없구나. 저 아름다움은 한 여성의 몸매라기보다는 건드려 보기조차도 아까운 하나의 예술품이야!"

이치로의 극찬에 이의가 없는 청년들은 아무 대응 없이 조용하기만 했다.

"아~~ 상쾌한 이 바닷바람! 얼마만인가!"

유난히 바다를 좋아하고 멀리 나가 마음껏 물살을 헤치는 바다수영을 즐기는 진이는 기분이 너무나 좋았다.

진이가 다시 물로 들어가자 라이프 가드답게 노리가 날쌔게 진이의 뒤를 쫓아 물로 뛰어들었다. 노리는 한시도 진이에게서 눈을 떼지 않았다. 진이가 깊이 들어가기라도 하면 노리는 초긴장을 하여 진이 가까이 왔다. 누군가가 자기 하나만을 지켜보는 가운데 수영을 해 본 적이 없는 진이는 불편해서 물고기같이 물살을 가르고 싶은 마음을 접고 되돌아오곤 했다.

진이가 수영을 마치고 모래사장으로 나가고 있는데 뒤에서 인기척이 있는 듯하여 돌아보니 요시가 따라오고 있었다. 진이가 돌아보자 마음속 깊이에서 나오는 듯한 은은한 미소를 보였다. 깊은 눈길에 끌린 진이는 잠시 어찌할 바를 모르다가 가벼운 미소로 답례했다. 파라솔 밑으로 걸어가는 동안 요시는 한 마디도 하지 않았다. 진이의 뒤만 따를 뿐이다.

요시는 준짱에게로 가 무어라 얘기하고는 진이에게로 왔다.

"이치로가 모두에게 점심을 내고 싶다고 하는데 진이 생각은 어떤지요?"

"저렇게 많은 미남들과 식사를 같이 할 기회가 또 언제 오겠어요? 물론 좋죠." 하며 기뻐하는 체 했으나 사실 진이는 잘 모르는 사람들과는 거북해서 잘 못 먹는다.

잡지에서 사진으로만 보던 재규어라는 아주 비싼 수입차를 모는 것으로 보아 이치로라는 사람의 부모가 상당한 부자인 것 같았다.

진이 일행은 집에 들러 마치 번갯불에 콩 볶듯이 서둘러서 옷 갈아입고, 하룻밤 지낼 준비를 간단히 해갖고 이치로와 약속한 레스토랑으로 갔다. 짐작컨대 이 도시에서 제일 비싼 식당인 것 같았다.

식사를 하는 동안 차츰 분위기에 익숙해진 요시의 친구들이 마음 놓고 농담들을 주고받으며 자연스러운 자리가 되었다. 그 중에도 제일 농담이 심한 사람은 이치로다. 진이 보고는 오늘 도쿄에 가면 간 김에 아주 미 대사관에 가서 비자신청을 하면 자기와 같이 미국에 갈 수 있겠다고 하자, 진이는 미국비자를 무슨 재주로 그렇게 빨리 받을 수 있겠는가고 받아치기도 했다. 안 되면 자기가 그냥 한국으로 유학을 가겠다고 하자, 다른 친구들이 한국말을 모르면서 무슨 한국유학이냐고 놀렸다. 불편한 자리가 될 거라는 생각과는 달리 의외로 화기애애하였고 그들이 깊은 우정으로 오랫동안 사귀어온 아주 끈끈한 사이들이라는 것을 알게 해 주었다. 식사 후 라운지로 옮겨 앉아 아이스커피를 주문하고 장난기 가득한 청년들은 다시 농담을 계속했다.

진이는 목이 말라 스트로를 입에 물고 한숨에 네댓 모금을 빨아들였다. 잔을 내려놓자 기다리고 있던 요시가 진이의 커피에 밀크를 부어주는 순간, 진이가, "아, 나는 아이스커피에는 밀크를 안 해요."라고 하자 요시는 자기 커피를 진이 앞에 놓아주고 진이가 마시던 밀크가 들은 커피를 자기 앞으로 바꾸어 놓았다. 모두들 우스갯소리를 하느라 떠들썩했다.

이치로가 한참을 떠들다 우연히 요시를 바라보는 순간 표정이 굳어졌다. 그렇게도 깔끔하고 깐깐한 성격의 요시가 아무렇지도 않게 진이가 마시던 커피를 마시는 걸 보는 순간 아무 말도 나오질 않아 조용히 뒤로 기대앉아 잠시 깊은 생각에 잠겼다. 이치로는 정말 진이가 좋았다. 아니 첫눈에 반했다. 재미로 만나던 여자들과는 다른 강한 매력을 풍기는 그 무엇이 이치로를 흔들어 놓았기 때문이었다. 미국으로 떠나기 전 무슨 일이 있어도 진이와 시간을 같이해서 서로가 좀 더 알 수 있는 기회를 만들어야겠다고 마음먹었었는데, 자기 지키기에 철두철미한 저 요시가 흐트러지는 모습을 보이는 듯하여 이치로는 왠지 자꾸 불안하기만 했다. 싸~ 하게 가슴이 저려오기까지 했다.

"이치로, 너 왜 그렇게 시무룩하니? 미국 갈 생각을 하니까 벌써부터 홈식에 걸렸나?"

친구들의 짓궂은 놀림에 이치로가 계면쩍은 웃음을 지으며 자세를 바로잡고 앉아 다시 특유의 조크를 술술 해댔다. 진이도 웃으며 우연히 요시 쪽으로 눈이 갔다가 그대로 정지됐다.

'맙소사! 어떡해!'

진이가 마시던 바로 그 글라스를 요시는 거의 비우고 있질 않은가!

'눈길 한번 흘리지 않던 사람이었는데 내가 마시던 잔을 마신다는 게 무슨 뜻이지?'

진이는 순간 '앞으로 어떡하지? 내가 행동을 잘 해야 한다. 생각지도 않던 걱정거리가 생길 줄이야. 마음이 무겁다.'하는 생각이 들었다.

이치로 역시 마음이 복잡하고 안타까웠다.

도쿄로 가는 동안 요시는 창틀에 기대 오른손으로 턱을 받치고 있기는 했으나 바른 자세로 운전만 할 뿐이었다. 너무나 깔끔한 모습이다. 찬바람이 쌩쌩 돈다. 요시는 무슨 생각을 하고 있기에 어쩌면 말을 한 마디도 안 할까? 신비하기까지 했다.

　준짱의 형부 고이즈미 씨는 성격이 털털하여 '나는 좋은 사람이요' 라고 얼굴에 써 있었으며, 상대편을 아주 편하게 해 주는 재주를 가진 사람이었다. 진이에게 여러 가지를 물으며 식사 분위기를 편하게 이끌어갔다. 전에 일본에 와 본 적이 있는지? 무얼 공부하는지? 형제가 많은지? 취미는 무언지? 진이도 부담 없이 편한 마음으로 답했다. 일본은 이번이 처음이고, 전공은 미술이고, 형제는 언니 하나 위로 있고 남동생이 밑으로 하나 있어 자기는 딱 가운데라고 했다. 취미로는 무용을 좀 한다고 했다. 무용은 원래 하려고 한 것이 아니었고 입이 짧아 음식을 가려먹는다고 어머니가 걱정을 하니까 아는 분이 무용을 시켜보라고, 자기 딸도 편식을 하더니 무용을 시작하고부터는 잘 먹더라고 하여서 지금까지 7년째 하고 있다고 했다.

　"그래 무용을 한 보람이 있어 잘 먹나요?"

　고이즈미 씨가 묻자 진이가 입을 크게 벌리고 새우튀김 하나를 통째로 다 입에 넣고 씹으면서 고이즈미 씨를 바라보며 '이것이 무엇을 뜻하는 것이겠어요?'라는 듯이 바라보았다.

　"아~ 정말 효과가 대단하군요."

　고이즈미 씨가 맞장구를 쳐줬고 그 장난기가 우스워 모두들 웃었다.

　일본에 와서 느낀 소감을 묻자 잠시 주저하는 듯하던 진이가 말했다.

　"일본 남자들은 여자들만 일을 하게 하는 줄 알았는데 고이즈미 씨를 보면 그렇지도 않은 것 같아요."

　"아! 진이 씨가 그걸 알아냈군요. 대체로 우리 일본 남자들이 약자인 여자들에게 너무나 많이 의존하고 있는 게 사실이에요. 내가 미국 유학하는 동안 느꼈던 건데, 미국 남자들은 여자들을 많이 위해 주더군요. 그런데 그게 여

자들이 잘나서 위하는 것이 아니라 나보다 약한 사람을 위한다는 기본에서
오는 실천 행위라는 것을 알게 됐어요. 나는 그 사람들의 그러한 기본사상이
옳다고 봐요."
　"진이 있는 동안 정신 바짝 차려야겠네."
　요시가 한마디 하자 준짱이 기다렸다는 듯이 대꾸한다.
　"그래요 오빠 이제부터는 약자인 나 좀 그만 부려먹어요."
　식당을 나온 두 대의 차는 각각 다른 방향으로 동시에 출발했다.

　기요코는 매우 인상적이었다. 키가 크고 동양 여자답지 않은 왕방울 같은
큰 눈, 오똑한 코, 잘 웃는 큰 입, 처음 보는 사람들인데도 마치 오랜 친구를
대하듯 스스럼없이 손님을 편하게 했다. 요시와 준짱이 기요코네 화려한 현
관을 나서며 다음날 오후 2시경에 진이를 데리러 오겠다고 하자 기요코는
자기 집으로 올 게 아니라 시내 식당에서 다 같이 만나 점심을 하고 헤어지
자고 하며, 잘 보여야 자기가 시집갈 때 은행대출을 받아 결혼식을 하게 될
것 아니냐고 했다. 웃어대기만 하는 줄 알았는데 어느 틈에 벌써 집안 소개
가 다 끝났던 모양이다. 고이즈미 씨가 은행가라는 것을 그렇게 해서 진이도
알게 됐다.
　그날 밤 진이와 기요코는 마치 오랜 친구같이 많은 이야기를 했다. 오빠는
아버지의 한국 본부인의 아들로 자기를 그다지 좋아하지 않았고 나이 차이
도 많기 때문에 통하는 대화도 별로 없었다는 것이다.
　"지난번 파리에 갔을 때 올케 언니에게서 들은 말인데, 오빠는 내가 예뻤
었는데 오빠 어머니를 버린 아버지가 몹시 미웠고 그런 아버지와 같이 사는
나의 어머니가 증오스러워서 그 분풀이가 엉뚱하게 나에게로 돌아갔었다고

하더래."

"그 마음 이해할 수 있을 것 같아요."

결혼할 생각은 없느냐고, 좋은 사람이 없느냐고 진이가 물었다.

"일본 남자들은 내가 한국사람이라는 걸 알게 되면 나를 멀리해서 그 쪽으로는 다시는 눈을 돌리지 않기로 했어."

기요코는 말하며 웃어넘기지만 듣는 진이는 마음이 아파서 눈물이 핑 돌았다. 어려서는 친구들로부터 따돌림 당하고 집에 오면 방에 틀어박혀서 하루 종일 울곤 했는데 부모님이 가슴아파한다는 걸 알게 된 후로는, 집에 들어선 다음부터는 표정을 바꾸었다고 했다. 정말로 외로울 때는 서랍을 모두 뒤져서 정리를 하든가 그것이 싫증나면 쇼핑을 가서 마구잡이로 사 갖고 와 입어보고, 신어보며 온 신경을 다른 데로 돌려 외로움을 달랬다고 했다.

"아! 알았다. 언니가 거울 앞에서만 살았기 때문에 그렇게 세련되고, 빠리쟌느 같구나."

기요코는 웃음을 터뜨리고는 한참을 웃은 다음 말했다.

"아~ 진짜 빠리쟌느들이 불쌍해서 어떡하지!"

그날 밤 진이는, 요시와는 서로 마음 상하는 일 없도록 잘 지내다 떠나야 한다고 마음을 다짐했다.

다음날 아침 진이는 한국대사관에 있는 이준기 씨에게 전화를 해야겠다고 하자 기요코가 말했다.

"오늘 우리 셋이 점심을 하기로 했었는데 내가 그만 깜박 잊고 준짱네 보고 점심을 같이 하자는 실수를 해서 그렇잖아도 이준기 씨와 의논을 하려고 해."

진이는 모두 같이 하는 것도 좋겠다고 했다. 점심을 하며 자연스럽게 이

선생과는 각별한 사이라는 거를 요시에게 보여주는 것도 괜찮겠다는 생각이
들었기 때문이다.

　식당에 먼저 와 있던 준기는 진이를 보자 끌어안을 듯이 반가워했고 진이
도 오랜만인 그가 반가웠다. 준기는 진이에게 잼버리에서 무엇을 했느냐? 진
이는 벌써 일본 잡지들마다 왕세자비 미찌코 상하고 같이 있는 사진이 많이
나오고 아주 유명해진 것을 알고나 있느냐고도 했고, 준짱 집에서는 편하게
잘 해 주느냐고도 물었고, 피곤해 보인다고도 하며 진이가 대답해 주는 것을
한 마디라도 놓칠세라 열심히 진이의 얼굴을 사랑스럽다는 듯이 들여다보며
듣고 있었다. 요시가 들어와 기요코와 이야기를 하고 있는 것도 모르고 서로
는 이야기에 열중하고 있었다.
　'사랑스런 눈길로 진이의 이야기를 열심히 듣고 있는 저 남자는 도대체 누
굴까? 진이는 그 남자가 얼마나 좋으면 저렇게도 생글생글 행복한 얼굴을
하고 있는 걸까?'
　기요코와 대화를 하면서도 요시는 자꾸 두 사람에게만 마음이 쓰였다.
　인기척이 있어 진이가 돌아다보니 요시 혼자 와 있었다.
　"준짱에게 무슨 일이라도 생겼나요?"
　"준짱이 아파서 점심은 같이 할 수 없겠다고 하여 나만 왔습니다."
　준기는 요시에게 이렇게 여러 가지로 폐를 끼치게 되어서 대단히 미안하
고, 그리고 진이에게 잘 해 주어서 매우 고맙다는 인사를 했다. 요시는 매우
궁금했다. '이렇게도 진이를 아끼고 염려하는 이 남자는 누구일까?'
　식사 중 준기와 요시는 대화가 잘 통하는 것 같았다.
　기요코는 준기를 만났을 때 첫눈에 반했고, 보면 볼수록 매력이 넘치는

사람이라서 마음을 빼앗기고 있었으나 여자의 직감으로 보건데 준기는 이미 가슴속 깊이 묻고 있는 여인이 있는 것 같아 또다시 상처받기가 두려워 존경하는 사람으로만 기억하려 한다고 지난밤에 얘기했었다.

준기가 계산을 하고 걸어 나가며 진이를 그냥 보내기가 아쉬워서 안아줬다. 진이도 준기의 등 뒤로 두 팔을 감아 힘껏 안았다.

"이 녀석이 그동안에 많이 컸네."

사랑하는 진이가 그동안에 더 여성스러워진 것 같아 준기는 흐뭇하기만 했다.

기요코는 진이에게 쇼핑백을 건네주며 준짱 가족에게 보내는 과자상자라고 했다. 준기도 백 하나를 요시에게 건네며 요시 부모에게 전해 달라고 했다.

요시는 뒷자리 문을 열어 놓고 윗옷의 단추를 채운 후 단정히 서서 진이를 기다렸다. 단추를 채우기 직전의 날씬한 복부선, 매력적인 허리선에 눈이 간 진이는 마음이 설렐 정도로 강한 매력을 느끼며 가슴이 두근거렸다. 진이는 뒷자리에 혼자 앉는 것이 좀 쑥스러워서 앞자리로 가며 말했다.

"나는 사장님이 아니라서 뒷자리에 혼자 앉는 건 편치가 않아요."

요시는 그러는 진이를 보고 피식 한번 웃고는 운전석으로 갔다. 요시가 차를 뒤로 빼려고 팔을 진이 의자 뒤에 얹고 상반신을 젖히고 얼굴을 돌려 뒤를 돌아보는 모습을 본 진이는 숨을 들이쉬다가 확 막혀 꼼짝을 못 했다. 얼굴을 돌린 남자의 목선에서 그렇게 강한 매력을 느껴보기는 처음이다. 가슴이 갑자기 화끈해지며 묘한 기분에 몸이 말을 듣지 않아 움직이지를 못했다. 작은 공간 안에서 요시와 단 둘이만 있게 되어서일까? 긴장이 되는 진이는 온 몸이 경직되면서도 마음으론 '조심하자. 마음을 굳게 먹자'며 재차 다짐했다.

준짱 언니의 집은 초현대식으로 잘 꾸며져 있었다. 준짱이 있는 위층 방으로 가면서 언니가 말했다.

"준짱이 멘스를 시작하면 가끔 저렇게 배가 몹시 아파서 고생을 해요."

아래층에서 피아노 치는 소리가 들려서 누가 치는 것이냐고 물으니 요시가 치는 거라고 했다. 분명 보통수준 이상의 연주였다. 언니와 진이는 의논 끝에 오늘은 요시와 진이가 먼저 어둡기 전에 떠나고 내일 준짱이 나아지는 대로 언니와 기차로 가기로 하자고 하여 진이와 요시는 서둘러 나섰다.

요시 옆자리에 앉은 진이는 오랫동안 갈 거라서 좀 편히 앉으려고 하니 원피스 치마가 자꾸 올라가 손으로 무릎까지 끌어당겼다. 진이가 치마 기장이 짧아 신경을 쓴다는 걸 눈치 챈 요시는 그 쪽으로는 눈도 돌리지 않았다. 둘이는 편안하게 이야기를 하며 갔다. 이준기 씨가 박식해서 배울 점이 많았다는 얘기, 기요코가 성격이 좋다는 얘기, 진이 덕분에 좋은 사람들을 알게 되어서 고맙다는 얘기로 이어졌다.

잠시 침묵이 흐른 다음 요시가 어렵게 입을 떼었다.

"이준기 씨와는 어떤 사이인가요?"

"집안끼리 아주 친하고 나한테는 뛰어난 영어 선생님이세요."

"그 영어 선생님을 좋아하나요?"

무거운 목소리로 요시가 조심스럽게 물었다.

"네. 내가 제일 존경하는 분이세요."

침묵만이 계속되었다.

일본은 물론 미국에서까지 유행하고 있던 규 사카모토의 스키야키라는 노

래가 나오고 있었다. 요시는 자기가 좋아하는 노래라며 진이에게 들어보라
고 하였다. 진이도 알고 있는 노래였으며 좋아하는 노래라고 했다. 최신 히
트곡들이 흘러나오는 동안 둘은 조용히 듣고만 있었지만, 진이의 기억은 도
쿄역 광장으로 돌아갔다.

    잼보리 대회가 끝난 후, 진이는 도쿄역에서 KOREA 라는 간판이 있는
쪽으로 짐을 들고 가다가 역 광장 저쪽 그늘에 서 있는 한 남자를 우연히
보게 되었다. 보는 순간 갑자기 온몸에 야릇한 전율을 느끼며 가슴이 마구
뛰기 시작하더니 그 자리에 얼어붙고 말았었다. 가까스로 떨리는 마음을 가
다듬고 정신을 차린 후 한국단원 대장이 기다리고 있는 곳으로 걸어갔었다.
대장은 호스트 가정에 가서 지켜야할 예의, 유사시 연락처, 오늘부터 닷새
후인 목요일에 모일 장소, 시간, 등을 알려준 후, 각 단원의 호스트를 소개
해 주었다.

    진이는 호스티스인 준짱을 따라가면서 조금 전 진이의 마음을 순식간에
사로잡았던 그 남자를 한번만이라도 더 보고 싶어 뒤를 돌아보며 찾았으나
그 사람은 진이의 시야엔 들어오지를 않았다. 애타게 찾았으나 어디론가 떠
나버리고 말았다. 아무리 이곳저곳을 애절한 눈으로 둘러보았으나 허사였다.
가슴이 저려오며 안타까워 견딜 수가 없었다.

    그때 준짱이 다가와 찾는 사람이 있느냐고 묻자, 황급히 아니라고 하며
몸을 돌리는 순간 진이는 소스라치게 놀라고 말았다. 아까 그늘 밑에 서 있
던 그 남자, 진이가 딱 한 번만이라도 더 보고 싶어했던 바로 그 남자가 진이
의 짐을 차 트렁크에 넣고 있지를 않은가! 떨리는 가슴을 진정하려 애쓰며
진이는 차로 걸어가 준짱으로부터 오빠인 요시를 소개받았고, 요시는 자기

집 손님으로 온 것을 환영한다고 간단히 인사를 했다. 진이를 차에 태우기 위해 차 문을 열고 문 옆에 서 있는 극히 사무적이면서도 반듯한 요시의 자세가 너무나 멋있어서 진이의 가슴은 더욱더 뛰기 시작하였다. 차를 타자마자 진이는 떨리는 손을 감추기 위해 두 손을 양쪽 무릎 밑으로 넣고 한참을 가다가 어느 정도 진정이 된 후에야 두 손을 빼어 무릎 위로 올려놓았다. 편히 앉고 나서야 차분함을 되찾을 수 있었던 그날! 아득한 오래 전 일 같기도 하고, 바로 전에 있었던 일 같기도 한, 마치 꿈만 같은 기억을 진이는 꿈을 꾸듯이 회상해 보았다. 그렇게 한 번만이라도 더 보고 싶어했던 사람, 한 눈에 진이의 마음을 빼앗아버린 그 사람과 지금 단둘이 있다는 것이 좋기만 해야 하는데 왜 이다지도 마음 한 구석이 무거울까? 기요코같이 가슴 아픈 일이 있어서는 안 된다는 두려움? 하지만 한 가지 분명한 건 처신을 잘 해서 아무 일 없이 지내다가 가야한다는 거다.

음악을 동반한 침묵이 흐르며 제법 피곤했던 진이는 잠이 스르르 들었다. 요시는 옆에 고요히 잠들어있는 진이를 바라보며 준짱이 요시 방으로 들어와 호들갑을 떨던 날을 기억해보았다. 우리 집 손님이 될 진이가 왕세자비 미치코 상과 찍은 사진들이 났다며 여러 잡지와 신문을 갖고 와 보라고 떠들어 댔을 때, 요시는 바로 그 손님 때문에 내가 집에서 할 일만 많아져 바쁘니 그만 방해하고 나가라며 문 밖으로 준짱을 내쫓았었다. 늦게까지 일을 하고 피곤해서 좀 쉬려고 소파에 누워 기지개를 펴는데 준짱이 놓고 간 잡지들이 잡혔다. 무심히 잡지 하나를 펴 보는데, 정말로 미치코 상 사진이 전면에 크게 나 있고 그 옆에는 사람을 빨아들일 것만 같은 눈매의 웃음을 가진 여학생이 해맑은 얼굴로 요시를 바라보고 있었다. 요시는 자기도 모르게 벌떡 일어나 앉아 넋을 잃고 사진에 끌려 들어갔다. 한참을 들여다본 요시는 얼른 다른 잡지와 신문을 모두 무릎 위로 갖고 와 한 장, 한 장 넘기며 진이의 사진을 찾았다. 자연스러운 태도, 천연스럽고 숨김없는 눈웃음, 요시는 마치 무엇인가에 홀린 것만 같았다. 아마도 사진을 잘 받는 여학생일 거라는 생각도 해 보았다. 그러나 도쿄 역에 걸스카우트 단복을 입고 나타난 진이는 너무나 밝고 청아한, 사진보다도 더 아름다운 소녀였다. 다음날 바닷가에서 진이의 벗은 미모는 요시를 작게만 느껴지게 만들었고, 그래서 주눅이 든 요시를 사정없이 낭떠러지로 밀었다. 도쿄로 가기 위해 아름다운 원피스를 입었던 진이는 매력이 넘치는 우아한 여성이었다. 그리고 지금 옆에서 잠자고 있는 진이는 껴안아주고 싶도록 한없이 사랑스러운 여자다.

요시는 차를 길가에 세우고 윗옷을 벗었다. 짧은 치마가 부끄러워 무릎을 가리려고 애를 쓰더니, 스르르 손이 풀리며 치마가 다시 무릎 위로 깡충 올라가 있었다. 요시는 자기 윗옷을 벗어 위로 조용히 덮어 주었다. 그리고 라디오 볼륨을 줄였다.

진이를 보던 날부터, 아니 잡지에 난 진이의 사진을 보게 된 날부터 생전 처음으로 이성으로 인해 마음이 심하게 요동침을 느꼈던 요시는 좀처럼 마음을 진정시키기가 어려웠다. 하지만 주최 측인 일본에 온 손님이라는 걸 명심해야한다고 자신을 타일렀다. 무슨 일이 생겨서는 안 된다고 단단히 마음먹었다. 요시는 조용히 운전대를 잡고 차를 움직이기 시작했다. 진이가 조금이라도 더 오래 잘 수 있게 해 주려고 고속도로를 빠져나와 시골길을 택했다.

"아~ 나무들이 너무나 싱그럽고 아름답다. 마치 우리가 수채화속에 있는 것 같아요."

"잘 잤어요? 많이 피곤했죠?"

"내가 아마 감미로운 음악에 취해서 잠에 빠졌었나 봐요. 미안해요. 지루했죠? 정말 피곤할 사람은 요시일 텐데요."

요시는 피곤하지는 않은데 약간 배가 고파지는 것 같아 진이에게 물었다. 진이도 시장하다고 하자, 요시는 차를 돌려 조금 전에 지나왔던 식당으로 갔다. 그때야 진이는 요시의 윗옷이 무릎을 덮고 있는 것을 알게 되었다. 손을 가만히 요시의 옷 위에 놓아보았다. 요시의 체온을 느끼는 듯했다. 눈을 살며시 감고 요시를 온 몸으로 느껴보았다. 눈을 감은 채로 긴 호흡을 하며 그의 따스함을 들이쉬어 가슴속 깊이깊이 간직하고 싶었다. 눈을 뜬 진이는 얼굴을 돌려 운전하고 있는 요시를 바라보며 속으로 '당신의 깊은 배려에 감사해요'라고 했다.

극히 남성적이면서도 반듯하게 어깨로부터 내려오는 가슴선, 새하얀 와이셔츠가 잘 어울리는 차가운 듯한 인상, 눈이 좀처럼 요시에게서 떠나지지를 않아 진이는 그렇게 굳은 듯이 요시를 바라보고 있었다. 주차를 하고 난 후 요시도 진이를 바라보았다. 서로는 한동안 조용히 바라만 보고 있었다. 꼭 안아주고 싶은 충동이 생기는 요시는 이렇게 바라볼 수 있는 것만으로 만족해야 한다고 자기 자신을 타일렀다. 진이는 요시의 윗옷을 얌전히 접어 넘겨주며 마음을 써 주어서 고맙다고 했다.

차에서 내린 후, 저녁공기가 제법 냉하여 소매 없는 원피스를 입은 진이는 팔이 약간 추웠다. 뒤에서 따라오던 요시가 추워하는 진이에게 자기 윗옷을 어깨에 걸쳐주는데 진이는 요시의 손이 어깨에 닿는 걸 느끼자 자기도 모르게 온 몸이 굳어지며 갑자기 걸음을 멈추게 되어 둘이는 순간 밀착되고 말았다. 진이가 요시의 가슴속에 갑자기 들어오는 순간 요시는 숨이 막힐 것만 같고 심장은 마구 뛰었다. 한편 심하게 뛰는 요시의 심장을 등 뒤로 느끼며 진이도 다리의 힘이 다 빠지는 듯하여 한 발자국도 떼어놓지를 못했다. 아니, 몸을 완전히 요시에게 의지하지 않고는 몸을 지탱하고 서 있을 수가 없었다. 두 사람은 그렇게 돌이 되어 영원히 굳어버린다 해도 좋았다. 그 순간만은.

조용한 행복감에 젖어있던 요시는 마음이 어느 정도 진정되었을 때 진이의 귀에 대고 속삭였다.

"진이, 내가 저녁 먹고 힘을 좀 내야겠어요. 진이가 이렇게 무거울 줄 몰랐군요."

진이는 무안해하며 몸의 중심을 잡고 걷기 시작했다.

"딴 사람들은 나보고 새털같이 가볍다고 하던데 요시는 나보고 무겁다고 하네요."

"딴 사람이 또 있었나요? 진이한테?"

요시는 순간 얼굴이 어두워지는 듯했다."

"내가 무용할 때면 새털같이 가볍게 한다고들 하던데…."

요시는 자제해야 한다고 자신에게 타이르지만, 마음은 이미 진이에게 빼앗겼다는 피할 수 없는 사실을 다만 인정하지 않으려는 것뿐이었다.

심플한 실내장식이 젊은 사람의 마음을 매혹시켰다. 웨이터가 메뉴를 들고 진이와 요시를 안내했다. 요시는 진이를 앉히고 잠시 집에 전화 좀 하고 오겠다고 하며 카운터로 다시 가서 전화를 하고 왔다.

"진이를 찾는 전화가 왔었는데 보이스카우트 편집부에서 왔다며, 지금 오다와라 호텔에 묵고 있으니 돌아오는 대로 연락을 해 달라고 했답니다."

진이는 금방 누구인지 알 것 같았다. 끈질기게 붙어 다니던 보이스카우트 단복의 청년, Y 대학 신문의 편집부장이라고 자기를 소개했던 그 골칫거리가 분명했다.

진이는 열심히 정말 열심히 메뉴를 읽고 있었다. 그 모습이 하도 귀여워서 요시는 그냥 바라보고만 있다가 진이가 메뉴의 끝까지 다 읽어 내려가자 요시가 물었다.

"공부하는 거 좋아해요?"

"안 하면 안 되니까 하는 거지 공부를 좋아서 하는 사람이 어디 있어요?"

"메뉴 공부를 그렇게 열심히 하는 사람을 처음 봤기 때문에 묻는 거예요."

진이는 창피해서 버릇대로 푸우 하고 한번 웃고는 금세 얼굴이 빨개졌다.

"내가 일본어를 너무나 몰라서 어떤 건 아무리 읽어봐도 뭔지 모르겠어요. 말고기인지? 양고기인지?…"

진이는 중얼거리듯 말끝을 흘렸다.

"말고기는 없어도 양고기는 있다는데 한번 먹어보겠어요?"

"한 번도 먹어본 적이 없는데…."

"양고기와 소고기를 한 접시에 놓은 게 있다는데 시켜볼까요?"

"네. 그거 시켜주세요."

음식을 기다리는 동안 두 사람은 조금 전 식당으로 들어오다가 생겼던 일을 없었던 것처럼 자연스런 태도를 취하려고 애를 쓰고 있는 듯 했다.

진이는 잠깐 그 무라사끼라는 보이스카우트 기자를 어떻게 할 것인가 생각해 보았다. 딱 잘라 냉정하게 행동을 했건만 포기를 안 하고 쫓아다니는 그 사람이 또 진이의 신경을 건드리고 있었다.

그러는 동안 음식이 나왔다. 진이는 먼저 양고기를 한쪽 먹어봤다. 조그맣게 잘라 입에 넣어 보니 먹을 만은 하겠다 싶으면서도 역시 냄새는 싫었다. 찬물을 마시며 먹으면 나아지겠지 해서 얼음물을 마시며 먹어도 냄새가 없어지지는 않았다. 요시가 눈치를 채지 못하게 하려고 아무렇지도 않은 척하며 먹었으나 숨겨질 수 없는 것이기에 들키고 만 것 같았다. 물을 자주 마시는 진이를 보고 눈치를 챈 것 같았다. 요시는 접시를 살며시 뺏어서 자기 앞으로 놓고는 자기 것을 진이 앞에 놓아 줬다. 진이는 잘못한 것은 없어도 요시가 모르게 하려는데 들키게 돼서 무안하고, 멋쩍어서 어설픈 미소를 흘렸다.

요시가 건네준 해물탕을 내려다보다가 진이는 얼굴은 들지 못하고 눈만 올려 떠서 껌뻑거리며 요시를 바라봤다. '어떻게 하라고요?'라고 묻는 것 같았다. 요시는 턱으로 해물탕을 가리키며 먹으라는 뜻이라고 무언의 응답을 했다.

따끈한 해물탕을 먹다보니 더워져서 진이는 요시의 윗옷을 벗어 의자 뒤에 걸고는 잘 있으라는 듯 손바닥으로 톡톡 두드리고는 돌아앉는데 그 모습이 왠지 요시를 기분 좋게 해 주었다. 진이에게는 무엇이라고 꼭 꼬집어 지적은 할 수 없으나 그렇게 꾸밈없는 언어와 행동이라고나 할까, 하여간 그 무슨 요술 같은 것이 있어서 사람 마음을 쉽게 사로잡았다. 분명히 그 무엇인가가 있다.

요시가 계산을 하러 가고 진이는 화장실에 들러 나오며 윗옷을 의자에 놓고 나온 것이 생각나자 테이블로 가서 윗옷을 낚아채어 들고는 급히 뛰어 주차장으로 갔다. 차에 가보니 거기에 요시는 없었다. 이리저리 둘러보다 다시 식당 쪽으로 가다가 여유 있게 걸어오고 있는 요시를 만났다. 천천히 걷는 모습이 더욱 더 매력적이었다.

“내가 불러도 왜 그냥 뛰어갔어요?”

“나를 불렀어요? 그것도 모르고 벌써 간 줄 알고 빨리 쫓아가려고 뛰었죠.”

그러다 진이는 갑자기 무엇이 생각 난 듯 말했다.

“그럼 내가 뛰는 걸 봤어요?”

요시가 봤다고 했다. 진이는 얼마만큼 봤느냐고 물었다.

식당 문 밖으로 튀어나갈 때부터 주차장까지 뛰는 걸 다 보았다고 했다. 그 말이 떨어지기가 무섭게 진이는 소리를 질렀다.

“아~ 어떡해! 잘 보이고 싶은 사람 앞에서는 절대로 뛰는 모습을 보여서는 안 되는데.”

“왜 진이는 뛰는 걸 보이면 안 된다고 해요?”

“내가 뛰는 모양이 그렇게도 흉하데요. 꼭 오리가 뒤뚱뒤뚱 뛰는 것 같아 우습데요. 아~ 창피해서 어떡해.”

“그러니까 내가 불렀을 때 거기에 서지 왜 그렇게 혼자서 뛰어갔어요? 오리같이 뛰는 모양이 정말 보기가 흉하던데.”

요시가 놀리자 진이는 윗옷을 얼른 얼굴에 뒤집어쓰고는 차 있는 쪽으로 가며 말했다.

“아~ 창피해. 어떡해. 창피해서 어떡해….”

걸어가는데 자꾸 오른쪽으로 가자 요시가 재빨리 가서 몸으로 막으며 방향을 잡아주고, 조금 가다가 또 이번에는 너무 왼쪽으로 가면 빨리 왼쪽으로 가서 몸으로 막아 방향을 고쳐주곤 하다가 진이가 차와 부딪치게 되자 요시는 재빠르게 앞을 막아섰다. 하는 짓이 예쁘기만 한 진이가 가까이 다가와 몸이 닿자 요시는 꼼짝을 못 했다. 갑자기 요시와 부딪쳐 그의 가슴에 안기게 된 진이도 윗옷을 치켜들고 요시를 올려다봄과 동시에 또 얼어붙고 말았

다. 촉촉한 입술을 약간 벌리고 굳어있는 순진한 진이의 숨결이 점점 거칠어
지자 요시는 자제력을 잃고 바로 턱 밑에 있는 통통한 진이의 입술에 자기
입술을 포개고 말았다. 차에 기대어 더는 뒤로 갈 수 없는 요시는 불같이
타오르는 감정을 억누르지 못하고 힘을 다해서 뜨겁게 달아오른 진이를 온
몸으로 가졌다. 윗옷은 미끄러져 바닥으로 떨어졌어도 두 사람 다 의식을 못
했다. 진이도 요시도 세상에 태어나서 처음으로 하는 이성과의 키스이며, 처
음으로 하는 이성과의 뜨거운 포옹이다. 너무나 짜릿하고 너무나도 황홀하
여 구름 위를 둥둥 떠다니는 것만 같았다. 그렇게도 다짐에 다짐을 하며 처
신을 잘 하겠다고 자신만만하던 진이의 야무졌던 결심은 이렇게 허물어져
가기 시작하고 있다는 것을 진이는 전혀 의식조차도 못 하고 있었다. 요시
역시 자신의 다짐이 무엇이었는지조차도 잊고 황홀함에만 도취되어 있었다.

　요시는 진이 앞에 서기만 하면 어렵고, 경직되고, 행동조차도 자유스러워
지지가 않아 항상 긴장의 연속이었는데, 그렇게 자기 단점을 자연스럽게 드
러내고 또 순진한 마음을 보이는 진이의 언어, 행동이 요시의 긴장감을 풀어
주며 다소 편하게 해 주었던 것 같았다.

　'한 번 더 보기만이라도 했으면 좋겠다고 했던 그 사람! 꿈만 같아.'

　혼잣말이 도취된 진이에게서 무의식중에 튀어나왔다. 요시가 진이를 약간
밀어내며 지금 한 소리가 무슨 말이냐고 묻자 당황한 진이는 입을 꼭 다물고
차로 들어가 버렸다. 땅에 떨어진 윗옷을 집어든 요시는 운전석으로 와 앉으
며 진이에게 무슨 말이냐고 또 물었다.

　"그런 게 있어요."

　"글쎄 그런 거라는 것이 무언지 말해 주세요."

　"싫어요! 못 해요!"

진이가 딱 잘라 답했다. 요시는 그러면 말할 때까지 여기서 밤새는 거라고 했다.

"우리가 오늘 안 들어가면 집에서 걱정하실 텐데요."

"걱정하시겠죠."

답은 간단했다.

"그렇게 걱정시켜드리면 안 되는 거 아녜요?"

"안 되는 거죠."

요시는 부동의 자세로 진이의 답만을 독촉했다.

"고집 센 사람이죠? 그것도 지독히!"

"그렇다고들 하더군요."

간단히 답만 할 뿐 포기하려는 기세는 전혀 보이지 않았다.

'맙소사! 내가 큰 실수를 했구나!'

속으로 탄식을 하며 깊은 생각에 잠겼던 진이는 모든 걸 다 말하기로 했다.

요시는 자기 윗옷을 펴서 진이의 무릎 위로 덮어주고는 시동을 걸었다. 가는 동안 진이는 도쿄 역에서 요시를 처음 봤을 때에 받은 느낌을 솔직한 감정으로 자세히 이야기했다. 요시는 무슨 생각을 하는지 아무 말이 없었다. 진이가 솔직한 성격이라는 거는 알 수 있었지만 이렇게도 순진하고 구김살 하나 없는 맑은 데가 있으리라고는 생각을 못 했었다. 침묵의 분위기가 쑥스러웠던 진이가 입을 열었다.

"그런데 그 사람이 준짱네 집 운전하는 사람이리라고는 꿈에도 생각지 못해서 처음엔 너무나 당황했었어요."

"운전하는 사람이라고요? 나보고 준짱네 운전기사라고?"

요시는 기가 막혀했다.

잠시 후 진이는 차분히, 그리고 제법 심각하게 토를 달았다.

"내 마음을 눈 깜짝할 사이에 훔쳐간 사람이 밉고, 한편으로는 어처구니없이 내 마음을 송두리째 빼앗겨 버린 나 자신이 너무나 바보스럽고, 기가 막히고, 억울하더군요."

자기를 보는 순간 한눈에 마음을 빼앗겼다는 진이의 그 말이 믿어지지가 않았다. 요시는 그 말이 너무나 황송하기만 했다. 가슴이 터질 것만 같은 마음을 진정시킨 요시는 침착한 목소리로 말했다.

"어떤 사람이 그 상대편 사람을 만나보지도 못하고 마음을 빼앗겨 버렸다면 그보다 더 억울한 일이 또 어디 있겠어요?"

진이는 그런 엉터리 같은 소리 하지 말라고, 보지도 않고 어떻게 훔친단 말이냐고 되물었다.

"글쎄 보지도 않고 훔쳐가는 기막힌 일도 있더군요."

"그게 뭔지 말해보세요."

제법 심각하게 깜빡거리는 진이의 눈이 참으로 귀엽고 예쁘다는 생각을 하며 이야기해 줄 테니 뒤로 편히 기대앉아 들어보라고 하고는 다시 깊은 생각에 잠겼다. 진이가 한 남자에게 송두리째 마음을 빼앗겨 버리는 경험을 했음에도 불구하고 흔들리지 않으려고, 중심을 잡으려고 내색을 안 하고 그동안 힘들게 견디어 왔었다고 믿는 요시는 주차장에서 진이를 범했던 일이 너무나 미안했다. 순진한 진이에게 상처를 주는 일이 없어야한다고 생각이 든 요시는 자기가 인내를 하여 진이가 떠날 때 아픔 없이 떠나게 해 줘야한다고 다시 한번 다짐했다. 그래서 처음 진이 사진을 보던 날부터 한 여자를 사랑하게 되는 큰 변화가 자기에게 있었다는 말을 안 하기로 했다.

"진이는 지금 이 세상에서 제일 억울한 사람이라고 생각되겠지만 세상 밖을 내다보면 여러 경우의 억울한 일을 당하고도 참고 견뎌야 할 사람들도 많아요. 그러니까 그렇게 억울해하지 말고 젊었을 때 한번 겪어 볼 수도 있는 일이라고 생각하세요."

그 말을 듣는 순간 진이는 마치 실족하여 낭떠러지로 사정없이 굴러 떨어지는 것만 같았다. 떨어지며 여기저기 부딪치는 상처가 너무나 아팠다.

'그래 이게 내가 처음부터 원하는 거였어. 아무 일 없이 무사히 지내다 떠나야한다는 것이 내 뜻이었는데 울기는 왜 울어?'

진이는 마음을 달래고 또 달랬다.

'아무 일 없었어. 우리 사이엔 아무 일도 없었던 거야.'

가슴과 머릿속이 텅 빈 것 같은 진이는 초점 없는 눈으로 창밖만 내다보고 있었다.

요시는 진이에게 아픔을 주는 실수를 했던 자신을 용서할 수가 없어 발등이라도 찍고 싶었다. 혀라도 깨물고 싶을 만큼 후회스럽고 미안했다. 진이에게 어떻게 해야 할지를 몰라 조용히만 있던 요시가 조심스럽게 말을 시작했다.

"그 보이스카우트 기자한테 연락을 해 줘야 할 것 같은데요."

전화번호와 방 번호가 적힌 쪽지를 주자, 그때야 현실로 돌아온 진이는 무라사끼를 되도록이면 빨리 오다와라에서 떠나게 해야겠다는 생각에 요시만 괜찮다면 집에 가기 전에 만나고 싶다고 부탁했다.

요시는 피아노 라운지의 한 구석 진이가 보이는 곳으로 자리를 잡고 앉았다. 신문을 보며 가끔씩 진이 쪽을 바라본 요시는 분위기가 좀 이상하게 느껴졌다. 기자라는 청년만 계속 말을 하고 있는 것이 무언가 수상쩍게 보였다. 얼마 후 물 잔을 잡고 있는 진이의 손을 그 청년이 잡는가 싶더니 진이가 급히 빼는 것이 눈에 띄었다. 요시는 급히 신문을 던지고 두 사람이 앉아있는 테이블로 갔다.

"무라사끼 씨이시죠? 이렇게 하루 종일 진이를 기다리게 해서 죄송합니다. 도쿄에서 오느라 시간이 걸려 실례를 하게 됐습니다."

그러고는 엉뚱한 소릴 했다.

"저는 진이와 약혼할 사람 스즈끼 요시입니다. 진이를 잘 부탁드립니다."
자기와 약혼할 여자라고 소개하는 요시를 황당하다는 눈으로 바라보는 진이에게 다시 말하고 돌아섰다.

"내가 방해가 되는 것 같으니 피아노 라운지에서 기다리고 있겠어요. 인터뷰 끝내고 와요."

무라사끼가 보기에 요시라는 사람은 분명히 일본사람인 것 같고 진이는 일본이 처음이라고 했는데 이 두 사람이 언제 어디서 알게 됐다는 말인가? 무라사끼는 침착히 마음을 가라앉힌 후 진이에게 요시와는 언제부터 알게 된 사이이냐고 물었다. 진이는 잠시 어쩔까 망설이다가 말해 버렸다.

"우리 사이는 언제 알게 됐느냐가 중요하다기보다는 얼마만큼 서로 아끼고 사랑하느냐를 더 소중히 여기는 사이에요. 무라사끼 씨도 서로 사랑할 수 있는 좋은 여자 만나기를 바라겠어요."

자리에서 일어나 라운지로 간 진이는 무라사끼의 지금 심정이 꼭 자기와 같을 거라는 생각이 들어 가엾게 여겨져 그냥 침울히 앉아 있었다. 그러한 복잡한 진이의 마음을 이해할 수 있다는 듯 요시는 그냥 그렇게 옆에 조용히 있어 주었다.

"집에서 걱정하시겠어요. 우리가 너무 늦는 것 아닌가요?"

마음이 무거운 요시도 진이의 재촉으로 일어났다.

"왜 그렇게 황당한 소리를 했어요?"

차안에서 진이가 먼저 입을 열었다.

"무슨 황당한 소리요? 그럼 결혼할 사람이라고 해야 하는 건데 약혼할 사람이라고 해서 묻는 거예요, 진이는?"

"기가 막혀서! 무슨 소릴 하고 있는 거예요?"

진이는 어처구니가 없었다.

"그 사람이 빨리 단념하게 하기 위해서 그랬어요. 미안해요. 내 맘대로 그런 소릴 해서."

요시는 생각에 잠겼다. 목요일이 오면 진이는 떠나야 하는데 그렇게 떠나보내면 진이를 영영 누군가에게 빼앗기고 만다는 생각에 마음이 아팠다. 조용히 보내줘야 한다는 걸 알면서도 너무나 안타깝고 서글펐다. 집에 도착하니 어머니가 마중을 나왔다. 요시는 잘 자라고 한 마디만 하고는 뒤도 안 돌아보고 자기 방으로 들어가 버렸다.

진이는 자리에 눕자 이 세상에 태어나 처음 경험해 보았던 모든 일들이 주마등같이 지나가며 진이를 슬프게 했다.

한편 요시는 방에 들어오자 긴장감이 풀려선지 그때서야 나른함을 느꼈다. 옷을 갈아입으려다가 진이를 덮어주었던 윗옷을 얼굴에 대어 숨을 깊이 들이쉬며 진이의 향기를 느껴보았다. 잠자리에서는 진이의 사진을 뚫어져라 들여다보기도 하고, 가만히 입을 맞추어 보기도 했다. 여자에게는 돌같이 차기만 했던 요시였는데!

다음날 화요일 아침, 요시 어머니가 두 사람 분의 아침을 준비해 주었다.

아침식사를 하며 요시는 누님과 준짱을 역으로 데리러 가기 전에 몇 군데 구경을 시켜주겠다고 했으나 진이는 일요일에 갔던 비치에 또 가보고 싶다고 했다. 새파란 물, 새하얀 모래사장, 거기에 아름답게 조화를 이루는 물 위로 솟아오른 새까만 바위들, 한 폭의 그림과도 같은 그 비치에 발을 한 번 더 적셔 보고 싶었다.

차에서 내린 진이는 샌들을 벗어들고 물가로 가 발을 담그고 심호흡을 해 보았다. 바다 냄새가 상큼하고 향기로웠다. 살랑거리는 파도를 밟으며 천천히 걷고 있는 진이 뒤를 요시도 묵묵히 따르고 있었다.

얼마를 걷다가 진이가 뒤돌아서서 요시를 바라봤다. 요시도 그대로 서서 진이를 바라보며 두 사람은 영혼이 일치한 듯 정지돼 있었다. 진이가 한발 뒤로 하면 요시도 한발 앞으로, 진이가 두 걸음 뒤로 하면 요시도 두 걸음 앞으로 다가갔다. 그렇게 잔잔한 행복감에 도취되어 한 걸음 한 걸음 천천히 움직이고 있을 때 갑자기 진이가 뒤로 넘어지는가 싶더니 파도에 쓸리면서 발이 날카로운 바위를 치며 순식간에 바닷물을 빨갛게 물들이고 있었다. 요시는 급히 달려가 진이를 번쩍 안아 들고 모래사장으로 올라가 기댈 만한 바위가 있는 곳으로 가 진이를 내려놓고는 자기 셔츠를 벗어 진이 등 뒤에 깔아준 후 바지 혁대를 풀어 다리를 조여 주었다. 그리고 두 손으로 발목을 꼭 눌러 주었다. 아무리 조여도 피가 멈추지 않자 요시는 안타까운 마음에 가벼운 키스를 해 주며 지혈을 시키려고 애를 쓰고 있었다. 아픈 상처에 요시의 따뜻한 입술이 닿는 순간 신기할 정도로 아픈 것이 사라졌다. 순간 진이는 느꼈다. 그동안 감추고만 있던 요시의 속마음을 여자의 육감으로 알아냈다. 분명코 마음속 깊이 진이를 좋아하고 있었다는 것을!

진이가 다친 것이 걱정이 되고 더욱이 피가 멈추질 않아 요시는 당황하여 애를 쓰고 있는 반면, 진이는 마음을 사로잡았던 매력적이고 미끈한 요시의 모습이 따가운 햇빛 아래 노출되자 차근차근 요시의 몸을 눈으로 더듬어 내려갔다. 벨트가 없어서 속옷이 하얗게 드러나 있는 데에서 눈이 멈춘 진이는 허리에 손을 살며시 대 보자 요시는 움찔하였다. 부동자세로 있던 요시도 한 손으로 진이의 손을 당기어 심하게 박동하고 있는 자기의 가슴에 놓았다. 이성을 처음으로 알게 되는 두 사람의 청순하고 순진한 모습이 귀여운 그림을 그려주었다.

피가 멈춘 듯하자 요시는 수영선수 호텔로 가서 응급약을 구해 오겠다며 일어나려는데 진이가 잡았다.

"요시 입에 피가 묻어 있어요. 누가 보면 이상히 여길 것 같아서."

손으로 피를 닦아준 후 가벼운 키스로 마무리해 주었다. 요시는 있는 힘을 다 해 뛰어 갔다 왔다. 대강대강 약을 바르고 붕대를 감은 후 진이를 안아서 차로 옮겼다. 다리를 높이기 위해 진이를 뒷자리에 누인 후 반대편으로 가 엎드려 두 팔을 진이의 허리 밑으로 넣어 상체를 잡아당기려는데 진이가 끌어안았다.

"빨리 병원에 가야해요. 나를 놔줘요."

진이는 뜨거운 입술로 요시의 입을 막았다. 위에서 하는 키스의 느낌은 첫 키스와 또 다르게 자극했다. 참고 참았던 요시도 그만 폭발하고 말았다. 말이 옷이지 속이 다 비치는 젖은 옷의 나체와도 같은 진이 모습에 요시는 자제력을 완전히 잃고 말았다. 아무도 없는 주차장에서 새롭고 황홀하기만 한 행위는 두 햇병아리 연인들을 이렇게 귀여운 사랑으로 아주 뜨겁게 만들었다. 불같은 사랑, 무아지경의 두 사람은 무섭게 서로를 애무했다. 건드려서는 안 되는 곳까지 간 요시는 잠시 머물렀다가 소스라쳐 일어났다. 그리고는 차 밖으로 나가 가파른 숨을 삭이며 잠시 생각에 잠겼다. 신비로움으로 정신을 잃다시피 했던 진이는 요시가 나가버리자 뜨겁게 달아올랐던 몸을 진정시키기가 힘들어 홱 돌아 엎드려 몸부림을 쳤다. 첫 발을 내딛는 이 걸음마 연인들은 맑고 깨끗한 사랑을 불태우기가 그렇게도 버거웠다.

신은 인간에게는 동물과는 다르게 이성과 지성이라는 것을 부여하여 준 것 같았다. 요시는 못내 아쉬운 마음을 수습하고 떨어져 있던 셔츠를 집어 입고 운전석으로 가 앉은 후 또 다시 자책을 하며 후회를 하다가 더는 냉철해질 자신이 없겠다는 생각이 들었다. 차라리 진이같이 솔직해지자는 생각도 해 본다. 진이의 솔직함을 감당키가 너무나 힘이 들었다. 뒤를 돌아본 후 엎드려 있는 진이를 몇 번 쓰다듬어 주고는 병원으로 향했다.

진이를 안고 응급실로 들어가는 요시의 귀에 속삭였다.

"신기해요. 요시와 몸이 닿기만 하면 아픈 곳이 덜 아파져요. 그리고 더 신기한 것은 요시의 입술이 닿으면 하나도 안 아파져요."

스쳐가는 미풍과도 같은 미소만 흘릴 뿐 요시는 아무 말이 없었다. 치료가 끝난 후 의사는 진통제는 4시간마다 먹고 연고는 하루에 한 번씩 새로 바르라고 했다.

요시가 차문을 열고 진이를 앉히려는데 진이가 다시 속삭였다.

"나 지금 많이 아파서 진통제가 필요할 것 같은데."

"사람들이 보고 있어서 안 돼요. 차안에서 해 줄게요."

요시가 운전석에 들어와 진이의 얼굴을 부드럽게 감싸고 입을 맞추려 하였다.

"잊지 마세요. 약 효과가 4시간은 가야 하니까 길게 해 줘야 되요."

"치료받는 동안 아픈 것도 잘 참았으니까 그 상으로 더 오래 해 줄게요."

아파하는 것이 안쓰러워서 정성어린 키스를 해 주었다.

역에서 만난 누님은 요시를 몹시 나무라는 것 같았다. 요시는 잘못한 게 하나도 없고 자기가 부주의하여서 다치게 됐다며 설명을 했건만, 그래도 누님은 조용히, 그러나 강하게 요시를 꾸짖는 것 같았다.

집에 도착하여 요시가 진이를 부축하고 준짱과 언니는 앞서 걸어 들어가고 있었다. 진이는 요시 어깨 위에 올려놓은 손으로 요시의 귀와 목덜미를 만지작거렸다. 요시가 눈짓으로 앞 사람들이 본다고 못 하게 하는데도 진이가 말을 안 듣자, 진이의 허리를 꽉 꼬집어 줬다. 진이가 악! 하고 소리를 지르자 앞서 가던 사람들이 놀라서 왜 그러느냐고 되돌아왔다. 준짱 언니가 얼른 들어가 진통제를 먹어야겠다고 하자 진이가 말했다.

"병원서 떠나기 직전에 먹고 떠났기 때문에 지금은 괜찮아요. 이따가 시간이 되면 요시가 또 줄 거예요."

요시가 소스라치게 놀라 계속 걷지를 못하자 진이는 아무렇지도 않은 듯 오히려 요시를 잡아당겨 걷게 하였다.

"약도 받아왔구나." 하며 언니가 잘했다고 하자 진이는, "네, 요시가 갖고 있어요. 4시간 후에 또 줄 거예요." 라고 반복하며 짓궂은 얼굴로 요시를 올려다보았다.

순간 요시는 너무 당황하여 간이라도 떨어지는 줄 알았다. 식탁의자에 진이를 앉혀 놓은 요시는 곧장 자기 방으로 들어가 버렸다. 진이가 또 무슨 장난을 칠까 두려워서인지도 모른다. 방으로 들어온 요시는 진이의 장난기가 재미있어 피식 하고 혼자 웃었다. 둘 만의 사랑행위가 식구들에게 알려지기라도 한다면 그건 정말로 큰일이라 여겨져서 바짝 긴장이 되면서도 성격

차이 때문일까? 진이의 사람을 깜짝깜짝 놀라게 하는 행동이, 요시의 가슴을 철렁하게 했던 악의 없는 장난이, 요시를 한없이 즐겁게 해 주었다.

조심성이 많아서 좀처럼 실수하는 법이 없는 요시가 어쩌다 이렇게 사람이 다치도록 놔두었는지 모르겠다고 하며 어머니가 미안해했다. 진이는 황급히 요시는 전혀 몰랐고 자기 혼자 뒷걸음질하느라고 잘 못 봐서 넘어진 거라고 하며 요시는 절대로 잘못한 게 없다고 여러 번 옹호를 했다.

진이는 간단히 씻은 후 머리를 얌전히 빗어 실 핀을 옆으로 꽂고 준짱의 도움을 받으며 걸스카우트 단복의 짧은 바지와 흰 티셔츠로 갈아입었다. 방에서 쉬고 있는 요시에게 준짱이 쪼르르 달려가 진이 좀 부축하고 점심 먹으러 안채로 가자고했다. 진이를 부축한 요시는 진이가 또 손장난을 칠까봐 미리 손가락을 꼭 쥐고 움직이지 못하게 하자 진이는 심술이 나서 준짱이 못 듣게 퉁명스러운 소리로 "진통제!" 했다. 그러자 요시도 대뜸, "어린이!" 했다. 요시 입에서 생각지도 않던 말이 튀어나오자 진이는 웃음을 터뜨리고 말았다. 준짱이 무슨 일이냐고 묻자 어린이라고 해서 웃었다고 했다.

"그렇지 오빠? 저렇게 입고 있으니까 꼭 어린이 같지?" 하며 자기도 같은 생각이라고 하였다.

진이는 새우튀김을 곁들인 메밀국수를 맛있게 먹었다. 차를 마시며 언니가 진이에게 약 먹을 시간이 되지 않았느냐고 묻자 진이가 또 뭐라고 할지를 몰라 바짝 긴장하면서도 한편으로는 요시도 즐기는 듯했다. 진이는 신중한 얼굴을 하며 말했다.

"아까 병원에서 먹고 온 약이 저한테는 참 잘 맞는 약인가 봐요. 아직까지는 하나도 안 아파요."

아무렇지도 않게 시치미를 떼고 말하는 모습이 너무 우스워서 요시는 찻잔을 얼른 입에 갔다 대고 마시는 척했다. 요시는 더 이상 있기가 아슬아슬해서 얼른 자리를 피해 방으로 가 버렸다.

"잘 먹었습니다. 준짱네 집 운전사는 그만 좀 쉬렵니다."

'준짱네 집 운전사?' 이게 무슨 소리냐는 듯이 서로들 얼굴을 바라보았다. 어제 요시에게 한 얘기가 있기에 진이는 혼자 속으로 웃었다.

준짱이 여기저기 전화를 해 친구를 부르는 것 같더니 얼마 후 준짱의 친구들이 하나 둘 모이기 시작했다.

요시는 점심을 먹고 나서인지 아니면 오전에 진이가 발을 다치는 통에 난리 아닌 난리를 치러서인지 피로가 몰려와 진이의 보드라운 입술을 느끼며 잠이 들었다. 얼마 후 잠에서 깨어나며 요시는 무언가 마음을 짓누르는 것만 같고 불안했다.

'나를 이다지도 불안하게 하는 것이 무얼까?'

떠나는 진이를 잡을 묘책이 서지를 않는다는 것 바로 그것인 것 같았다. 마음이 좀처럼 안정되지가 않고 자꾸 나쁜 쪽으로만 생각이 들자 가슴이 답답한 요시는 참을 수가 없어 바다에 나가 마음껏 수영을 하며 마음을 풀면 조금이나마 시원해질 것만 같아서 방을 나섰다. 나와 보니 준짱 친구들이 떠드는 소리가 들려 식당으로 가 "너희들 왔냐?"고 한 마디하고는 안채로 들어갔다. 요시를 보자 준짱 친구들이 긴장들을 하며 갑자기 조용해지는 것으로 보아 평소에 요시가 꽤나 어려웠던 모양이었다.

"너의 오빠는 말이 없어서 언제나 사람을 겁먹게 만들어."

진이가 잼버리에서 교환했던 핀들을 보여주겠다며 가지러 방으로 가는데 요시가 안채에서 나오다가 진이를 보고 부축해 방으로 데려다 줬다.

“어디 가세요?”

“바닷가에 좀 갔다 오려고요.”

진이는 부럽다는 눈으로 바라보며 말했다.

“발만 안 다쳤어도 따라가는 건데. 그 대신 가기 전에 진통제 주고 가야 되요.”

요시는 누가 들을까봐 급히 방문을 닫고 와서는 어리디 어려 보이는 진이 이마에 가볍게 입을 맞춰주었다.

“오랫동안 참았는데 너무 짧게 해 주는 거 아녜요?”

진이가 불평을 하였다.

“어린이가 그런 거 너무 좋아하면 안 돼요.”

“그 어린이 소리가 다시는 못 나오게 입을 막아버려야지.”

진이가 요시의 얼굴을 끌어 입술을 덮치려는데 한 다리로만 지탱하고 있던 진이가 휘청하자 요시는 급히 한 팔로 허리를 감아들어 자기 몸에 바짝 붙이고 한 팔로는 목을 확 끌어 숨 막히는 키스를 해내었다.

“나도 가고 싶은데.”

“병원은 하루에 한 번만 가는 걸로 합시다, 우리.”

“이번에는 정말로 조심해서 안 넘어질게요.”

언제나 몸을 사리고 남자를 그렇게도 경계하던 깍쟁이 진이가 무슨 사유로 이렇게 변했고, 또 그 무엇이 진이를 이렇게 뜨겁게 만들어 놓았을까? 어찌 그뿐인가! 그다지도 냉철하고 극히 이지적인 요시는 왜 이다지도 맥을 못 추며 무너져 고민을 하게 되었을까? 신의 조화는 아무것도 예측할 수가 없나 보다.

준짱 친구들이 떠난 후, 진이가 발이 불편하여 아무래도 침대를 쓰는 것이 좋겠다고 하여 준짱과 진이가 몽키방을 쓰기로 했다.

요시는 진이를 그렇게 집에 두고 바닷가로 혼자 나갔다. 왠지 불안하고 초조하기까지 한 요시는 모든 것을 잊고 마음의 평안을 찾고 싶어 한도 끝도 없이 망망한 바다로 계속 수영을 해 나갔다. 지칠 대로 지친 요시는 모래사장으로 올라와 엎드려 쉬면서 많은 것을 생각했다. 혼신을 다해 수영을 했건만 초조함은 여전했다. 이런저런 궁리도 해 보았다. 한 가지 분명한 건 진이를 이대로 그냥 보내서는 안 된다는 생각뿐, 그러나 거기에 대한 대책은 찾을 수가 없었다.

첫째 요시가 진이를 생각하고 있는 만큼이 진이가 요시를 생각하고 있을지? 양가 부모가 어떻게들 생각할지가 걱정이었고, 그보다도 제일 두려운 건 한국으로 떠난 후 진이의 마음이 멀어지지나 않을까 하는 것이었다. 생각하면 할수록 해결책이 나오기보다는 근심거리만 더 생겼다. 매사를 예리하게 척척 잘도 해결하던 그 머리는 다 어디로 가고 이렇게 수렁을 헤매고 있는지 요시 자신도 이해가 안 되었다. 이렇게도 자신이 없어보기는 처음이다.

엎치락뒤치락하다가 벌떡 일어나 앉았다. 진이가 벌써 그립다. 낮에 진이와 바닷가를 거닐며 서로의 영혼이 하나 되었던 바로 그 공간, 갑자기 다치고 난 후 응급조치를 하며 모래사장에서 있었던 일, 차 속에서 체험했던 뜨거운 사랑, 병원에서 치료받고 나와 진통제 달라고 조르던 진이의 장난기 있는 모습, 모든 것들이 요시를 황홀하게 흥분시켜주었던 행복한 순간순간들이었다.

머리를 식히기 위해 근처에 있는 바로 들어가 조용한 자리를 찾던 중 외로이 혼자 있는 이치로를 보게 되자 의아해했다. 이치로는 벌써 꽤나 마신 듯했다.

많은 미녀들과 즐거운 시간을 보내는 듯했던 이치로이지만 결혼상대로서의 이상형은 그 수준이 만만치가 않았다. 그 나름대로 철칙이 있었다. 그 철칙이 진이를 보는 순간 '바로 이 여자다' 라고 작심을 하게 한 것 같았다. 그렇게 모처럼 마음의 문을 활짝 열었는데 바로 그 여자를 가장 친한 친구 요시가 먼저 마음에 둔 것 같아 그때부터 이치로는 방황을 하게 되었다. 요시가 아닌 딴 남자라면 승부욕이 강한 이치로는 절대로 양보를 안 했을 것이다. 하지만 요시에게는 진이를 좋아한다는 눈치조차도 보여서는 안 된다고 생각했다. 그게 친구간의 의리라고 이치로는 믿는다.

마음의 중심을 잃은 이치로는 진이를 처음 만났던 바닷가로 나와 모래사장을 걷다가 요시가 혼자서 물로 들어가는 것을 보았다. 무언가 심상치 않다는 생각에 요시의 눈에 띄는 것이 바람직하지 않다고 생각한 이치로는 근처에 있는, 평소 자주 다니던 바로 들어가 술로 마음을 다스리고 있었던 것이다.

"웬일로 네가 혼자 술을 마시고 있는 거냐?"

"술의 힘을 믿기 때문이지! 너도 오늘 술의 힘에 의존해 보련? 마음이 편해지고 싶으면…."

그리고 다시 말을 이었다.

"너 진이 꼭 붙잡아라. 그 여자는 너를 평생 행복하게 해 줄 값진 보배다."

짐작했던 대로 이치로도 진이를 좋아한다는 걸 알게 되면서, 친한 친구가 이렇게까지 괴로워하는 게 가슴아팠다. 이치로는 술기운에 자제력을 잃고 그만 자기가 원치 않던 말을 내뱉게 됐다.

요시는 술만 마실 뿐 아무 말이 없다. 무슨 말을 어떻게 해야 이치로에게 위로가 될지 난감하기만 했다. 괴로운 요시는 계속 술잔만 비울 뿐이다.

요시가 그렇게도 조심을 했건만 준짱에게도 육감이라는 것이 있었다.

언제부터 좋아하게 됐을까? 준짱은 너무 궁금했다. 어쨌든 간에 오빠를 적극 도와주고 싶다. 대학교 때부터 여자들이 오빠를 그렇게 좋아하고, 집까지 쫓아오고 하여도 무관심이더니 진이에게는 마음이 동했다는 것이 준짱은 신기하기만 했다. 몇 년째 오빠를 짝사랑하는 여자들 때문에 준짱이 시달리고 있었고, 그 여자들로부터 오빠를 철저히 보호하고 있었던 준짱에게 오빠의 변화는 믿기가 어려웠다.

"진이, 발 아픈 거는 참을 만해요?"

"아직은 참을 만해요. 걱정해 줘서 고마워 준짱."

"다행이에요."

한동안 조용하다가 준짱이 진이를 향해 심각한 얼굴로 물었다.

"우리 오빠 사랑해요?"

진이는 조심스러운 얼굴로 준짱을 들여다보며 준짱이 알고 있구나 하는 생각이 들었다.

"예스!" 간단히 답했다.

"우리 오빠가 진이를 사랑하는 만큼 진이도 그만큼 우리 오빠를 사랑하는지?"

심호흡을 한번 하고 나서 진이는 말했다.

"내가 더 많이."

진이의 답을 들으며 준짱은 가슴이 뭉클해졌다. 이 두 사람의 사랑이 순간적으로 느끼는 충동적인 사랑이 아닌, 서로에게 마음을 쓰는 진정한 사랑을 하고 있다는 것을 뼛속 깊이 느끼게 해 주는 답이었기 때문이다. 여자로서의 입장, 자기 자존심 같은 것들을 다 버리고 당당하게, 분명하게 진이가 더 많이 오빠를 사랑한다고 말하는 진이! 진이의 그렇게 가식 없고, 맑고 정직한 성품에 준짱은 감동을 받았다.

"진이, 고마워요. 진이도 우리 오빠를 진정으로 사랑해줘서 고마워요. 오빠를 좋아하는 여자들이 그렇게 많았어도 눈길 한번 안 돌리던 오빠가 진이한테 모든 마음을 빼앗겨 버린 걸 알게 됐을 때 나는 그게 짝사랑으로 끝나게 되지나 않나 하는 불안한 생각이 들어서 얼마나 걱정스러웠는지 몰라. 정말 고마워요."

"가슴으로만 간직하고 떠나야 할 사람이라고 믿었었는데 준짱으로 인해서 이렇게 서로가 알게 됐으니 진심으로 감사해."

이치로와 헤어지고 집으로 온 요시는 몽키 방에 불이 켜 있는 걸 보고는 몽키가 산에서 돌아온 줄 알고 그 방으로 들어서려다 놀라서 되돌아 나오려는데 준짱이 불렀다.

"오빠. 오빠 방에서 우리 음악 좀 들려줄래요? 좋은 음악 많이 갖고 있잖아?"

"듣고 싶으면 따라와."

"진이 데리고 가야지, 오빠."

요시가 방으로 들어와 진이를 부축해 나가는 동안 준짱은 다과를 가지러 부엌으로 갔다.

"기가 막혀서! 남자 방이 내 방보다도 더 깨끗하네요."

"월요일마다 가정부가 정리해 줘요."

진이를 소파에 앉히기 전에 요시는 진이가 고마워서, 그냥 고맙고 사랑스러워서 가슴에 안아본다. 그리고 이마에 입을 맞추어줬다.

"발 아프지 않았어요?"

"지금은 안 아파졌어요. 조금 아까까지는 아팠었는데."

"기다려요. 또 해 줄게요."

"쇼팽 판이 먼저 나왔는데 괜찮아요? 세루죠 no. 2 비 플랫 마이너 그리고 4곡이 계속해서 있는데…."

"쇼팽 거 좋아요. 피아노연주는 다 좋아해요."

준짱도 진이가 듣고 싶은 음악으로 듣겠다고 했다. 피아노곡을 골라 순서대로 세워놓고 요시는 진이 옆에 있는 테이블 위에 걸터앉았다. 위에서 내려다보는 진이는 또 다르게 예뻤다.

'진이는 어떻게 된 창조물이기에 요리 봐도, 조리 봐도 예쁜 것일까?' 하는 생각에 잠긴 요시는 진이의 모든 것을 하나도 빼놓지 않고 모두 기억에 남기고 싶었다.

"진이, 피아노 잘 쳐요?"

"레슨은 받았었는데 딱지맞았어요. 언니하고 같은 선생님한테서 배웠는데 언니는 잘하는데 나는 언제나 못하고, 그러니까 재미가 점점 없어지더군요. 겨우 체르니만 끝내고 그만뒀어요. 그 후 어머님이 바이올린을 배워 보라고 하셔서 바이올린 레슨도 또 받았지 뭐겠어요. 그런데 나한테는 바이올린이 피아노보다도 더 어려웠어요."

요시는 피식 웃더니 피아노 음악 듣기를 유달리 좋아하는 이유라도 있느냐고 물었다.

"집에서 언니와 어머니가 치는 걸 늘 들으니까 귀에 익숙해서 그럴 거예요. 요시는 피아노 잘 치더군요. 나는 그렇게 재주를 타고난 사람이 정말 부러워요."

"언니 집에서 오빠가 치는 거 진이가 들었어. 우리가 오빠 칭찬 좀 했었지."

요시가 판을 바꾸는 동안 준짱은 약 좀 먹고 와야겠다고 하며 방을 나갔다.

"언니와 어머님은 피아노를 잘 치시는데 진이는 왜 음악을 못할까요?"

"나는 소질이 없어서 그렇죠. 사실 우리 어머니는 피아노를 전공하실 정도로 음악에 재주가 있으셔서 고등학교 때 미국 선교사이신 피아노 선생님이 미국 보스턴대학의 스칼라십까지 받아 주셨대요. 그런데 외할아버지께서 그 시대에 여자도 의사가 될 수 있다고 의과를 가라고 강요하셔서 할 수 없이 전공을 바꾸게 되셨대요. 우리 아버지도 음악에 소질이 많으셔서 대학 때 대학 오케스트라에서 클라리넷을 연주하시고 작곡도 하셔서 그 곡으로 일 년에 한 번씩 연주회도 하셨을 정도로 두 분 모두 음악에 재질이 뛰어나셨는데 나는 돌연변이라서 그런지 두 분의 재주를 하나도 물려받지 못했어요."

요시는 진이의 이야기가 재미있어 즐거운 마음으로 듣고 있었다.

"그럼 언니는 피아노를 전공으로 하세요?"

"언니는 피아노를 취미로는 해도 전공으로는 하기 싫다고 화학을 전공했어요, 미국에서는 의과를 해서 우리 어머님이 걱정이 많으세요. 그러다가 시집 못 간다고 걱정이세요. 그래서 나는 짝을 정하지 않으면 혼자는 유학을 안 보내시겠대요. 우리 어머니 참으로 재미있으세요. 자기 자신은 여성으로서는 그 시대 최첨단의 직업여성으로 사시면서 우리들은 구식으로 아주 봉건적으로 교육을 시키려고 하세요. 시집 잘 가서 남편 사랑 받으며 집안에서 편히 사는 것이 제일 행복한 여자라고 보세요. 하지만 우리는 그 길만이 여자들이 가는 행복의 길이라고는 보지 않아요. 자기 재주를 살려서 마음껏 발휘하며 능력을 인정받고 거기서 기쁨을 맛보며 사는 것이 행복이 아닌가 싶어요. 여자의 행복이라는 걸 모두 남자한테만 의존하며 동시에 짐 지우는 것은 옳지 않은 것 같아요."

"진이 어머님이 딸들을 너무나 사랑하시니까 그러시는 거라고 생각되는
데요."

준짱이 마실 것을 쟁반에 받쳐 들고 들어왔다.

"내일 나는 샤미센 학원에 갈 거니까 오빠와 언니는 같이 시간을 보내세
요. 저녁은 아버님이 들어오셔서 모두 같이 하자고 하셨으니까 다섯 시 전으
로만 우리가 집에 돌아오면 될 거예요. 그리고 오빠, 내가 언제부터 언니와
오빠 사이를 알고 있는 걸로 할까요? 오빠가 말하기 전에는 모르고 있는 걸
로 하겠으니까 알려만 줘요."

요시는 '저 애가 또 무슨 소리를 하고 있는 건가' 하는 눈길로 준짱을 바라
본다.

"얼음같이 차갑기만 한 우리 오빠를 변하게 했어요, 진이가. 그동안 오빠
좋아하는 여자들이 나를 얼마나 귀찮게 했는지 오빠는 몰라요. 그 여자들이
그렇게 오빠를 좋아한다는데도 봐도 못 본 척, 들어도 못 들은 척, 한 번도
상대를 안 해 주니까 모두들 나한테 와서 통사정들을 했던 것 모를 거예요.
내가 한 번도 오빠한테 말한 적이 없었으니까요. 진이, 내가 약을 먹고 왔는
데도 불편해서 좀 쉬고 싶어요. 음악 더 듣고 오세요. 나는 먼저 들어가 자야
겠어요."

준짱이 이야기 하는 동안 혹시 진이가 듣기에 불편해 할 말이라도 나오지
는 않나 걱정이 되어 진이 표정을 조심스럽게 살피던 요시는 준짱이 나가자
안도의 한숨을 쉬는 것 같았다. 요시는 진이를 바라보며 준짱이 어떻게 알게
된 거냐고 물었다.

"눈치로 벌써 알고 있더군요."

"귀신같군요. 진이도 내가 차가운 사람으로 보였어요?"

"그럼요. 처음엔 말없는 냉정한 사람으로, 그리고 극히 사무적인 사람으로 보였어요."

"그럼 지금은?"

"으~응 지금은 뭐라고 표현해야 좋을까? 인상은 차면서도 매력적이고, 아주 따뜻한 사람이라고 표현하는 게 적절할까? 그게 지금의 요시 같아요."

"진이는 지금 두 사람을 놓고 이야기하는 것 같아요. 어느 쪽이 나예요?"

"보통 때는 왜 그렇게 말을 안 해요?"

"나는 내가 하고 싶은 말은 다 하는데 무슨 말을 자꾸 더 하라고들 그러는지 모르겠어요."

진이는 요시가 쓸데없는 잡담에는 별로 취미가 없는 사람이구나 하는 생각을 했다.

"매사를 왜 그렇게 사무적으로만 처신하세요? 그러니까 주위 사람들이 기죽어 하는 것 같아요."

"내가 진이를 기죽게 해요?"

"지금은 아녜요. 그런데 처음에는 대하기가 어려웠어요."

요시라는 사람은 말은 없어도 카리스마가 있다. 진이가 처음 멀리서 보았을 때도 사람 마음을 제압하는 그런 힘이 이 사람 속에서부터 배어나오는 것 같았다. 그 힘에 진이가 매혹되어 첫눈에 넋을 잃은 것이다.

"내가 진이를 불편하게 해 줬다면 사과할게요. 그렇지만 처음에 주눅이 들었던 사람은 나였어요. 진이 앞에서 나는 언어, 행동, 어느 것 하나도 제대로 할 수가 없었으니까요."

"요시가 보기에 나도 그렇게 불편했어요? 나는 그런 사람 아닌데. 지금 요시는 진이가 가장 원하는 쪽 바로 그런 사람이에요."

"진이가 원하는 쪽이 뭐예요?"

"겉은 냉기가 돌아도 속은 따뜻한 쪽! 그래서 진이가 사랑을 듬뿍 주고 싶어지는 쪽!"

"진이! 나를 그렇게 좋게 봐줘서 고마워요."

진이는 요시의 윗옷 밑으로 두 팔을 넣어 요시의 잘생긴 허리를 안고 복부선이 멋있는 요시에게 얼굴을 파묻었다. 그러한 진이를 내려다보며 요시는 진이의 머리를 사랑스럽게 쓰다듬어 주었다. 피아노 협주곡을 들으며 두 사람은 그렇게 달콤하고 평온함을 오래오래 공유하고 있었다.

얼마가 지났을까 진이가 입을 열었다.

"요시는 왜 태어났어요?"

"글쎄, 이렇게 진이를 만나서 사랑해 주기 위해서 태어난 것 같아요."

"나는 도둑이 되기 위해서 태어난 것 같아요. 나는 요시의 모든 걸 다 훔쳐가고 싶어요. 나를 꼼짝 못 하게 만드는 그 매력적인 성격, 내 가슴을 설레게 하는 박동감이 넘치는 심장…."

진이는 목소리가 점점 작아지더니 더 계속을 못 한다. 요시는 배가 뜨거워지는 것 같아서 진이의 얼굴을 들어보니 진이는 울고 있었다. 요시는 급히 진이 옆으로 내려와 앉아 놀란 얼굴로 진이를 바라보며 말했다.

"진이, 울어요? 나는 지금 너무나 행복한데 진이는 왜 울어요?"

"그러게 말예요. 바보같이 왜 우는지 모르겠어요."

진이는 불안했다. 기요코가 겪었던 아픔이 진이에게도 오지 말라는 법이 어디 있겠는가 하는 생각이 들었다.

요시는 진이가 무엇을 두려워하고 있는 줄 알고 있었다. 진이의 마음을 안심시켜 줘야한다고 생각한 요시는 진이를 안고 소파에 같이 누웠다. 진이를 자기 가슴 위에 올려놓은 요시는 애기 다루듯 진이를 토닥거려 줬다. 진이는 모든 것을 요시의 가슴 위에 맡기고 나니 마음도, 몸도 편안해졌다. 요시가 천천히 입을 열었다.

"진이가 대학 졸업할 때, 그때까지도 나를 사랑한다면 졸업하고 곧 나와 결혼해 줄래요?"

진이는 말이 없다. '네. 아니요'로 간단히 결정할 수 없다는 걸 진이는 알고 있기 때문이다. 그리고 그 결정은 요시도 뜻대로 할 수 없는 경우가 올지도 모를 거라는 걸 진이는 안다. 그렇게 대답 없이 한참을 있을 수밖에 없던 진이는 오늘 저녁에 해결될 수 없는 일이라 생각되어 분위기를 바꾸기로 마음먹고 엉뚱한 소리를 했다.

"졸업할 때까지 기다려야 하나요? 그 전에는 안 되나요?"

"그 전에는 안 돼요. 더군다나 진이는 대학원에도 가고 싶다고 했잖아요? 그러니까 대학 졸업 후 결혼하고 그리고 대학원에도 가요. 내가 열심히 벌어서 대학원 공부시켜 줄게요."

"진이는 좋겠다. 이 세상에서 제일 사랑하는 사람이 대학원 공부도 시켜 준다고 하고!"

그러면서 진이는 팔을 요시의 허리 밑으로 집어넣고 안았다.

"요시 가슴이 너무나 편하고 음악도 좋아서 이러다가 이대로 잠이 들어 버릴 것 같아요. 이제 그만 씻고 자야겠어요."

"내가 씻어 줄게요."

요시는 진이를 안고 세면실로 들어갔다. 안채가 순 일본식 집인데 비해 이 쪽 아이들 채는 양식으로 지어서 목욕실이 큼직하게 돼 있었다. 요시는 진이를 세면대 위에 앉혀놓고 얼굴부터 씻기기 시작했다. 비누 거품을 만들어 얼굴을 씻기다 보니 눈을 꼭 감고, 있는 대로 다 찡그리고 있는 진이의 얼굴이 깨물어 먹고 싶을 정도로 귀여워서 씻기다 말고 들여다보다가 얼른 카메라를 들고 와 초고속으로 사진을 찍어댔다. 얼굴에 비누칠은 잔뜩 해놓고 씻기지를 않자 진이는 기다리다 못해 한쪽 눈만 빠끔히 뜨고 보았다.

"아 매워, 따가워요. 눈이 아파요."

요시는 급히 사진기를 내려놓고 물로 얼굴을 씻어주고 마른 타월로 닦아줬다. 그래도 자꾸 한쪽 눈에서 눈물이 나며 아프다고 하자 요시는 그 눈에 키스를 해줬다. 요시가 발을 씻기기 시작하자 진이는 또 장난을 시작했다.

"내 눈물 맛이 어땠어요?"

요시는 대답이 없다.

"노, 예스로만 답해 보세요. 내 눈물 맛있어요?"

"노!"

"내 눈물 짰어요?"

또 대답을 하지 않았다.

"예스, 노, 로만 답해 보라니까요. 내 눈물 짰어요?"

"예스!"

"내 눈물 달아요?"

"노!"

요시의 대답은 계속 짧다. 조용하던 요시가 물었다.

"진이 뺨의 보조개는 누구를 닮은 건가요? 보조개가 일본말로 뭔지 알아요?"

"알아요. 애쿠보라고 하죠?"

"어머님이 보조개가 있으세요?"

"아뇨. 아버지한테서 받았어요. 나는 아버지를 많이 닮았대요."

진이는 입으로는 계속 요시에게 말을 걸면서 손으로는 치마를 살짝 들어서 무릎 위까지 올리며 장난을 친다. 그러면 요시는 대답을 하면서, 또 발을 씻기면서, 진이의 치마를 잡아당겨 제 자리로 내려놔 준다.

"예수님은 제자들 발을 씻기시면서 남 섬기는 종의 도를 몸소 행하시어 본을 보이셨대요."

"진이 기독교인이에요?"

"네. 우리는 할아버지 때부터 대대로 기독교예요."

이번에는 치마를 무릎을 넘어 허벅지까지 올린다. 요시는 또다시 급히 진이의 치마를 끌어내렸다. 진이가 또 시도하려하자 요시는 재빠르게 치마를 붙잡고 안 놔줬다.

"내 치마 놔 줘요. 이 손 노세요."

요시는 조르는 진이를 돌려 앉혀 껴안아줬다.

"진이! 진이가 자꾸만 이러면 진이는 오늘밤 이 방에서 못 나가게 될지도 몰라요."

"왜 못 나가요?"

"내가 진이를 데리고 자고 싶어지니까."

"그럼 우리 오늘밤 같이 자요."

안 된다는 걸 알면서도 장난으로 던져보는 말이었다.

"남녀가 잠자리를 같이 한다는 게 무슨 뜻인지 알아요? 진이는 그런 소리 함부로 하면 안 돼요."

요시는 마치 아버지가 딸을 타이르듯 했다.

요시가 진이를 안고 몽키 방으로 가려는데 진이가 요시의 팔을 잡고 방향을 튼다.

"파자마가 준짱 방 세면실에 있어요."

파자마 바지 입는 것을 도와줘야겠다고 생각한 요시는 진이를 무릎에 앉힌 후 바지를 먼저 입히고 치마를 벗겨 줬다. 그러고 곧 일어서는데 진이가 요시를 향해 돌아서더니 앞가슴을 요시가 보지 못하게 하기 위해 바짝 대고 블라우스와 브래지어를 벗는 것이었다. 꼼짝 못 하고 서 있던 요시는 거울에 비친 진이의 뒷모습이 너무나 아름다워 황홀해졌다. 목으로부터 흘러내려오는 어깨 선, 가운데가 약간 패인 듯한 척추 선을 타고 내려가는 허리 선, 조각보다도 더 아름다운 몸매에 요시는 정신을 잃고 말았다. 진이가 말할 수 없이 아름다운 것은 알았어도 이렇게까지 아름다운 선의 흐름을 갖고 있으리라고는 상상도 못 했었다.

"요시, 파자마 윗옷 입혀줘요."

앞가슴을 손으로 가리고 기다리고 있던 진이의 소리를 듣고서야 정신을 차린 요시는 얼른 파자마 윗옷을 진이에게 입혔다. 단추를 끼고 있는 진이를 바라보며 요시는 갑자기 진이로부터 먼 거리감을 느끼게 됐다. 자기가 감히 건드릴 수 없는 여인으로 멀게만 느껴지는 거였다.

"요시, 무얼 그렇게 생각하고 있어요?"

아무 대답 없이 요시는 요원한 눈빛으로 진이만 바라보고 있었다. 직감적으로 요시의 심중에 무슨 변화가 오고 있다는 걸 읽을 수 있었던 진이는 동시에 올게 왔다는 생각을 했다. 사실 요시의 두려움이, 지금 진이가 짐작하는 것과는 다르다는 것을 진이가 알 리가 없다.

"요시, 나는 괜찮아요. 요시가 장남으로서 부모님을 거역하기 어렵다는 것도 나는 이해해요. 나 역시 우리 집에서 요시가 일본사람이라고 문제시 할지도 몰라요. 하지만 목요일까지는 모든 것 잊고 우리 둘만 생각하며 지내요.
나는 내가 있는 동안 요시에게 사랑을 모두 쏟아주고 가기로 했어요. 그리고
요시한테서 아무것도 바라지 않기로 했어요. 요시가 나를 사랑했다는 것만
으로 만족하기로 했어요. 그렇게 마음을 정하니까 내 마음도 평안해졌어요.
요시, 나만 보세요. 우리 같이 있는 동안만은 다른 생각하지 말고 나만 바라
보세요."

진이는 두 손으로 요시의 얼굴을 감싸고 천천히 입술을 가까이 댔다. 그러
나 요시는 손 하나 까딱 못 하고 목석같이 그냥 그렇게 서 있었다. 갑자기
감히 어디에 손을 대야할지를 모르겠기에 그렇게 서 있었다.

"진이, 왜 하필 나예요? 왜 나 같은 사람을 사랑하는 거예요? 내가 진이를
감당하기가 너무나 어려워요. 오늘 저녁엔 왠지 진이를 사랑한다는 것이 내
마음에 큰 부담을 주고 있어요. 진이는 나에게는 너무나 과분하다는 생각이
자꾸 들어요."

진이가 생각했던 요시의 근심이 짐작과는 거리가 멀다는 것을 알게 된 진
이는 의아한 얼굴로 요시를 올려다보았다. 그러다가 기가 막힌 진이는 고개
를 숙이고 서서 아무 말을 못 했다. 얼마가 지났을까 아주 작은 목소리로
개미소리 같이 작은 소리로 좌절에 가까운 소리로 진이가 서서히 입을 열었
다. 긴 한숨을 쉬고 난 후였다.

"나 보고 어떡하라고요? 나는 요시를 진심으로 사랑한 죄밖에는 없는데 무
엇이 잘못됐기에 왜 나를 요시한테서 밀어내려는 거예요?"

"진이를 밀어내려는 거 아녜요. 내가 감히 무슨 자격으로 진이를 밀어낼
수가 있겠어요?"

"돌려서 말하는 거 나 못 알아들어요. 직선적으로 말해 주세요."

"진이가 너무나 아름다워요. 나에겐 진이가 너무나 과분하다는 생각으로
내가 초라하게만 느껴져서 그래요."

요시는 자신이 과욕을 부리지나 않나 하는 생각이 드는 것 같았다.

"그게 무슨 뜻예요?"

"무슨 뜻이 있는 거 아녜요. 그냥 말 그대로예요."

"그 말을 못 알아듣겠어요. 내가 알고 싶은 건 하나뿐예요. 나를 사랑하세
요? 복잡하고 긴 말은 필요 없어요. 예스, 노로만 답해 주세요."

솔직한 마음을 진솔하게 전하려는 요시에게 한 치의 틈도 안 주는 진이의
질문에 요시는 말문이 막혔다. 침묵만이 흘렀다. 한참을 그렇게 기다리고 있
던 진이는 실망하여 조용히 말한다.

"역시 그랬었군요. 안녕히 주무세요. 여러 가지로 고마웠어요."

진이는 가슴이 찢어지는 듯하여 한없이 서글픈 마음으로 세면실을 나가려
는데 뒤에서 요시의 답이 들렸다.

"사랑해요."

가던 걸음을 멈춘 진이는 속에서 이유 모를 화가 치밀어 오르며 속이 상
해 미칠 것만 같았다.

"내가 이 세상에서 제일 사랑하는 사람이 요시라는 말을 몇 번이나 더 해
야 나를 밀어내지 않을 건가요?"

"분명히, 밀어내려는 것 아니라고 말했어요. 내가 물러나야 한다고 생각했
었으니까요. 오늘 진이의 참 아름다움을 바라보면서 내 마음에서 무언가 자
꾸 어려워지는 것같이 느껴졌어요."

요시도 답답한 마음에 격해지면서 언성이 높아졌다.

"나를 바라보는 게 어려워요? 뭐가 그렇게도 어려운가요? 그럼 어렵지 않

게 해 주면 되겠네요. 실컷 보고나면 어려울 것도 없겠네요!"

진이는 파자마 윗옷을 벗어 둘둘 뭉쳐 힘껏 멀리 던져버렸다. 답답한 마음이 화를 발산하게 하는 것 같았다. 진이도 진이 나름대로 앞으로의 두 사람 사이가 어떻게 될지 두려워 스트레스를 받고 있는 게 분명했다.

진이의 격한 행동에 놀란 요시는 그러지 말라고 진이에게 사정을 했다.

"내가 잘못했어요. 내가 잠깐 동안 자신감을 잃었던 것 같아요. 미안해요. 진정해요, 진이. 미안해요. 잘못했어요."

"나보고 어떡하란 말예요? 어떻게 해 주기를 바라는 거예요?"

진이는 안타깝기만 했다.

요시는 진이를 꼭 껴안고 서서 진정되기를 기다렸다.

"사랑한다는 건 아름답고 행복한 거라고만 알았어요. 이렇게까지 속이 상하고, 힘 드는 거라고는 생각 못 했어요."

"내가 부족해서 그랬어요. 내가 못나서 그랬어요. 내가 바보짓을 한 거예요. 내가 진이 앞에서는 왜 이렇게 무력해지는지 모르겠어요. 후회하고 있으니까 용서해 줘요."

여자를 모르다가, 마음이 끌리는 여자를 못 만나서 아무 관심이 없다가, 처음으로 진이로 인해 여자를 알게 된 요시는 왜 이다지도 진이를 사랑하기가 힘이 들고 서투른지 알 수가 없다. 불끈 쥐고 있던 진이의 주먹이 풀어지며 어깨의 근육도 부드러워지는 것 같아 요시는 다소 안심이 됐다. 팔을 뻗어 큰 타월을 끌어다가 진이의 가슴을 가려주고 급히 파자마 윗옷을 집어와 입혀주었다.

"진이를 화나게 해서 정말 미안해요. 진이가 여러 가지 걱정으로 마음이 편치 않으면서도 내가 알지 못하게 하려고 혼자 견디며 애쓰고 있다는 걸

짐작해 알면서도, 왜 내 생각만하고 진이를 그렇게까지 속상하게 만들었는
지 모르겠어요. 진이 앞에서는 이렇게 바보 같은 짓만 하는 내가 나도 싫어
요. 앞으로는 이런 일 없도록 할게요."

온 몸에 힘이 싸악 빠져나간 진이는 그냥 맥없이 요시에게 기대 서 있을
뿐이었다.

가슴이 저려오도록 미안한 요시는 조심스럽게 진이를 감싸 안아줬다.

"너무 피곤해서 자야겠어요. 나 혼자 걸어가고 싶어요."

"진이. 내가 안고 가게 해 줘요."

"싫어요."

요시는 진이의 앞을 가로막았다.

"그냥 이렇게 진이를 혼자 가게 하면 진이도 나도 밤에 한숨도 못 자요.
그럴 수는 없어요. 진이, 나 오늘밤 진이를 편히 재우고 싶고, 나도 편히 자
고 싶어요. 나 좀 용서해 줘요."

진이 생각에도 이대로 가면 요시도 진이도 뜬눈으로 밤을 샐 게 뻔할 것
같았다. 잠시 생각에 잠겼던 진이는 얼굴을 들어 요시를 바라보았다.

"미안해요. 내가 요시를 불편하게 해 줘서 미안해요. 내가 왜 요시한테 그
렇게 화가 났었는지 모르겠어요. 그동안 무언가 불안정했던 내 마음이 폭발
했던 것 같아요."

진이는 얼굴을 요시의 가슴에 묻었다.

"내가 잘못했어요. 요시."

"진이! 나는 진이를 미치도록 사랑해요. 너무나 사랑하기 때문에 너무나
조심을 하다보니까 그런 바보 같은 생각을 하게 됐었나 봐요. 당신은 이 세
상 무엇과도 바꿀 수 없는 내 사랑 진이에요."

약 기운 때문일까 준짱은 벌써 깊은 잠에 빠져 있었다. 진이를 자리에 눕게 한 요시는, "밤에 아프지 말아요." 하며 뜨겁고 긴 키스를 해 주고도 쉽게 못 일어났다. 가슴 아프게 해준 것이 미안해서, 마음 서글프게 해준 것이 미안해서….

다음날인 수요일 아침 두 사람은 가까이에 있는 국립산림공원으로 향했다.

"우리가 가는 공원은 공기가 맑고 경치가 좋아 진이를 꼭 한번 데려가고 싶었어요. 참! 아침에 새 약 바르고 새 붕대로 바꿨어요?"

"네, 준짱이 도와줬어요."

공원에는 진이가 좋아하는 푸르고 아름다운 나무들이 울창했다. 깨끗하고 상쾌한 분위기가 너무나 좋았다. 마치 동화에 나오는 무대 세트와도 같은 아늑한 공간에는 예쁜 벤치들도 있었다. 걸어 들어가는 산책길이 아름다워 마치 영화의 한 장면을 둘이서 걷는 것 같았다.

"아름답죠? 걷기 불편하면 말해요. 내가 안고 갈게요."

요시는 진이가 되도록이면 덜 힘들게 하기 위해 오른 팔로 진이의 허리를 감아 살짝 들어줬다. 아름다움에 도취된 연인들은 조용히 걷고 또 걸었다.

"여기에 요시가 연주하는 피아노 음악만 있으면 더 이상 더 바랄 게 없겠어요. 그런데 요시는 왜 그렇게 피아노를 잘 치는 거예요? 나는 못 치는데."

"그래서 지금 나한테 따지는 거예요?"

"푸아~~하하! 아니, 따지는 게 아니고 하도 신통해서 그래요. 굉장히 멋있고, 매력 있는 남자로 보여요."

요시는 아무런 반응을 안 보이고 진이를 사랑스러운 눈으로 내려다만 볼

뿐이다.

"잠깐 앉아서 쉬었다 갈까요?"

진이를 먼저 벤치에 앉히고 가볍게 입을 맞추어주던 요시가 얼굴을 찡그리며 진이를 약간 밀어냈다.

"진이, 입속에 뭐 있어요?"

"아까 다 뱉었는데."

"그게 뭐예요?"

"로즈메리같이 생겨서 한 줄기 따서 먹어보니까 쓰고 고약해서 금방 뱉었는데…."

"아니, 언제 또 그런 짓은 했어요? 그게 독이 있는 식물이면 어쩌려고 그렇게 아무거나 입에 넣는 거예요?"

"내가 고등학교 때 원예부를 했었기 때문에 로즈메리가 어떻게 생겼는지 잘 알거든요. 그런데 로즈메리하고 너무나 똑같아 보이는 식물이 또 있는 줄 몰랐어요."

요시는 손수건을 꺼내 진이의 입천장, 혀 등을 깨끗이 닦아줬다.

"삼킨 것도 있어요?"

"삼키지는 않았어요. 써서 금방 뱉었어요. 요시는 어땠어요?"

"쓰기만 하지 어떻기는 뭐가 어때요? 그렇게 쓴 걸 빨리 닦아내지 왜 그냥 있었어요?"

"닦아낼 휴지가 없었어요. 미안해요. 미리 말해 주지 못해서."

"아~~진이! 하여간에 진이는 정말 재미있는 사람이에요."

"미안하다고 하잖아요!"

무안해진 진이는 요시의 재킷 속으로 손을 넣어 요시의 허리를 안았다.

이 재미있는 아가씨와 얘기를 좀 할 게 있는데 이렇게 밑으로 가 있으니
바로 앉게 했으면 좋겠다는 생각에 요시가 물었다.

"진이만 그래요? 아니면 여자들은 모두 그렇게 남자 허리 안기를 좋아하는
거예요?"

그 말이 떨어지기가 무섭게 진이가 민망하거나, 창피하거나, 무안할 때면
언제나 하던 버릇대로 푸우아~ 하며 먼저 웃고는 벌떡 일어나 요시를 등지
고 앉았다. 핸섬한 요시의 허리가 좋아서, 너무나 좋아서 그냥 그렇게 안곤
했었는데 오늘 난데없이 요시가 물으니 진이는 무안해졌다. 공연히 뭣에 들
킨 것만 같기도 했고.

"왜 말이 없어요?"

"잘 모르기는 해도. 여자들이 다들 그러지는 않을 거예요."

"그러면 진이만 그러는 건가요?"

멋쩍고 무안해서 진이는 말을 못 했다. 손가락만 만지작거리고 있을 뿐이
다. 기다려도, 기다려도 말을 안 하자 다시 물었다.

"나보고 하루 종일 진이 등만 바라보고 앉았다가 집에 가라고요?"

그 소리가 우스웠는지 진이는 푸아~ 하고 다시 웃으며 돌아앉아 요시를
바라보았다. 요시는 얼른 진이의 어깨를 끌어안아 옆으로 기대앉게 하고는
어젯밤에 생각하고, 생각했던, 앞으로의 계획을 얘기하기 시작했다.

"내가 진이 졸업할 때까지 기다린다면 졸업 후 곧 나와 결혼해 주겠어요?
오늘은 딴 걱정은 하지 말고 진이 마음만 얘기해 줘요."

"나와 결혼하고 싶으세요? 무슨 일이 있어도?"

"무슨 일이 있어도 진이와 꼭 결혼하고 싶어요."

딴 걱정 없이 요시와 결혼하고 싶은 마음은 진이도 간절했다.

"고마워요. 내가 졸업하자마자 결혼해요, 우리."

"대학원은 결혼 후에 곧 가기로 하는 것이 어떻겠어요? 대학원은 내가 다 알아볼게요. 그리고 내가 구상했던 사업이 있었는데 그 사업을 한국에서도 시작해 보고 싶어요. 대학원 졸업하고 진이가 한국에서 살고 싶다면 나도 같이 한국에서 살아야하니까 그 쪽에도 미리 준비를 해 놔야죠. 아마 내가 기요코 아버님의 조언이 필요할지도 몰라요. 사정이 허락한다면 한번 찾아뵐 생각예요."

"기요코 아버님은 일본에서 하시던 사업을 처음 한국에서 시작하실 때 고전하셨던 것 같아요. 한국에 아는 분이 없으셔서 고생하실 때 우리 아버님이 많은 분들을 소개해 주셔서 도움이 되셨던 걸로 알고 있어요."

"진이 아버님도 사업하시는 분이신가요?"

"아뇨, 우리 아버님은 의사세요. 지금 아버님 친구 분들 중에는 고위직에 계시거나 아니면 큰 기업을 일구어내신 성공한 분들이 많아서 아버님이 살아만 계셨다면 요시한테 큰 도움이 될 수 있을 텐데. 그렇지만 우리 아버님이 기요코 아버님을 도와주셨듯이 기요코 아버님도 요시를 많이 도와주실 수 있으실 거예요."

"아버님이 안 계세요?"

"내가 고등학교 졸업할 때 돌아가셨어요."

"어떻게 돌아가셨어요?"

" '50년도 후반 미국의 R 재단에서 미국에 있는 각 의과대학의 암 연구소를 후원했어요. 그때 외국의사들도 초청해서 같이 연구를 하게 했는데 우리 아버님은 K 의과대학의 암 연구소에서 같이 연구를 하시게 됐었죠. 아버님이 서울에서 S 의과대학을 나오시고 또 약학박사 학위를 받으셨어요. 그리고

S 대학에 교수로 나가시면서, 후에 C 대학교 약학대학을 세우셔서 초대 학장으로 계실 때였어요. 아마도 약학과 의학을 하신 분이라서 초청을 받게 되셨나 봐요. 그리고 연구를 하시는 동안에 우연치도 않게 아버님 논문이 그 K 의과대학 교재 중 하나로 쓰는 걸 알게 되셨어요. 그 후 그 의과대학에서 아버님을 교수로 임명했고 미국 영주권을 받게 해 주어서 우리 식구들이 모두 미국 이민 수속을 하고 미국에 갈 준비가 다 됐었는데 갑자기 아버님이 큰 수술을 받게 되셨으니 출국을 미루고 기다리라는 거였어요. 그때 위암 수술을 받으셨던 건데 우리한테는 말씀을 안 하셨어요. 그리고 몇 개월 후에 돌아가셨다는 통지를 받게 됐죠. 말할 수 없는 큰 충격이었어요. 그렇게도 우리들과 시간 보내는 걸 좋아하시던 분이 가족과 떨어져 있게 되시니까 퍽이나 외로우셨나 봐요. 그곳에서 평소에는 안 하시던 술을 하시며 그리움을 달래시곤 하셨던 것 같다고 해요. 그게 병의 원인이 됐을지도 모른다고도 하고요. 돌아가신 지 벌써 3년이 됐는데도 가끔 아버지가 미치도록 보고 싶을 때가 있어요. 우리 아버님은 유난히도 우리들을 사랑하셨기 때문에 더 그리운 것 같아요. 미국 가시기 전까지만 해도 일요일은 무슨 일이 있어도 아무도 안 만나시고 우리들하고만 시간을 보내셨으니까요. 그때가 그리워요. 어머니는 우리들 보고 아버님이 돌아가신 게 아니고 아직도 미국에 계시다고 생각하래요. 아버님이 돌아가셨다고 해서 달라지는 것은 하나도 없을 거니까, 어머니가 전과 똑같이 해 주실 거니까 그렇게 생각하라고 하셨어요. 그래서 나는 우리 어머니에게 좋은 딸이 돼야 해요. 그것만이 혼자 애쓰시는 어머니를 도와드리는 거라고 생각하니까요. 내가 도와드릴 수 있는 거는 그것밖에는 다른 게 없는 것 같아요."

진이의 머리를 쓰다듬으며 듣고 있던 요시는 이야기가 다 끝나자 침착한 목소리로 위로했다.

"앞으로는 내가 진이의 아버지 겸 남편 역할을 다 해 줄게요."

진이는 아버지 생각에 눈물이 나오려고 하자 무의식중에 한다는 행동이 또 요시의 허리를 안고 거기에 얼굴을 파묻으려다가 짐짓 그만두었다. 눈치를 챈 요시는 진이의 팔을 끌어 자기 허리를 안게 하고 편히 앉게 도와줬다.

"나도 진이가 내 허리를 안아줄 때가 제일 좋아요. 나 좀 안아줘요."

"아~ 좋다. 너무나 편하고 좋아요! 요시 품속은 언제나 편안해요."

사랑스런 눈길로 진이를 내려다보던 요시는 다시 계속해서 자기의 계획을 진이에게 말해 주었다.

"대학원은 내가 알아보고 필요한 서류들이 있으면 연락할 테니까 가능한 한 빠른 회답을 해줘요. 진이가 대학 졸업 후 시간낭비 없이 곧 대학원을 시작하도록 했으면 좋겠어요. 그동안 일본어 공부를 조금 더 하면 좋겠어요. 굶으면서 공부할 수는 없으니까요."

"굶어요? 왜 굶어요?"

"메뉴는 완전히 이해해야지 굶지 않죠. 내가 어디든지 진이와 같이 다니며 메뉴를 읽어 줄 수는 없을 것 같아요. 나도 나대로 일을 봐야죠."

"아~아~ 그 소리! 그때를 생각하면 창피해요. 요시가 하라는 거는 뭐든지 다 열심히 할게요. 나는 원래 아버지 말을 잘 들어요."

"아, 하하하! 벌써 내가 한 세대 승진했군요. 진이가 떠나고 나면 누가 나를 이렇게 웃겨주죠?"

진이는 처음으로, 정말 처음으로 요시가 크게 소리내어 웃는 걸 보았다. 결혼해서 이렇게 이 사람의 웃는 소리를 들으며 살고 싶다는 생각이 간절해졌다.

"나도 빨리 한국어를 배우기로 했어요. 이렇게 영어나 일본어가 아닌, 한국어로 진이와 대화를 해보고 싶어요."

"나는 영어보다는 일본어가 비교적 쉽게 배워지는 것 같았어요. 문법이 같아서 쉬운 것 같아요. 영어가 나한테는 그렇게도 어렵더군요."

"진이 영어실력 대단해요. 우리 친구들 영어 실력이 만만치 않은데도 모두들 진이 영어에 감탄을 해요."

"어려워서 엄두도 못 내던 영어를 그래도 이 정도까지 할 수 있게 된 건, 이 선생님의 특별한 지도 때문예요. 우리 어머니 부탁을 받고 이 선생님이 나를 중학교 1학년 겨울방학부터 가르쳐 줬었어요. 그때 이 선생님은 대학 1학년이었어요. 4년 동안 겨울방학 때마다 우리 집으로 와서 가르쳐 주셨죠. 머리가 너무나 좋으셔서 나를 어떻게 가르치면 내가 어려워하지 않고 배우겠다는 걸 파악하고는 영어교과서를 안 쓰고, 언제나 타이핑해 갖고 와서 그것을 교재로 해서 배웠어요. 무조건 외우는 걸 아주 싫어하는 나에게 기초를 단단히 해 주었기 때문에 영어에 대한 자신이 조금씩 생기더군요. 그렇게 정성을 다해서 가르쳐 주셨는데 나는 아직도 그 빚을 못 갚고 있어요. 가끔 농담 삼아서 내가 아는 언니 중에 뛰어난 미인이 있으면 소개해 드려서 빚을 갚겠다고 하곤 했었는데, 아직도 못 해드렸어요. 이 선생님이 워낙 훌륭한 분이라 소개해 줄 만한 언니를 찾기가 너무 힘들어요. 마음이 너그럽고, 성실하고, 브레인이고, 그리고 아주 멋있게 잘 생기시고. 그러다 보니까 그분과 맞는 짝을 찾기가 어려워요. 처음에는 이 선생님을 오빠라고 불렀었는데 하루는 '오빠라고 하지 말고 아저씨라고 불러라' 그랬어요. 그래서 그 다음부터 아저씨라고 했는데, 영어 가르치러 온 첫 날 '오늘부터 선생님이라고 해라'고 하셔서 그때부터 선생님이라고 부르게 됐어요. 이 선생님은 그렇게 유머가 있고 재미있으세요."

"머리가 상당히 좋으신 분 같았어요. 그리고 아주 박식하시더군요."

요시는 그 영어 선생님이 마음에 걸리곤 했었는데 진이의 얘기를 듣고는 다소 마음이 놓였다.

"내가 첫 날 물어보고 싶었지만 요시가 너무나 사무적이고 차갑게 느껴져서 감히 말도 못 꺼냈었는데, 요시는 어떻게 그렇게 영어를 잘 배웠어요?"

"아버님이 사업을 하려면 반드시 외국어를 배워야 한다고 하시며 중학교 때부터 개인지도를 붙여 주셨어요. 고등학교 들어가면서 나의 친구들도 같이 하고 싶다고 하여서 모두 함께 본격적으로 미국 선생님한테서 배우게 됐죠."

"그렇게 어려서부터 미국 선생님한테 배웠기 때문에 발음들이 좋았군요. 잼버리에서 영어하는 일본 기자들을 여러 명 만났었는데 모두들 일본 악센트가 너무 강해서 한 번에 알아듣지를 못하고 자꾸만 다시 물어야만 알아듣게 되더군요. 나중에는 여러 번 물어보기가 미안해서 그냥 알아들은 척하기도 했어요. 상대가 웃으면 못 알아들었어도 우스운 소리를 했나보다 하고 같이 웃어주고 그런 때도 있었어요. 그래서 나의 짧은 일본어가 대 인기였었죠. 그런데 참! 미찌코 상은 일본 특유의 강한 악센트가 없었어요. 불어도 잘 하세요. 나와 제일 친했던 친구가 캐나다에서 온 대표였는데 그 친구와 불어를 하는데 잘 하시더군요."

"진이, 불어도 해요?"

조건 없이 사랑으로 빠져 들어가기 시작한 정열이 넘치는 이 연인들은 차차 서로가 서로를 알기 시작하고 있었다.

"제2외국어로 불어를 배웠는데 동사변화 몇 개 외우는 것 외에는 아는 게 하나도 없어요. 그래도 사랑한다는 말 정도는 해요. 불란서 영화에서 연인들이 말하는 걸 들었어요."

필요한 말 외에는 별로 말이 나오지 않는 요시는 이렇게 술술 말을 잘도 이어나가는 진이가 신통하기만 하다는 듯이 사랑스러운 눈길을 주며 듣고 있었다.

"진이는 어쩌면 그렇게 말을 재미있게 잘해요? 진이 말만 들으며 하루 종일 이렇게 있어도 지루하지 않겠어요."

"내가 말을 재미있게 잘해요? 우리 외삼촌 말씀대로 외교관이 될 걸 그랬나!"

진이의 예쁜 입으로 종알거리는 이야기를 듣고 있노라면 요시도 진이의 세계로 끌려들어가 마치 오래 전부터 진이를 알았던 것 같은 착각까지 하게 된다. 자기 무릎 위에 누워 종알종알 대는 진이를 내려다보는 요시는 행복이라는 게 바로 이런 거로구나 하는 생각을 하며 진이에게 도취되어 있었다. 서로가 애정 어린 눈으로 바라보며, 한쪽은 종알종알 앵두 같은 입술을 움직이고, 한쪽은 행복에 취해 있었다.

"아까 요시, 참 멋있었어요. 그거 몰랐죠?"

"언제요?"

"소리 내서 크게 웃었을 때요. 한 번도 크게 웃는 걸 못 봤기 때문에 요시는 소리 내서 웃을 줄 모르는 사람으로 알았거든요."

"그거는 진이도 마찬가지예요. 진이가 크게 웃는 걸 못 본 것 같아요"

"나는 그렇게 크게 웃으면 안 된대요. 절대로 크게 웃지 말래요."

"누가 그래요?"

"친구들이 그래요."

"친구들이 그런 것까지 참견을 해요? 진이는 친구들이 많은가 봐요?"

“네. 잔소리하는 친구들이 많아요. 내가 워낙 친구들을 좋아하니까요, 우리 어머니는 나 보고 아예 친구들 집에 가서 살래요.”

“그런데 왜 크게 웃으면 안 된대요?”

“내 웃음소리가 마치 비둘기가 구룩구룩 하는 소리 같대요. 그래서 잘 보이고 싶은 사람 앞에서는 절대로 소리내서 크게 웃지 말고 조심하래요.”

“어디 한번 크게 웃어봐요.”

“안 된다니까요.”

“이래도 안 웃을 거예요?”

요시는 진이의 허리를 간질였다. 진이는 웃음을 참으려고 입을 꼭 다물고 요시의 양손을 붙잡으려고 애를 썼지만 요시의 손이 어찌나 빠른지 잡을 수가 없었다. 한참을 시달리다가 결국 견디지 못하고 웃음을 터뜨리고 말았다.

“진이 친구들 말이 맞아요. 정말 비둘기 소리 같아요.”

결국 망신을 당하게 되서 억울한 진이는 요시에게 도전하여 요시를 사정없이 간질였다. 의자에서 밀려나 밑으로 떨어졌는데도 진이는 사정없이 그 위에 올라가 맹렬히 보복을 하고 있었다. 요시도 결국 견디지 못하고 웃음을 터뜨리고 말았다. 둘이는 가파른 숨을 달래느라 한참을 씩씩거리며 말을 제대로 이어가지를 못했다.

“나한테 달려드느라고 발 아프지 않았어요?”

“말했잖아요.”

“무슨 말?”

“요시하고 같이 있기만 해도 아픈 게 다 없어진다고요. 아~ 숨이 차서 말도 잘 못하겠네. 와~~ 기운 빠진다.”

한참을 요시의 가슴 위에 엎드려 쉬고 있던 진이가 말했다.

"둥둥 둥둥. 나, 이 소리 기억나요. 우리 둘이 도쿄에서 오다와라로 오던 날, 도중에 저녁 먹으러 식당으로 걸어 들어갈 때 뒤에서 요시가 윗옷을 내 어깨에 덮어줬죠. 그때 요시의 손길을 내 어깨에서 느끼게 된 순간 나는 몸이 마비돼서 한 발작도 움직일 수가 없었어요. 그러면서 내 등에서 바로 이 소리를 느꼈어요. 둥둥 둥둥. 동시에 내 몸이 다 녹아내려가는 것 같으면서 더는 서 있을 수가 없었어요. 그래서 얼른 요시한테 의지했었죠. 그때 들었던 이 소리! 이 심장 뛰는 소리! 잊혀지지가 않아요."

요시는 진이의 머리에 얼굴을 묻고 조용했다. 요시는 이 순간이 한없이 행복했다.

"무겁지 않아요? 그때는 나 보고 무겁다고 했었는데."

"새털같이 가벼워요."

"아~ 엉터리! 왜 자꾸 놀리는 거예요?"

요시는 역시 눈웃음만 보여줄 뿐 조용했다.

"진이! 나와 결혼해 준다고 해서 고마워요. 진이를 나에게 주신 신에게도 감사해요."

두 사람은 그날의 황홀했던 첫 키스를 기억하며 조용히 그렇게 있었다.

"배 안 고파요? 점심에 뭐가 먹고 싶어요? 내가 이태리 식당에 예약을 하기는 했지만 진이가 마음에 없으면 딴 데로 가요."

"이태리 음식 좋아요. 지금 같아서는 요시 옷을 먹어도 맛있을 것 같아요."

진이가 요시 가슴을 파고들며 옷을 먹으려고 하자 요시는 진이의 얼굴을 양손으로 번쩍 들어 못 하게 하고는 대신 자기 입술을 대 주었다. 따끈따끈한 키스를 받고난 진이가 다시 말했다.

"곰팡이가 이렇게 달고 맛있을 줄 몰랐어요."

"곰팡이? 무슨 곰팡이?"

"그런 게 있다니까요. 배고파요. 얼른 가요."

요시가 예약했다는 이태리 식당은 실내장식이 희미한 라이트로 꾸며진 아늑하고 아주 낭만적인 분위기였다. 부스로 들어가 마주앉은 요시가 옆으로 오고 싶으냐고 하며 윗옷을 열어 보이자 진이는 좋아라고 얼른 요시 옆으로 가 앉으며 한 팔로 요시의 허리를 감았다.

"이제부터는 간질이기 없기예요."

"알았어요. 걱정 말아요. 메뉴 공부부터 시작하고 모르는 것 있으면 물어봐요. 뭐 마시고 싶은 거는 없어요? 나는 진이가 괜찮다면 시원한 맥주 한잔해도 되겠어요?"

"요시는 맥주 하세요. 나는 시원한 얼음물이 마시고 싶어요."

웨이터로부터 맥주를 받은 요시는 한 모금 맛을 보겠느냐고 물었다.

"쓰잖아요?"

"아니. 그렇게 쓰지 않을 거예요. 아주 시원할 거예요."

"시원하면 한 모금만 마셔 볼게요."

한 모금을 입에 넣은 진이는 얼굴을 찡그리며 삼키지를 못하고 그냥 입에 물고만 있었다. 요시가 삼키라고, 삼키라고 해도 못 삼키고 얼굴만 잔뜩 찡그리고 물고 있었다.

"그러면 하는 수 없네. 내가 받아 마셔야지."

요시가 진이 입에 입을 갖다 대자 진이는 급기야 한숨에 꿀꺽 삼켰다. 그리고는 요시를 흘겨봤다.

"진이는 흘겨보는 눈도 예뻐요."

"음식 주문할래요. 메뉴 설명해 주세요."

"이거는 해물 파스타와 샐러드, 그리고 이거는 올리브 오일에 볶은 가지와 양고기…, 아니 이거는 안 되겠어요. 그리고…."

한참을 듣고 있던 진이는, "해물 파스타와 샐러드가 좋게 들리네요." 한다.

"나도 같은 거로 하죠."

웨이터가 주문을 받아간 후,

"요시가 피아노 치는 거를 듣고 싶은데."

"안 한 지 너무 오래 돼서 잘 안 되더군요."

"왜 계속 안 했어요?"

"일이 너무 바빠서 그럴 시간이 없었어요. 요새는 진이 덕분에 내가 잘 쉬고 있지만."

"그럼 일이 많이 밀리겠네요."

"뭐 대강. 어떻게 되겠죠. 그래도 아버님 회사일은 매일 새벽에 회의를 하고 있어서 그 일은 밀리는 게 없어요."

"매일 새벽? 나 있는 동안도 했어요? 새벽 몇 시요?"

"아침 5시 반부터 아버님과 식사를 같이 하며 약 한 시간씩 해요. 내가 대학교 4학년 때부터 해 오는 일이에요. 아버님은 회사 가서서 중역회의를 하셔야 하기 때문에 그때뿐이 시간이 없어요."

"두 분 다 대단하신 분들이세요. 우리는 쿨쿨 자는 동안 두 분은 회의를 하신다고요?"

"진이 자는 방 앞을 지날 땐 진이 코고는 소리도 들려요."

"아~ 또 엉터리 같은 소리. 나는 절대로 코고는 사람이 아네요."

"오늘밤에 내가 녹음해 놓을 테니 한국에 갖고 가서 들어봐요."

"해 보세요. 아무 소리도 녹음이 안 될 걸요."

진이 어머니가 호스트 집을 떠나기 전에 선물을 하고 오라고 해서, 요시에게 부탁하여 백화점에 들러 식구대로 선물을 샀다.

샤워를 시원하게 하고 난 후 잼버리 때 S 화장품회사에서 나누어준 상자를 꺼내 얼굴엔 크림도 바르고, 분도 가볍게 발랐다. 발에 약을 바르고, 새 붕대를 감았다. 상처가 생각보다 많이 아물어서 기분이 좋았다.

준짱과 진이, 그리고 요시가 안채로 들어가니 준짱 아버지는 벌써 와서 기다리고 있었다.

"안녕하세요."

진이는 공손히 인사를 했다.

"그동안 우리 집에서 혹시 불편하지는 않았는지 모르겠군요."

"아닙니다. 저의 집같이 편했습니다. 여러분께서 신경을 써주셔서 대단히 감사합니다."

"발을 다쳤다고 들었는데 어때요?"

"아! 네~ 에. 아무렇지도 않습니다. 남들은 못 가져가는 선물을 저는 갖고 가니까 딴 단원들이 보면 부러워할 거예요."

'진이는 어떻게 저렇게 예쁜 소리를 금방금방 생각해 낼까?'

요시는 진이가 신기했다.

"진이 학생은 사람을 편하게 해 주는 재주가 있군요. 이리로 앉아요. 모두 앉을까?"

준짱 아버지는 가끔씩 진이와 요시의 눈치를 보았다. 요 며칠 사이에 요시에게 분명 무슨 변화가 온 것을 직감할 수 있었기 때문이었다.

진이가 처음 이 집에 도착하던 날, 준짱 아버지의 진이에 대한 인상이 무척 좋았었다. 잠깐 보았지만 구김살 하나 없이 맑고도 바른 태도가 신통하면서도 예쁘게 보였다.

"진이 학생은 언제 일본어를 배웠어요?"

"얼마 안 됐습니다."

"어떻게 해서 일본어를 배우게 됐어요?"

"저의 어머님이 배우자를 정하지 않고는 혼자는 절대로 멀리 미국으로 유학을 보낼 수 없다고 하셔서 막연하게 2차 선택으로 가까운 일본에서 대학원을 해야겠다는 생각에 혼자 준비를 조금씩 했었습니다."

"그러니까 배우자가 생기면 미국으로 유학, 배우자가 안 생기면 일본으로 유학, 이렇게 되는 건가요?"

"꼭 그렇지만은 않을 수도 있습니다. 저의 어머님 심중을 아직은 알 수는 없으니까요. 하지만 지금으로선 저의 일차 선택은 일본 유학으로 생각하고 있습니다."

"대학원까지 가서 공부를 더 하려는 이유는 뭔가요?"

"제 전공을 좀더 깊이 공부해서 작품하는 데 도움이 됐으면 하는 바람이고요, 또 다른 이유는 대학에서 가르치고 싶습니다. 그러려면 대학원에서 더 공부를 하는 건 필수라고 생각이 들어서입니다. 필요하다면 박사코스도 해 보고 싶고요."

"진이 학생이 공부 욕심이 많군요. 열심히 해 보세요. 진이 학생은 똑똑해서 문제없이 할 수 있을 거예요."

"잘 봐 주셔서 감사합니다. 노력하겠습니다."

그때 진이에게 전화가 왔다.

"대장님 안녕하셨어요?"

저쪽에서의 이야기가 길어지는 것 같았다. 대장의 설명을 다 듣고 난 후 진이가 말했다.

"알았습니다. 미리 예약하겠습니다."

식탁으로 돌아온 진이에게 대장이 무어라 했느냐고 준짱이 물었다.

"택시회사에 오늘 미리 예약해서 내일 새벽에 요코하마 행 첫 기차를 놓치지 말라고 하셨어요."

"요시는 내일 나하고 하는 아침을, 대신 진이 학생과 같이 하고 요코하마까지 데리고 가서 배웅하고 오도록 해라. 준짱도 같이 가고 싶으면 일찍 일어나던가. 내일 떠나는 인사를 하려면 진이 학생이 너무 바쁘니까 오늘들 다 하도록 하고."

그 집 가풍에 걸맞은 요시 아버지의 지시였다.

그러는 동안 또 전화벨이 울렸고, 요시가 전화를 받아보라고 하여 진이가 받아보니 이 선생이었다. 내일 떠나는 거 못 봐도 잘 가기 바라고, 곧 서울 들어가니까 그때 연락하겠다는 말을 해 주고 끊었다. 요시는 왠지 아직도 준기에게 신경이 많이 쓰였다. 그 사람에게서 풍기는 위압감 그리고 진이가 이준기 씨를 상당히 존경하고 아주 좋아하고 있다는 것이 자꾸 마음에 걸렸다. 이것이 질투심이라는 걸까?

"진이 오늘 저녁에 너무나 예뻤어요. 눈치 보일까봐 계속해서 바라볼 수 없어서 참느라고 혼났어요."

"이제부터 나는 모두 요시 거예요." 하면서 진이는 요시에게 안겼다.

"우리 앉을까요?"

요시가 틀어놓은 피아노곡을 들으며 진이는 조용히 요시에게 기대어 앉았다. 어제보다도 훨씬 마음이 안정되고 편안하다. 요시도 마찬가지로 마음이 평온해 보였다. 두 사람의 두터운 믿음은 모든 불안과 두려움들을 눈 녹듯이 녹여, 어제까지만 해도 촉촉해서 무언가 편치 않던 자리가 이제는 뽀송뽀송 편안하다.

"이 곡만 듣고 가서 자야할 것 같아요. 내일 요시가 피곤하겠어요. 미안해서 어떡하죠?"

"진이를 위하는 일은 하나도 힘들지 않아요. 진이 나 좀 봐요."

진이는 얼굴을 돌려 요시를 바라봤다. 아무 말 없이 바라보고만 있는 요시.

"왜 그렇게 보고만 있어요?"

'봐도, 봐도, 바라보고 싶은 진이! 나의 여자 진이! 나만의 진이!' 진이를 바라볼 수 있는 것만으로도 세상을 다 얻은 듯 행복한 요시는 그렇게 진이에게서 눈을 떼지 못했다.

"학교 훈육주임, 호랑이 선생님의 그 무서운 눈매에도 나는 주눅 한번 들어본 적이 없는데 요시의 눈길만 받으면 가슴이 떨리고 주눅이 들어 버려요. 아마 나는 무서운 눈매보다는 매력적인 눈길에 더 약한가 봐요."

진이는 몸을 일으켜 두 팔로 요시의 목을 끌어안고 요시의 두 눈을 바라본다.

"이 눈은 내 거예요. 아무한테도 이런 매력적인 눈길을 주면 안 돼요."

서서히 아래로 내려가 입술을 응시한다.

"이 입술도 내 거예요. 나 외에 그 누구와도 입을 맞추면 안 돼요."

진이는 몸을 낮추어 두 팔로 요시의 허리를 감싸 안는다.

"이 핸섬한 보디도 내 거예요. 나 외에 아무도 요시 몸에 손을 대선 안 돼요. 약속하는 거죠?”

“약속해요. 진이 욕심쟁이 맞아요?”

“네. 나 욕심쟁이에요. 친구들은 나보고 독점의식이 강하다고 해요.”

“진이 친구들은 진이 흉을 잘 알고들 있는 것 같아요.”

“제발 그 소리는 하지 말아주세요. 창피해요. 내가 어쩌다가 실수로 그 흉한 꼴을 하필이면 딴 사람도 아닌 요시에게 모두 보여주게 됐는지 후회가 막심해요.”

“나는 그런 진이가 더 귀여웠어요. 다음번에는 꼭 사진으로 남길 거예요.”

요시가 근래에는 바빠서 사진기에 손을 댄 지 오래지만 전에는 사진 찍기가 취미였었다. 그래서 요시 아버지는 방 옆에 작은 암실도 만들어주었다.

“으~으~ 사진은 정말 안 돼요.”

“벌써 내가 찍어 둔 게 있어요. 인화해서 보내줄게요.”

“아~~ 창피해서 어떡해!”

“아참! 지금 내가 인화해 줄 수 있어요.”

둘이는 요시의 암실로 들어갔다. 진이에게 네거티브들을 보여주며 마음에 드는 걸 골라보라고 했다.

“맙소사! 이건 또 언제 찍은 거예요? 싫어요! 싫어요! 만들지 말아요. 안 돼요. 인화하면 안 돼요.”

진이가 하도 요시를 밀어붙이는 바람에 요시는 암실에서 밀려 나오고 말았다. 웃음을 참지 못하고 계속 웃는 요시를 보고 진이는, “내 허락 없이 맘대로 웃지 마세요.”한다.

“왜요? 웃는 건 내 맘이죠. 왜 진이 허락이 필요해요?”

“벌써 잊었어요? 그 입술은 내 거라고 했잖아요?”

"내 아가씨는 정말, 정말로 욕심쟁이네!"

요시는 진이를 번쩍 들어 안고 소파로 가 앉아 진이를 자기 무릎 위에 앉혔다.

"오늘 밤은 내가 이렇게 안고 재워 줄게요. 진이가 좋아하는 피아노곡을 들으며 잠을 청해 봐요."

요시는 진이의 이마에 가볍게 뺨을 대고 피아노곡을 쫓아 허밍하며 아기 재우듯 토닥거렸다. 진이는 늘 하던 버릇대로 요시의 허리를 안고는 눈을 감고 음악을 감상했다.

"나는 하나님께 감사하고요, 또 요시를 낳아주신 부모님께 감사해요. 그리고 나를 요시의 여자로 택해준 요시에게 감사하고요. 이 모든 것들을 내 가슴속 깊은 곳으로부터 감사해요."

요시는 진이의 얼굴을 내려다보았다. 그리고 마음속으로 말했다.

'진이, 그 모든 말은 내가 진이에게 해야 할 말이에요.'

그리고는 진이를 안고 있는 팔에 힘을 주어 안았다. 다시 진이의 이마에 입술을 가볍게 대고 둘이는 조용히 그렇게 행복했다. 진이가 깊은 잠에 들기를 기다렸던 요시는 진이를 조심스레 안고 몽키 방으로 갔다.

가정부는 일본식 아침식사를 아주 잘 차려놓았다. 끝으로 커피를 마시고 진이와 요시는 일어나 출발했다. 가는 동안 요시는 계속 진이의 손을 놓지 않고 한 손으로만 운전을 하면서 기회만 있으면 진이를 바라봤다. 한 번이라도 더 바라보고 싶고 되도록이면 진이의 모든 것을 더 많이 머리에 새겨놓고 싶은 간절한 마음에서였다. 라디오에서는 둘이 좋아하는 음악이 계속 흘러나오고 있었다.

"뒤로 기대고 잠 좀 청해 봐요. 늦잠꾸러기가 일찍 일어나느라 고생했을 텐데."

"요시~~ 나 늦잠꾸러기 아녜요. 요시가 비정상으로 부지런한 사람이지!"

"내가 비정상인 사람이에요?"

"그럼요! 정상은 아닌 게 분명한 걸요. 그런데 나는 왜 그렇게 비정상인 사람을 사랑하는지 모르겠어요! 지금 잠을 잘 생각은 없고요. 당장 하고 싶은 게 있어요."

"지금 당장? 그렇게 급해요? 차를 세울까요?"

"아뇨. 세울 필요 없어요."

그리고는 느닷없이 요시의 볼에 키스를 했다.

"진이 위험해요."

"아뇨. 절대로 안 위험해요. 나는 기술적으로 할 수 있어요." 하고는 이번에는 요시의 턱 밑으로 들어가 입에다가 키스를 했다. 요시가 위험하다고 하자 진이는 제자리로 돌아와 앉는다.

"키스 룰 넘버 원 - 키스하는 동안은 절대로 이야기하면 안 되기 - 오케이?"

그리고는 또 키스를 했다. 요시가 하도 우스워서 웃자 다시 제자리로 돌아가 앉은 진이는 제법 신중한 얼굴로 말했다.

"키스 룰 넘버 투 - 키스하는 동안은 절대로 웃으면 안 되기 - 알았어요?"

그리고 또 밑으로 들어가 키스를 했다. 요시는 할 수 없이 차를 세울 수밖에 없어, 갓길에 세운 후 진이의 상체를 무섭게 끌어안고 불같은 뜨거운 키스를 여한 없이 해냈다.

이성에 처음으로 눈을 뜬 요 걸음마쟁이 연인들은 시도 때도 없이 좋기만 하다.

정열을 마음껏 키스로 불태우고 난 요시가 묻는다.

"이 장난꾸러기가 가고 나면 나는 무슨 재미로 살아가지?"

"나도 장난칠 상대가 없어서 어떡하죠? 내가 빨리빨리 학교를 졸업할게요."

빨리빨리 졸업한다는 말이, 시간이 가기를 기다려야만 하는 것이지 진이가 빨리 한다고 되는 것이 아니라는 걸 알면서도 왠지 요시는 그 소리가 듣기 좋았다.

음악을 감상하며 사랑놀이를 하며 목적지에 도착했다. 요시는 예쁜 상자에서 오팔 목걸이를 꺼내 진이의 목에 걸어줬다.

"진이가 10월생이라고 해서 오팔로 했어요."

"정말 예뻐요. 이렇게 예쁜 선물 처음이에요. 고마워요."

진이는 정말로 마음에 들어 눈을 떼지를 못했다.

"그리고 이거는 진이 코 고는 소리 녹음한 테이프예요. 집에 가서 들어봐요."

"아~~ 또 엉터리 같은 그 소리!"

"집에 가서 들어보면 엉터리 같은 소리가 아니라는 걸 알게 될 거예요. 집에 도착하는 대로 편지 해 줄 거죠?"

이제야 이별을 실감하게 된 진이는 눈물이 나올 것 같아 얼른 차에서 내리려는데 요시가 급히 진이 팔을 잡았다.

"나 마지막으로 키스해 주고 가지 않을래요?"

진이는 다시 몸을 돌려 요시에게 키스를 해 주는데 눈물을 줄줄 흘리며, 흑흑 흐느끼며 하느라 애를 썼다. 요시가 한 손을 진이 머리 뒤에 대고 가볍게 눌러 도와주었다. 흐느끼는 진이를 품에 안고 진정시킨 후 진이 귀에 입김을 불어넣듯이 속삭였다.

"키스 룰 넘버 스리 - 키스하는 동안은 절대로 울면 안 되기 - 오케이?"

요시는 손수건으로 진이의 눈물로 얼룩진 뺨을 닦아주고, 머리도 예쁘게 정리해 줬다. 가슴이 찌~잉 해지는 요시는 정겨운 마지막 키스를 가볍게 해주고 진이를 놔줬다.

먼저 도착한 단원들이 모여서 재미있게 수다를 떨고 있었다. 요시가 진이의 짐을 들고 뒤를 따르고 있는데 대장이 진이를 보고는 깜짝 놀라 달려왔다.

"왜 이렇게 됐니?"

"딴 데 정신을 팔다가 다쳤어요."

"너 같은 똑똑이가 어디에 정신을 두었기에 이렇게 다쳤니? 아프지 않니?"

"아뇨, 아프지 않아요."

진이를 본 단원들이 달려와 왜 그러냐? 아프냐? 수선들이다.

진이의 짐을 내려놓고 요시는 대장에게 인사를 했다. 진이는 준짱의 오빠라고 대장에게 요시를 소개해 주고 대장은 진이를 보살펴주고, 이렇게 이른 아침에 데려다주기까지 해서 고맙다고 누누이 인사를 했다. 바른 자세로 서서 한손을 윗옷 단추 있는데 얹고 정중히, 그리고 깍듯이 인사하는 그 자세, 진이 마음을 사로잡던 그 태도는 단원들의 마음도 사로잡기에 충분했다. 요시는 진이의 어깨를 잠깐 안아주고는 자기 차로 돌아갔다.

"준짱 오빠 일본사람이니?"

"응. 왜?"

"그런데 어떻게 그렇게 영어가…?"

강한 일본 악센트에 익숙해진 단원들은 요시의 영어가 신기했다. 그리고 풍기는 매력에 매료된 듯했다.

진이가 떠나는 걸 보고 가기로 한 요시는 차에 기대서서 진이만을 바라보고 있었다. 진이도 틈틈이 요시를 바라보다가 아예 요시를 향해 돌아섰다. 서로는 그렇게 바라보고 있었다. 그 사이로, 그 공간으로, 사랑한다는 말이 서로의 눈을 바라보며 수십 번, 수백 번은 오고갔다.

국제결혼

진이가 타고 가는 배는 미국에서부터 오는 미 해군 소속으로, 주로 미 해군 가족들을 새로 부임되는 곳으로 이사시키거나, 가족들이 휴가를 갈 때 사용되며 그 외 필요한 이동을 돕기 위해서 정기적으로 미국과 동남아를 항해하는 유람선과 같은 호화스러운 배였다.

한국 대표들을 이 배에 태우게 한 것은 걸스카우트 간사장의 아이디어였다. 전 세계에서 오는 대표들에게 국위선양을 하고, 민간외교를 위해 최선을 다 해 줄 한국대표들에게 선물을 해야겠다는 생각에서 미 해군에 부탁을 해 요코하마에서 동남아를 거처 한국까지 크루즈를 시켜주게 되었던 것이다.

짐을 풀고 갑판으로 나간 단원들은 배의 호화스러움에 기가 죽었다. 대형 수영장, 셔플시설, 배드민턴, 배구 등등 온갖 시설들, 정리 정돈이 잘 되어 나열된 길게 앉을 수 있는 의자들, 수영장 근처의 의자들 옆에는 눈같이 새하얀 큰 타월들이 산같이 비치돼 있고 음료수는 하루 16시간 오픈 된 바에서 언제든지 무엇이든 서비스를 받을 수 있었다.

저쪽 한 테이블에 동양사람으로 보이는 사람들이 있어서 단원이 모두 그 쪽을 보고 있는데, 그 중에 제일 나이 들어 보이는 남자가 웃으며 걸어오고 있었다.

"아직 점심 전이죠? 나는 한국 해군소령 강영식입니다. 저기 나와 같이 있는 분들이 모두 한국 분들입니다. 점심식사 후 내가 소개해 줄게요."

카페테리아에서 점심을 한 단원들은 한국사람들이 있는 테이블로 가 합석했다. 단원들은 기대치도 않던 한국사람들을 만나서 반가웠고, 그 사람들도 발랄한 대학생들을 보고 무척 반가워했다.

"첫 번째 이 건장한 남성은 미국에서 물리학 박사학위 끝내고 고향으로 가는 가망이 있는(아직 총각이라는 소리) 홍진영 박사. 두 번째 분은 미국서 의과대학을 나온 가망이 있는 한주석 의학박사. 세 번째 분은 우리 테이블 홍일점인 미세스 테일러, 바로 옆이 미세스 테일러의 남편 라이언 테일러, 미 해군 소령입니다."

미세스 테일러를 어디서 본 듯하여, 진이는 곰곰이 생각하다 알아냈다.

"미세스 테일러 어머님이 혹시 간호사가 아니셨던가요?"

표정이 굳어지는 부인과는 달리 남편인 테일러 소령은 반갑다는 반응이었으나 이내 아무 말이 없었다.

"제가 아는 분하고 많이 닮으신 것 같아서요…."

진이는 성자가 무언가 피하는 것 같아 화제를 돌렸다.

"닥터 한 여기 꽃다운 아가씨들이 많은데 데이트 좀 해 보시지? 한 아가씨만 빼고는 모두 가망이 있는 아가씨들일 것 같은데."

"저는 이 아가씨들한테는 아저씨뻘인데 기저귀를 금방 뗀 애기들하고 어떻게 데이트를 합니까?"

그런 소리를 듣고 가만히 있을 아경이가 아니었다.

"기저귀요? 우리들도 내일 모레면 사회인이 되는 걸요."

"그런데 왜 한 아가씨만 빼라고 하십니까? 소령님이 점 찍어둔 미스가 있으신가 보죠?"

"아니! 나도 애기들하고 데이트하기에는 너무 늙지 않았나? 학생도 알다시피!"

진이는 궁금했다. 정말 궁금했다.

'저 해군 아저씨는 내가 애인이 있는 걸 어떻게 알았지? 혹시 저 아저씨 점쟁이?'

진이의 야릇한 눈초리와 마주친 해군 아저씨는 씽긋 윙크를 보냈다.

모두들 영화를 보러 극장으로 갔고, 진이만 갑판으로 가 망망한 바다를 바라보며 벌써 보고 싶어지는 요시를 생각하고 있었다. 진이가 기대고 서 있는 기둥을 누군가가 똑똑 노크를 해 쳐다보니 아까 그 해군아저씨가 미소를 지으며 말을 걸었다.

"이름이 진이라고 했던가요? 애인 생각해요? 이상하게도 이렇게 배를 타면 더 외로워지지. 나도 많이 경험했으니까."

"강 소령님도 애인이 그리워서 갑판으로 나오셨나요?"

"떠난 애인 생각은 이제 그만하렵니다."

"제가 궁금한 게 있는데요."

"진이 양 애인이 있는 걸 어떻게 알았느냐고 묻고 싶은 거죠? 내가 긴 여정이 답답해서 배에서 내려 주위 가게들을 돌다가 주차장에서 두 사람을 우연히 보게 됐었죠. 오해는 말아요. 일부러 보려고 한 것은 절대로 아니니까. 실연을 한 나에게는 두 사람이 부럽기도 하면서 한편으로는 너무 아름답게 보이더군요."

사람을 쉽게 사귀는 두 사람은 강 소령의 연애 경험담, 해군 이야기, 요시 이야기 등으로 시간 가는 줄 모르고 있었다. 벌써 영화를 다 보고 나온 단원들의 떠드는 소리가 들린다.

"나탈리 우드 너무 예뻤지? 어쩌면 그렇게도 예쁜지 모르겠어!"

"아~~ 나도 그런 사랑 한번 해 봤으면 지금 죽어도 한이 없겠다."

어떤 사랑이었기에 죽음까지 운운하나 싶어 진이는 단원들이 걸어가는 쪽을 멀끔히 바라보았다.

진이는 방에 들어가서 스웨터 하나를 걸치고 다시 나와 갑판 위로 올라갔다. 갑판으로 나가면 요시와 조금이라도 더 가까워지는 것 같아서일까? 요시 생각을 하며 바다를 내다보고 걷노라니 망망한 밤바다가 그렇게도 로맨틱할 수가 없었다. 요시가 더욱더 그리워졌다.

저 쪽에 남녀 한 쌍이 있어 피해 지나가려하는데, 그 쪽에서 "진이?"하고 불러 돌아서 자세히 보니 테일러 부부였다.

"이리 와서 수잔하고 얘기 좀 해요."

테일러 소령이 진이를 불렀다.

"아까는 내가 진이를 몰라봤었어. 미안해. 한국에서 있었던 안 좋은 기억들 때문에 내 과거를 아는 사람을 피하고 싶었었나봐."

진이가 성자를 처음 보게 된 건 진이네 병원에서다. 진이 어머니가 한 달에 한 번씩 무의촌에 무료진료를 갈 때마다 같이 가 주던 간호사가 성자 어머니였다. 도와줄 사람이 더 필요할 때는 가끔 성자를 데려오곤 했었는데, 피부가 희고 예뻐서 백설공주 같았었다. 진이 어머니는 성자가 대학을 나오자 발 벗고 나서서 여러 번 맞선을 보게 해 주었으나 신랑감들은 한눈에 반해서 하고 싶어 하는데 홀어머니에 외동딸이라고 부모들이 반대를 하여 하나도 성사가 되지를 않았다. 보다 못한 진이 아버지가 머리 좋은 성자를 미국으로 유학을 보내주었던 거였다. 유학수속이 끝났을 때 진이 어머니는 성

82

자를 명동에 있는 양장점에 데리고 가 양장을 맞추어 주었었는데 그때 진이도 따라갔던 기억이 난다. 성자가 떠나기 전 인사하러 왔을 때 진이 어머니는 하와이에 있는 영사가 똑똑한 사람이니 만나보라고 했다.

"언니 그때 김 영사라는 사람 만나지 않으셨어요?"

"만나러 오겠다고 연락이 왔었는데, 오지 말라고 했어."

"왜 그러셨어요?"

"한국서 여러 번 맞선을 보면서 환멸 같은 걸 느꼈어. 가난하고, 홀어머니 밑이라고 무조건 사람을 무시하는 사회가 내 자존심을 극도로 상하게 한 게 주원인이기도 하고, 그냥 공부에만 전념하고 싶었어."

진이는 '한국 남자들은 참으로 등신들이구나. 이렇게 훌륭한 여자를 못 알아보고 부모들이 뭐라고 한다고 쉽게 포기하는 바보들이구나.'하는 생각이 들어 안타깝기까지 했다.

"라이언 하고는 어떻게 만나셨어요?"

"학교에서. 그 사람도 박사과정을 하고 있었어. 도서관이나 카페테리아에서 자주 마주치면서 알게 됐는데 나중에 알고 보니 일부러 나를 쫓아다니면서 우연히 만난 척했다는군. 라이언 집에서도 처음에는 나를 반대하셨지. 그런데 라이언이 부모하고의 연은 끊어도 나를 포기 못 한다고까지 하면서 결국 허락을 받아냈지. 할아버지가 미 해군제독인 대대로 해군 집안으로 가풍이 아주 봉건적인데 지내고보니 시부모님이 너무나 좋은 분들이셔. 내가 자궁외임신으로 첫 아이를 유산했을 때, 그때 시부모님이 아이는 또 노력하면 되고, 설사 못 낳는다 해도 나만 건강히 회복되어주면 더 바랄게 없다고 하시며 지극정성으로 보살펴 주셨어. 참 인간미를 느끼게 해 주셨어."

"그 후로 아기를 낳으셨나요?"

"라이언이 원치를 않아. 의사가 자궁외임신이 매번 되는 게 아닐 수도 있으니 한 번 더 노력해 보라고 했는데도 나 보고 왜 그 고생을 하려하느냐고 하며 자기는 내가 고생하는 거 절대로 못 본다고 하더군. 라이언도, 라이언 부모님도 내가 아이를 원한다면 입양을 하는 게 어떻겠느냐고 배려해 주셔서 이번에 아기를 보러 한국에 들어가는 길이야."

"참으로 존경스러운 분들이군요. 우리 아버님 돌아가셨을 때 언니가 거기까지 가셨다는 얘기 들었어요."

"응. 너무나 아까운 분이 그렇게 일찍 돌아가시는 게 정말로 분하고 억울하다는 생각에 많이 울었어. 나한테는 친아버님과도 같은 분이셨는데."

두 사람은 잠시 슬픔에 잠겼다.

"일본에서는 좋았어?"

"좋았어요. 거기서 값진 진주를 발견했어요. 언니 서울 가서 우리 어머니 만나시면 이 이야기는 아직 하지 말아주세요."

"애인이구나? 일본서 한국 교포를 만나게 된 거야?"

"아뇨. 일본사람이에요."

"일본사람? 어머니가 아시면 좋아하지 않으실 텐데. 남자 쪽 부모도 그럴 거고."

"그래서 두렵기는 하지만 잘 되도록 노력해야죠. 언니는 사랑을 해 봐서 알겠네요. 그리움이란 게 어떤 건지."

"보고 싶어?"

"네. 헤어진 지 하루도 안 됐는데, 여러 날 된 것 같아요."

"이렇게 예쁜 진이의 마음을 얻은 사람은 어떤 남잘까?"

"한 순간에 내 마음을 송두리째 훔쳐간 도둑이라고나 할까요?"

"그건 무슨 흉한 소리야? 사랑하는 사람보고?"

"그렇죠? 그런데 언니, 나는 지금까지 내 나름대로 매사에 자신만만하게 살아왔었는데 그 사람 앞에서는 내가 부족한 게 너무나 많고…, 왜 그런 게 있잖아요? 말은 잘 안하는 사람인데도 사람을 끄는 분위기가 있는 그런 매력이 있는 사람. 처음엔 그 사람한테 마음을 주지 않으려고 애를 썼는데도 컨트롤이 안 돼서 속상하고 나중에는 나 자신이 미워져서 화까지 나며 속이 상하더군요. 그런데 이제는 마음이 편해졌어요. 알면 알수록 속이 깊은 사람이에요. 무엇보다도 기본이 반듯해요."

"진이가 사람 볼 줄 아네. 맞았어. 사람은 기본이 중요해. 그게 모두 가정교육에서 오는 거지! 살아가면서 보니까 아무리 학식이 높아도, 아무리 지위가 높아 권력이 대단해도, 아무리 재산이 많아도 기본이 반듯하지 못한 사람들은 인간답게 사는 걸 모르는 것 같더군. 그러면 그 행운아는 진이를 어떻게 생각하나?"

"자기한테는 내가 과분하다고 해요. 같이 시간을 지내보면서 진심으로 나를 위하고, 아껴주는 걸 알게 됐어요. 내가 첫 여자라서 그런지 여자에 대해서는 아주 숙맥이에요. 나를 어떻게 다룰지를 몰라서 쩔쩔매는 게 어떤 때는 내 눈에도 보여요. 그럴 땐 귀엽기도 해요."

"천생연분을 만난 것 같아서 기쁘다. 진이가 멋있게 잘 자랐구나. 부모님께서 자녀교육에 그렇게 신경을 많이 쓰신 보람이 있다. 민 박사님께서 살아계셨더라면 이렇게 잘 자라준 진이가 얼마나 대견하실까? 그래! 사랑에는 국경이 없더구나."

"이성을 사랑한다는 게 말예요. 그 사랑을 시작하게 되면서부터 제 인생에 큰 전환점이 시작되는 것 같아요. 내가 계획치도 않던, 생각지도 못했던 방향으로 한 발을 내딛게 되고 보니까, 마치 이 플레네트에서 다른 플레네트로 옮겨온 것 같은 것을 느끼게 해 주네요. 어제까지도 안 그랬었는데 아침에 눈을 떠보니 다른 세상에 와 있는 것 같은, 어제까지만 해도 그 사람은 내 리스트에 있지도 않던 사람인데, 이제는 그 사람 없이는 하루도 못 살 것같이 만들어 놓는⋯."

"그러게 말이다. 이성간의 사랑이란 참으로 묘해. 두 사람 사이를 강한 화학작용으로 변화를 일으키게 해 주니까 말이야. 케미스트리의 장난이라고 해야 할까?"

"분명 두뇌에서 조정하는 화학작용인 것 같아요. 애초의 내 의지대로는 가지 못하고, 지금의 상황으로 오게 된 것이 케미스트리의 장난이 아니고 무엇이겠어요?"

저 쪽에서 라이언이 핫 초콜릿과 담요를 들고 오고 있었다.

학교생활로 돌아오다

"어디 발 좀 보자. 상처가 다 아물기는 했구나. 돌아다니지 말고 집에서 쉬어라."

진이 어머니가 진이의 발 상처를 보고 말했다.

"저 쉴 시간 없어요. 여름방학을 거의 다 까먹어서 작품 할 시간이 충분치 못해 걱정인 걸요. 참, 이 선생님이 다음 주쯤에 한국에 잠깐 들어온다고 했어요."

"준기 군을 사위로 삼고 싶어서 야단들인데⋯."

"모든 면에서 아주 훌륭한 여자가 아니면 말도 꺼내지 마세요. 선생님한테 웬만한 여자는 아예 소개도 하지 마세요. 아무리 여자 측에서 졸라도요."

"준기 군 만나봤니?"

"도쿄에서 우리 모두에게 점심 사 주었어요. 그리고 준짱 부모님께 선물도 사 보냈고요."

"또 신세를 졌구나! 그 사람 생각 깊은 건 보통사람들은 못 따라간다니까. 기요코 아버님이 준기군하고 기요코를 엮어주시려고 애를 많이 쓰셨는데 안 된 것 같더라. 그렇게 준기 군을 욕심내는 사람들은 많은데 정작 본인은 결혼할 생각이 없다고 하니 아직 제 맘에 드는 여자가 없어서 그러나…."

진이는 잠옷으로 갈아입은 후 서둘러 요시가 준 테이프를 틀어보았다. 도대체 어떻게 코를 골았다고 그러나 궁금해진 진이는 테이프를 틀어놓고 앞에 앉아서 기다렸다. 한참을 기다려도 아무 소리가 안 나자, 그러면 그렇지 요시가 또 장난을 쳤구나 하며 끄려는데 소리가 났다.

'내 사랑 진이!

진이는 나에게 이 세상 누구도 누릴 수 없는 크나큰 행복을 줬어요. 그래서 고마워요. 내 사랑 진이가 나와 결혼해 준다고 해서 나를 이 세상에서 가장 훌륭한 남자라고 자부심을 갖게끔 해줬어요. 그래서 고마워요.

이 세상에서 제일 사랑하는 남자로 나를 택해 준 나의 사랑하는 진이! 고마워요. 앞으로는 내가 진이로부터 받은 몇 배의 사랑을 진이에게 줄 거예요. 날이 갈수록 더욱더 큰 사랑을 줄 것을 약속해요.

우리 다시 만날 때까지 건강하길 바라요. 그리고 정말 사랑해요.'

진이는 감격해서 우박 같은 눈물을 뚝뚝 떨어뜨리며 그 테이프를 한 번 더 틀어보았다. 테이프를 빼 갖고 잠자리로 들어가 가슴 위에 얹고 잠을 청하며 요시를 꿈에서 만나게 해 달라고 기도를 했다.

다음날 아침 일찍 진이는 담당교수의 집을 찾았다.

"이놈아 지금 와서 뭘 어떻게 하겠다는 거야? 남들은 일 년 내내 준비하고도 뚝뚝 다 떨어지는 판에 한두 달 해 갖고 어쩌겠다는 거냐? 네가 슈퍼우먼이냐?"

"아이디어는 여기 모두 스케치했어요."

진이는 스케치북을 교수에게 보여주었다.

"이 녀석이 욕심도 유분수지. 하나도 아니고 두 작품을 내겠다고?"

"적어도 두 개는 내 봐야지 그 중에 하나가 되더라도 될 것 같아서요."

"생각은 좋은데, 지금 시간이 없잖니? 시간이…! 하나만 붙잡고 열심히 해 봐. 그냥 경험삼아 해 보거라. 내일부터 내 작업실로 와서 시작하도록 해라."

진이는 집으로 돌아와 다음날 아침에 담당교수의 작업실로 갖고 갈 것들을 모두 가방에 넣어두고, 영국식 오이 샌드위치 4개를 만들어 잘 싸서 냉장고에 넣었다. 그리고 포도와 복숭아도 싸 놓았다. 아침에 눈만 뜨면 들고 나갈 생각이었다.

친구와 헤어지고 집으로 들어오다 준짱은 우편함에서 우편물들을 갖고 들어왔다. 한국에서 온 편지가 보이자 준짱은 급히 뜯어 읽어 내려갔다. 마지막에 진이는 이렇게 부탁했다.

'오빠에게 보내는 편지를 동봉해요. 집에서 우리 사이를 모르실 것 같아서

당분간은 준짱 앞으로 보낼게요.'

준짱은 '요시에게' 라고 쓴 편지 봉투를 요시 방 책상 서랍에 넣어줬다.

이 세상에 하나밖에 없는 나만의 요시! 내 사랑 요시!

이 편지지를 온통 "보고 싶어요. 보고 싶어요."로 도배를 하고 싶어요. 그리고 그 말 외에는 무슨 말을 써야할지 생각도 안 나요.

나의 코고는 소리는 잘 들었어요. 이 세상에 그렇게 아름다운 코고는 소리가 또 어디에 있을까요! 나를 위해서 녹음해 줘서 고마워요. 매일 밤 요시의 음성을 가슴에 품고 기도를 하다 보면 언젠가는 꿈에서 요시를 만나리라 믿어 의심치 않아요. 요시도 나 때문에 밀린 일들이 많아서 지금쯤 바쁜 나날을 보낼 줄 믿어요. 나도 밀린 일들뿐이네요. 우선은 국전 출품이 급하고 그 작업이 끝나고 나면 학기말 작품과 학기말 시험이 기다리고 있지요. 내일부터는 지도교수님 작업실로 가서 작업을 하기로 했어요. 내가 매일 편지를 못 써도 이해 좀 해 주세요.

사랑해요. 보고 싶어요. 아픈 데는 없어도 진이는 요시의 진통제가 필요해요.

사랑하는 진이(with love, J. E.)

혼자 간직한 준기의 사랑

진이가 일본서 돌아오고 얼마 후 준기가 한국에 들어왔다.

"그 애가 국전 출품 준비한다고 매일 밤 거의 10시나 돼야 들어오고, 그렇게 들어와서는 대여섯 시간만 자고는 다음날 새벽같이 나가서 얼굴을 볼 수가 없네. 입도 짧은 애가 샌드위치로만 끼니를 때우는 모양인데 마음이 안 놓이네."

"영어교재 설명을 해 주려고 했는데 진이가 상당히 바쁜 모양이군요? 제가 곧 일본으로 가 봐야하기 때문에 오늘 봤으면 해서요. 작업실로 연락을 해 봐도 괜찮을까요?"

"그러지. 그게 좋겠네. 그리고 진이 보고 제발 일찍 좀 오라고 전해 주게. 건강을 해치면서까지 왜 출품을 한다고 하는지 모르겠네. 그리고 준기군. 이번에 나온 김에 선 한번 보고 들어가지 않겠나? 그렇지 않아도 그 일로 어머니께 전화를 드리려고 했었는데."

"저를 위해서 항상 마음을 써주시는 선생님께 늘 감사하게 생각하고 있습니다. 그런데 저는 아직 결혼할 생각이 없습니다. 바쁘기도 하고요."

"그렇지 않아도 며칠 전 진이가 아주 훌륭한 여자가 아니면, 웬만한 여자는 아예 소개도 하지 말라고 하며 나한테 엄포를 놓더군."

"진이가 그렇게 애기했습니까?"

준기는 순간 행복함을 느꼈다.

준기는 점심시간에 맞추어 진이 점심도 사 먹일 겸 찾아갔다. 제법 큰 작업실에는 진이 혼자서 사람이 들어와 있는 것도 모르고 작품에만 집중하고 있었다. 인간이 가장 아름다울 때가 자신이 하는 일에 몰두하고 있을 때라고 했던가! 진이가 너무나 아름다워 준기는 조용히 바라만 보고 서 있었요. 얼마를 바라보다가 진이 뒤로 다가갔다.

"점심도 먹어가며 해야지 이러다가 병나겠다."

진이는 갑자기 웬 남자 목소린가 하여 뒤를 돌아보다가 준기가 서 있자 소스라치게 놀라며 동시에 상상조차도 못했던 준기의 방문이 너무나도 반가워서 벌떡 일어나 준기를 얼싸안으려 하다가 어려워서 주춤하고 말았다.

"그렇게 반가워?"

준기는 이렇게 반가워하는 진이가 사랑스러워 마음이 흐뭇했다.

"그럼요. 선생님이 오시리라고 꿈인들 꿨겠어요? 그런데 어떻게 여기를 알고 오셨어요?"

"아침에 나 선생님께 여쭈어 봤었지. 우선 나가서 점심 먹으며 이야기할까?"

가까운 일본식 식당 조용한 자리에 앉은 두 사람은 한동안 서로 미소 지으며 바라보고만 있었다. 진이가 준기를 바라보는 눈길은 반가움과 존경의 눈길이고, 준기가 진이를 바라보는 눈길은 애정이 듬뿍 담긴 눈길이었다. 준기가 아무 여자도 만나고 싶어하지 않는 것은 진이의 저 두 눈 때문이었다. 초롱초롱한 눈을 굴리며, 또는 깜박거리며 진이는 마음의 표현을 다 한다. 맑고 깨끗한 깊은 바다 속을 바닥까지 보는 듯이 눈을 통해서 진이의 깨끗하고 그리고 솔직한 마음을 볼 수 있기 때문이다. 진이의 외모가 뛰어나게 아름답기도 하지만, 준기는 그 외모보다도 더 아름답고, 순수한 진이의 마음에 반했던 것이다. 진이의 나이가 어리다는 것이 몹시 안타까울 뿐이었다.

"국전 출품이 그렇게도 하고 싶은 거야? 건강을 생각해야지 왜 새벽부터 밤중까지 그 고생을 해?"

"시간이 없어서 그래요. 그래도 잘하면 끝낼 수 있을 것 같아요. 빨리 하나

끝내고 시간이 되면 두 작품을 내 볼 생각이에요."

"어머님이 못 하게 하실 걸. 진이 건강 때문에 걱정이 많으시던데. 나보고 일찍 오라고 얘기 좀 해달라고 신신당부를 하시던데. 무엇을 하던 건강을 해치면서까지 하는 거는 현명치 못한 거 아니겠어? 어머님께 너무 심려를 끼쳐 드리지 말아야지. 점심 먹고 내가 여기 타이핑해 온 것에 대해 공부하는 요령을 가르쳐 주려고 했는데 진이가 너무나 피곤해서 몇 년 전같이 도중에 또 쓰러져 자면 어떡하지?"

진이는 금방 얼굴이 빨개졌다.

"그땐 정말로 미안했어요, 선생님. 저는 그때 생각을 하면 아직까지 자다가도 창피해서 잠이 안 올 때가 있어요. 그날 어머니한테 생전 처음으로, 처음으로 맞았어요."

"매 맞았어?"

"네. 자를 갖고 어머니 방으로 오라고 하셔서 갖고 갔더니, 손바닥을 내놓으라고 하시고는 그 자로 아주 아프게 여러 번 때리셨어요. 얼마나 정신상태가 해이했으면, 공부 도중에 쓰러져 자느냐? 그것도 염치 좋게 어떻게 선생님 무릎 위로 쓰러져서 잘 수가 있느냐고 하시며 너라는 애를 도저히 이해할 수가 없다고 하시며 크게 역정을 내셨어요."

"그러면 오늘은 자는 일은 없겠군. 그렇게 혼이 났었다니."

"선생님 그때는 제가 고등학생이었어요. 지금은 대학생, 어른이잖아요?"

"진이 생각에는 진이가 어른 같아?"

"그럼요. 내일모레면 사회인이 되는데요."

"무슨 계산법이 그런 게 다 있어?"

준기는 혼자 생각했다.

'그래 진이야 네가 내일모레 사회인이 된다면 내가 이렇게 안타깝게 기다리지 않아도 되고 얼마나 좋겠니?'

"교수님 작업실에서는 언제까지 할 건가?"

"방학 동안만 여기서 하고 개학하면 학교에서 할 거예요. 일주일만 있으면 개학이니까요."

진이를 작업실까지 데려다 주고 한번 안아주는데 도쿄에서 안아봤을 때보다 많이 여위어서 준기는 마음이 아팠다.

"내가 어머님 부탁도 받고 했으니 오늘은 집에 일찍 가도록해. 일곱 시쯤에 내가 집으로 전화를 할 거야. 그때는 진이가 내 전화를 받아야 돼. 알았어?"

준기가 시키는 대로 진이는 일찍 집에 왔다.

"진이야 전화 받아봐라, 이 선생님이시다."

진이는 벌떡 일어나 전화를 받았다.

"진이가 내 말을 잘 들어서 이쁘군. 아까 보니까 진이가 그동안에 여위었더구나. 내가 여기 있으면 가끔 가서 점심도 사 먹이고 했으면 좋겠는데, 내일 내가 일본으로 돌아가야 해서 그럴 수가 없어서 오늘 갔던 그 일식집에다 점심 배달하라고 부탁을 해 놨어."

"선생님 왜 그러셨어요? 저는 선생님한테 항상 빚만 지고 사네요. 고마워요, 선생님. 그리고 저 절대로 병나지 않는다고 약속할게요."

"그래. 약속해준다고 해서 고맙다. 내가 아까 준 교재는 시간 있을 때 틈틈이 읽어 보고. 다음에 나오면 또 연락할게. 잘 있어라."

진이는 일찍 잠자리에 들었다. 더위에 작품 하러 다니느라 많이 피곤했었나 보다. 아침 일찍 일어난 진이는 책상위에서 하얀 종이의 메모를 발견

했다.

"아침에 나가기 전에 나 좀 보자."

작업실로 갈 준비가 끝난 진이는 어머니 방으로 갔다.

"벌써 가려고? 아침은 먹었니?"

"네. 병나지 않기 위해서 많이 먹었어요. 이 선생님과 약속했거든요. 선생님이 근처 일식 식당에 일주일분 점심을 선불해 놓고 가셨어요."

"이 선생이? 너한테?"

진이 어머니는 잠시 생각에 잠겼다.

'혹시 준기가 우리 진이를? 그럴 리가…!'

"그리고 또 무슨 다른 말은 없디?"

"아뇨."

"이 선생이 너를 그렇게 염려해 주는데 거기에 보답하는 뜻에서도 네가 건강에 신경을 써라. 오늘 작업실로 과일상자가 배달될 테니 교수님 내외분께 전해라."

진이가 집을 떠난 후 진이 어머니는 준기에게 전화를 했다.

"어제 준기 군이 가서 그렇게 조언도 잘 해 주고, 무엇보다도 과용을 하게 해서 내가 너무 미안하네. 어떻게 그런 생각을 다 하고…. 준기 군 머리를 누가 따라가겠나만도 진이 때문에 내가 준기 군한테 늘 신세만 지네. 그래서 떠나기 전에 고맙다는 말이라도 해야겠기에 전화를 했네. 일찍 오라고 해도 듣지를 않더니 준기군 말을 듣고는 어제는 일찍 와서 저녁도 집에서 먹더군. 오늘도 일찍 온다고 하고. 자네 말은 잘 들으니 앞으로도 동생같이 잘 좀 지도해 주기 바라네."

"염려 마십쇼. 진이가 착하고 영리해서 나 선생님께 심려 끼쳐드리는 일은 안 할 겁니다."

"잘 봐줘서 고맙네. 준기군도 오늘 떠나면 또 객지 생활을 하게 될 텐데 건강관리 잘하기 바라네."

전화내용을 아침 식탁에서 듣고 있던 준기 어머니가 묻는다.

"왜? 진이가 무슨 일을 저질렀데?"

"아뇨. 진이가 그런 앤가요? 국전 출품한다고 너무 무리를 하는 것 같아서 나 선생님께서 걱정되시는가 봐요."

준기는 떠날 준비를 하러 이층으로 올라가면서 부모님의 대화를 들었다.

"고거는 어찌나 예쁜지 내가 나 선생님한테서 뺏어오고 싶어요. 데려다가 키워서 며느리를 삼던가, 딸을 삼던가 했으면 좋겠어요. 나이만 그렇게 어리지 않으면 벌써 우리 집 며느리로 달라고 했을 텐데."

준기는 진이를 데려오지만 않았을 뿐 벌써부터 학문적으로, 정서적으로 키우고 있다는 걸 준기 어머니는 알 리가 없었다.

"또 쓸데없는 소리를 하고 있네. 올라가서 준기 떠날 준비하는 거나 봐줘요. 그 애가 다음 발령지를 미국으로 받고 싶어서 너무 무리를 하는 모양인데 그 애야말로 병나지 않을까 걱정되오."

준짱 이름으로 회신이 왔다. 뜯어보니 그 속에 요시가 보내는 봉투도 있었다.

진이는 부리나케 요시의 편지를 뜯어 읽기 시작했다. 한글이 많이 들어가 있는 편지를 보고 진이는 웃음이 절로 났다. 표현하기 어려운 부분만 빼고는 거의 한글로 썼다.

보고 싶은 내 사랑 진이

진이가 떠나고 난 후에야 진이로 인해 내 인생에 어마어마한 변화가 있었다는 걸 새삼 깨닫게 됐어요. 진이가 입학할 좋은 대학원을 알아보는 일, 한국에서 시작할 사업에 대하여 여러분들을 찾아뵙고 조언을 들어보고, 구체적으로 구상하는 일, 이렇게 진이로 인해서 내가 할 일이 많아졌다는 게 즐거워요. 그런데 이렇게 할 일이 많아 바쁜 중에도 틈틈이 참고 견디기가 어려울 때가 있어요. 진이가 보고 싶어지면, 내 사랑 진이가 미치도록 보고 싶어질 때는 그것을 참는다는 것이 그렇게도 어려워요. 마음을 다스리는 것이 안 돼요. 지난 며칠은 그럴 때마다 차를 몰고 드라이브를 하고 돌아오면 조금은 참을 만했어요. 음악을 들으며 달리다 보면 마치 진이도 옆에 있는 듯하여 위로가 되기도 했어요.

국전 출품 준비는 잘 되어가고 있겠죠? 꼭 입선되기를 바라요.

다음 편지는 모두 한글로 쓰도록 노력할게요.

내가 진이와 한국말로 대화를 할 수 있을 때가 되면 보러 갈 거예요.

매일 밤 아름다운 나의 사랑 진이를 꿈에서 보게 해 달라고 기도하고 있어요.

사랑해요 진이!

행운아, 요시로부터

사랑하는, 너무나 보고 싶은 요시 보세요.

오늘 새 학기가 시작돼서 오랜만에 내 자리에 와서 작업을 했어요, 왠지 몇 년 만에 돌아온 것같이 서먹서먹하더군요. 한 더위가 지나고 나니 모든 것이 편해져서 작업에 속도가 붙는 것 같아요. 나도 요시를 본받아서 새벽같이 일어나 작품을 하니까 하루시간이 길어져서 많은 일을 할 수 있어 좋았어요. 그래서 일에 더 욕심도 나고요. 처음에는 국전에 한 작품밖에는 출품할 수 없겠다고 생각을 했었는데 지금 두 번째 작품을 시작하고 있어요.

기요코 아버님이 9월에 도쿄로 가신다고 하셨어요. 기요코도 같은 때에 맞추어 파리에서 도쿄로 들어간다고 했고요. 기요코한테 연락해서 그 분을 만나보세요.

요시가 녹음해준 코고는 소리를 매일 밤 자장가로 들어요.

(이 편지에서 내 키스를 찾아보세요.)

요시만의 진이가(with love, J. E.)

뜻밖의 재회

"진이야 너 또 남자가 찾아 왔다."

진이는 들은 척도 안 했다. 학교로 남학생들이 찾아오는 일은 심심치 않게 있는 일이라서 상관도 안 한다. 이제는 친구들도 지나가는 말같이 전해 주고는 그 이상 신경도 안 쓴다.

"외국사람 같더라. 멋있게 잘생긴 남자던데? 너 이번에 안 나가보면 후회할 걸! 너 안 나가면 내가 나간다. 그래도 돼?"

진이는 작품에 열중하느라 아무것도 듣지를 못했다. 친구가 책상을 두드리자 그때야 친구를 올려다보며, "왜?" 한다.

"무지무지 멋있는 남자가 너를 찾는데 외국인 같더라."

말이 채 끝나기도 전에 진이는 모든 걸 던지고 현관으로 달려갔다.

"요시가 온 거야. 분명 요시일 거야."

한편 친구들은 입들이 벌어졌다.

"제가 왜 저러니? 얼마나 멋있는 남자이기에 저렇게 총알같이 튀어나가니?"

"그렇게 튀어나갈 만하단다. 너희들도 그 남자를 보면 홀딱 반한다. 반해!"

"아직 현관에 있니? 우리 나가 보자. 남자들한테는 깍쟁이인 진이가 그렇게 정신 못 차리고 튀어나갈 때는 그 남자가 정말로 잘생겼나 보다."

같은 과 친구들은 재미있다는 듯 우르르 층계 난간으로 나가 아래 현관 쪽을 내려다보았다.

현관에 남자가 서 있다. 그렇게도 그리던 요시의 뒷모습이 보인다. 뒷모습도 멋있는 요시! 진이는 도쿄역에서 처음으로 요시를 봤을 때와 같이 가슴이 설레고 떨려서 걸어가다가 그 자리에 서고 말았다.

층계를 급히 뛰어 내려오는 소리를 들은 것 같은데 조용하자 요시가 뒤를 돌아보니 진이가 미소를 머금고 목석같이 서 있지를 않겠는가!

'나의 진이! 그렇게도 보고 싶던 내 사랑!'

요시도 미소 지으며 진이를 애정 가득한 눈길로 바라보았다. 그렇게 둘이는 바라만 보고 있는데 층계 위에서 인기척이 들려 위를 올려다본 진이는 기겁을 하고 놀랐다. 쏜살같이 요시에게로 달려가 팔을 낚아채 현관 밖으로 끌고 나갔다.

"여기를 어떻게 찾아왔어요? 길도 모르는 사람이?"

"물어보며 찾아왔죠."

"아! 요시, 한국말 하네요!"

"잘 하려면 아직도 멀었지만 진이가 너무나 보고 싶어서 그냥 왔어요."

"그만하면 잘 하세요. 메뉴는 내가 읽어주면 되니까요. 와 줘서 고마워요. 얼마나 보고 싶었는지 몰라요. 너무나 고마워요. 고마워서 요시를 꼬옥 안아주고 싶어요. 그런데 우리학교는 여자대학이라서 학교 내에서 데이트를 못 해요."

진이는 주위를 살피더니 요시의 손등에 입을 맞추어주었다. 그 모습을 바라보는 요시는 가슴 따뜻해지는 깊은 애정을 느꼈다.

"잠깐만 기다리세요. 곧 나올게요."

진이는 교실로 들어가 하던 작업 정리를 친구에게 부탁하고 급히 화장실로 가서 머리를 다듬고 얼굴도 씻고 옷매무새도 만지고는 쏜살같이 뛰어나갔다.

진이가 앞장을 서자 요시는 그 뒤를 따랐다. 일본서 바닷가를 걸을 때와 같이 가다 말고 뒤돌아보며 살짝 웃곤 하는 짓이 장난스럽기도 하고 귀엽기도 하다. 학교 정문을 나선 진이는 살며시 요시의 팔짱을 끼며 사랑스런 눈길로 올려다봤다.

"진이가 잘 걷는군요. 다친 발이 짝짝이가 됐으면 어떡하나 했었는데."

"아~ 또 그 엉터리 같은 소리!"

요시는 진이의 얼굴 구석구석을 살펴보았다. 좋다. 너무나 좋다. 진이와 이렇게 있는 것이 너무나 즐겁다. 이것이 꿈 같은 행복이 아니고 무엇이랴! 조금은 야윈 듯한 진이가 왜 이렇게도 섹시해 보일까? 노란 스웨터에 하얀 미니스커트에, 하얀 양말에 단화를 신은 진이는 중고등학생같이 어려 보이는 데도 진이가 그동안 어떤 면에선 성숙했다는 뜻일까?

지나가는 여학생들이 호기심 있는 눈길로 요시를 쳐다보며 지나갔다.

"여학생들이 요시를 자꾸 쳐다보니까 내가 질투가 생기는데요."

"속상하죠?"

"네. 속상해요. 속상하다 못해 속이 아파지네요."

"나는 지금 진이가 속상해하는 것보다도 몇 배는 더 속상했었어요."

"언제요?"

"진이 떠난 후에도 우리 집으로 많은 남자들의 전화가 왔어요."

"요시~~ 그 사람들은 정말 나와는 아무 관계도 없는 사람들이에요."

"알아요."

"어디 가고 싶으세요?"

"진이만 옆에 있으면 어디든지 좋아요. 진이가 정해 봐요."

"어디를 가지? 조용한 데가 어디 있을까?"

"진이 배고프지 않아요?"

"벌써 배고프세요? 지금 다섯 시도 안 됐는데?"

"약간은. 점심을 아직…."

"그러면 어떡해요? 왜 아직도 점심을 못 했어요?"

진이는 마음이 아팠다. 점심도 못 먹고 찾아온 요시가 가여웠고, 그리고 한없이 고마웠다.

"공항에서 서울로 들어와 호텔 체크인하고 간단히 씻고 옷 갈아입고 그러고는 진이를 빨리 보고 싶어서 곧장 진이 학교로 왔어요."

"호텔은 어디로 했어요?"

"기요코가 가르쳐 준 대로 B 호텔에 정했어요."

진이는 택시를 세웠다.

"아저씨. K 일식집으로 가 주세요."

진이는 차안에서 요시의 배에다 손을 갔다 대고는 요시 얼굴을 보며 조그맣게, 아주 조그맣게 거의 소리가 안 들릴 정도로 속삭였다.

"내 배가 고파서 어떡해? 내가 마음이 아파요."

요시도 조용히 입놀림만으로 답했다.

"진이 배 괜찮아요. 참을 만해요."

둘이는 서로 재미있다는 듯이 웃었다.

"기요코 언니는 아버님과 가을에 온다고 한 걸로 아는데 아직 안 오셨나요?"

"구 사장님께서 아직 일이 끝나지 않으셔서 못 오신다고 들었어요."

"기요코 아버님 만나보셨어요?"

"만나 뵀어요. 처음에는 나를 잘 이해 못하겠다고 하시며 그렇게 관심을 갖지 않으셨어요. 일본에서 하면 쉬운 일을 왜 어렵게 한국에서 하려는 거냐고 하시더군요. 내가 꼭 한국에서 하고 싶다고 하니까 한국 오셔서 알아보시고, 알려주겠다고 하셨어요."

"기요코 언니가 우리 사이를 알아요?"

"알아요. 한국에 오려고 기요코한테 이것저것 물어봤더니 금방 진이 만나러 가는 것 아니냐고 묻더군요. 기요코는 우리를 처음 봤을 때 '저 사람이 진이한테 반해서 진이 앞에서만은 얼었구나!' 했었데요. 기요코의 그 말이 나를 무안하게 하더군요."

"그래요. 기요코는 매사가 솔직하고 숨기는 게 없어요."

K 식당 앞에서 두 사람은 내렸다. 영업시간이 앞으로 한 30분은 더 있어야 했다.

"우선 무언가 요기를 해야 되지 않겠어요? B 호텔로 가서 샌드위치라도 먼저 할까요?"

"우리 여기 앉아서 기다리며 그동안 밀린 얘기하는 게 어때요? 진이만 좋
다면 조금만 참았다가 제대로 먹어요."

"요시가 너무 속이 비면 안 되니까 그래요."

"진이 얘기를 들으면 배도 고프지 않을 거예요. 그런데 혹시 진이 다이어
트 해요?"

"아뇨. 그런 거는 생각도 해 본 적이 없는데요."

"그런데 왜 이렇게 여위었어요?"

"다이어트를 한 건 아니고요. 그동안 요시를 생각하며 열심히 최선을 다
하면서 살았어요. 요시같이 최선을 다 한다는 것이 무엇인가, 어떤 의미가
있는 건가, 몸소 체험하고 싶었어요. 그 의미는 컸어요. 주위사람들이 절대
로 못 한다는 걸 해냈으니까요. 그 뒤에 오는 성취감, 그 기쁨 또한 이루 말
할 수 없었고요. 그러면서 느꼈어요. 요시는 이렇게 멋있게 사는 사람이구나
하고요."

"나를 그렇게 잘 봐줘서 고마워요. 그런데 앞으로는 최선을 다하는 것은
내 몫이에요. 내가 진이 몫까지도 다 하면서 살 거예요. 그래서 나는 기뻐요.
이렇게 진이가 마르면서까지 이러는 거 원치 않아요. 진이는 내 옆에 건강히
있어 주기만 하면 돼요. 진이가 곧 나의 에너지 소스니까요."

"나도 요시와 발을 맞추어 같이 걷는 삶을 살고 싶어요. 행여 발 박자가
맞지 않아서 우리 행복이 깨어진다거나, 요시에게 부담스럽게 업혀가는 그
런 삶은 두려워요. 최선을 다 한다는 게 하루아침에 흉내 낼 수 있는 게 아니
라는 걸 이번에 경험했어요. 열심에 열심을 반복하면서 심신을 단련하며, 고
통을 투자해야 한다는 걸 배웠어요."

"진이는 나한테 업혀 가지 않아요. 내가 품속에 꼭 껴안고 갈 거예요. 진이

가 조금이라도 희생하는 것 나 원치 않아요. 건강하게 나만을 바라보며 곁에 있어줘요.”

두 사람은 귓속말을 하듯 그렇게 사근사근 대화를 나누며 서로가 얼마나 위하며, 깊이 사랑하고 있는가를 말해 주는 아름다운 장면을 그리고 있었다. 진이는 망설이던 것을 물어봤다.

“부모님께는 어떻게 말씀드리고 왔어요?”

“아버님과 상의를 했어요. 진이에 대한 내 감정 모든 걸 다 말씀드렸어요. 그랬는데 아버님은 놀라시지도 않으시고, 벌써부터 알고 계셨었다고 하시면서 진이한테 가 보고 싶으냐고 먼저 물으셨어요. 우선은 어머니께 말씀드리지 말고 아버님이 일 때문에 보내는 걸로 하고 다녀오라고 하셨어요. 그러시면서 모든 게 다 잘 될 거라고 하시며 격려해 주셨어요. 항상 나를 믿어주시는 아버님이 고마워요. 아침식사 때 아버님이 가끔 진이에 대해 물어보셨던 건 이미 내 속마음을 다 읽고 이해하고 계셨던 걸 몰랐어요.”

“그 아버님과 그 아들, 두 분 모두 보통 사이들은 아닌 것 같아요. 부러워요!”

“진이한테는 내가 있잖아요!”

진이는 요시가 여러모로 고마웠다. 찾아와 주어서 고맙고, 마음속 깊이 사랑해 주어서 고마웠다.

웨이터가 정해 주는 자리에 두 사람은 마주보고 앉았다. 진이가 먼저 메뉴를 보며 말했다.

“치~ 재미없다. 내가 메뉴를 읽어줘야 재미가 있는데 일본어로도 써 있네요.”

“장난꾸러기 아가씨는 내가 몰라서 쩔쩔매는 거를 구경하고 싶었던 거죠?”

음식을 주문한 후 요시는 찻잔을 잡고 있는 진이의 손에서 찻잔을 뺏어 옆으로 놓고 진이의 손을 꼭 잡았다.

"진이! 이제는 이렇게 마르지 않겠다고 나하고 약속해요,"

"알아요. 내가 힘든 거 참는 훈련이 안 돼 있어서 이번에는 견디기가 좀 어려웠어요. 그렇지만 차차 나아질 거예요. 그동안 너무 쉽게만 살았어요. 우리 부모님께선 바르게 살아야 한다고는 가르치셨어도 고통을 견뎌야 성취한다는 훈련에는 약하셨던 것 같아요. 나는 몸이 약하다는 이유로 인제나 과잉보호를 하며 키우셨던 것 같아요. 서두르지 않을 거예요. 너무 쉽게만 살 수는 없지 않아요? 여유를 갖고 나 자신을 단련할 거예요. 오늘의 견딤이 곧 내일의 쓰임이 되리라 믿어요. 그래서 요시에게 잘 보이고 싶어요. 이번만 봐 주세요. 아버지!"

"아버지?"

여위어서 가련해 보이기는 해도 발랄하고 생기 넘치는 대화는 여전했다. 그런 성격의 진이가 예뻐 죽겠다. 요시는 먹다가 진이가 좋아하겠다 싶은 게 있으면 진이 그릇에 놔주며 되도록이면 많이 먹이려고 애를 썼다.

"이걸 어떻게 내가 다 먹어요? 나는 돼지가 아닌데!"

"먹는 만큼 먹고 남겨요. 내가 먹으면 돼요."

"요시. 내가 뭔지 알아요?"

"진이가 진이지 뭐예요?"

"아뇨. 나는 말예요. 가을 말이라서 먹을 걱정은 없대요."

"진이가 그 굉장하다는 말띠로군요."

"네. 나는 굉장한 거 아니면 안 한다니까요!"

"결혼하고 나면 당근은 자루로 사서 나를게요."

"고마워요. 여보!"

"여보?"

둘이는 여보 소리가 어색해 웃었다. 요시는 이번에 진이를 일본으로 데리고 가 결혼해 버리고 싶은 마음이 간절했다. 이렇게 사랑스러운 진이와 또 헤어져야 한다는 게 정말 싫었다.

진이는 먹다가 말고 행복한 미소를 지으며 요시를 바라보고 있었다.

"그런 의미심장한 미소를 지으면서 또 무슨 장난칠 궁리를 하는 거예요?"

"요시가 너무나 예뻐서 그래요."

"남자가 예쁘다는 건 문제가 있는 것 아닌가요?"

"예쁘다뿐인가요? 요시는 어떤 땐 귀여울 때도 있어요."

"귀여워요? 진이는 혹시 나를 동성으로 알고 사랑하는 거예요?"

"아~ 또 엉터리 같은 소리! 내가 오늘 타이틀 하나 붙여줄게요. '챔피언 오브 엉터리.'

왜 요시가 예쁜가 하면요. 요시도 빨리 먹는 사람이 아니라서 같이 식사하기가 편해서요."

그렇다. 요시는 그렇게 빨리 먹는 사람이 아니다. 먹는 것뿐만이 아니라 머리회전은 빨라도 행동에는 여유가 있는 사람이다. 더욱이 먹는 태도조차도 아름다운 진이의 모습을 바라보며 식사를 하다 보니 늦게 먹는 진이와 보조가 맞았던 모양이다.

"고등학교 때는 안 그랬었는데 대학에서는 점심시간에 같이 다니는 친구들이 천천히 먹는다고 구박이 심해요. 점심시간 동안에 친구들은 얼른 먹고 옷가게도 구경하고, 다방에 가서 커피도 마시고, 하고 싶은 게 많은데 내가 천천히 먹으며 시간을 잡아먹으니까 그러는 내가 미운가 봐요. 점심 먹는 동안엔 나는 말도 못 하게 해요. 천천히 먹는 주제에 어디를 끼어드느냐고 하며 말참견하지 말고 그동안에 빨리 먹기나 하래요. 그리고 또 나보고 글쎄, 밥알을 하나하나 세어가며 먹느냐고도 해요. 그러면 또 다른 친구들은 밥 먹을 때는 개도 안 건드린다는데 가만 좀 놔두라고도 하고요. 근데 내 입은 불량품인가 봐요. 그런 구박과 서러움을 받으면서도 빨리빨리 작동이 안 돼요."

요시는 진이의 이야기가 너무나 우스워서 웃음이 터져 나올 것만 같은 거를 여러 번 목 뒤로 삼켰다. 이야기도 우습고 마치 남의 이야기라도 하듯 눈과 얼굴의 작은 근육을 총동원해서 표정을 짓는 것이 무대에서 연극을 하는 사람과도 같아 사랑스럽기 짝이없다.

"진이가 배우가 됐으면 연기를 잘했을 거예요."

"그래요? 그때 배우가 될 걸 그랬나? 나 배우 될 뻔했었어요. 아버지한테 보내려고 사진관에 가서 사진을 찍었었는데 얼마 후에 그 사진을 보고 한국에서 유명한 S 영화감독이 우리 집으로 왔었어요. 호기심은 있었는데 그 세계가 나한테는 생소해서 마음이 내키지가 않더군요. 그래도 다시 생각해 보라고 명함을 놓고 갔는데 연락을 안 했어요. 후에 어머니한테 또 연락이 왔었는데 어머니도 정중히 사양하셨어요."

"큰일 날 뻔했었군요. 그때 진이가 영화배우가 됐었다면 나하고는 못 만났잖아요!"

"그러게요. 나는 그렇게 선견지명이 있다니까요."

식당에서 나오기 전에 진이는 어머니이게 전화를 했다.

"어머니 저 오늘 좀 늦게 들어가면 안 돼요?"

"안 될 거야 없지만. 네 건강은 지금 비상시인 거 명심해라. 네 건강이 지금 경계선에 있어. 조심 안 하면 쓰러진다."

“알아요. 그래서 먹는 것도 열심히 먹고 있어요. 오랜만에 저 놀다가 들어가고 싶어요.”

“참. 기요코가 일본서 전화를 했더구나. 너한테 물어볼 게 있다고 내일 아침에 또 한다고 하던데.”

“네에~. 기요코가 서울에 올 거예요. 내가 오라고 했어요.”

“저희 아버지한테는 한국이 싫어서 안 온다고 했다더니…. 하기야 너는 사람을 끌어 모으는 지남철이니까. 너무 늦지 말고 밤길에 택시 타고 와라. 비상금 아직 있지?”

“네. 택시비는 안 썼기 때문에 아직도 많이 남아 있어요. 고마워요 어머니.”

식당 카운터의 전화기를 빌려 쓰고 난 진이가 돌아서는데 요시가 묻는다.

“진이는 무슨 택시비를 어머니로부터 따로 받아요?”

요시는 사소한 것이라도 의문이 있으면 곧 풀어 봐야하는 성격이다.

“아~ 택시비요? 네. 택시비를 따로 받아요. 그럴 일이 있었거든요. 어디가 가고 싶으세요?”

“조용한 데서 진이와 이야기하고 싶어요. 나 있는 호텔에 스카이라운지가 있다고 하던데 거기 가 봤어요?”

“아뇨. 그런 데 못 가봤어요.”

“거기 올라가 볼까요?”

저녁 공기를 마시며 둘이는 한가로이 B 호텔로 걸어가고 있었다.

“택시비를 따로 받아야할 일이 무슨 일이에요?”

“고등학교 1학년 때 어디 갔다 오는데 어떤 남학생이 쫓아왔었어요. 그래서 보통 때와 같이 우리 집을 안 가르쳐주려고 이 가게 저 가게, 시장 속으로도 들어가 피하고 하면 대개는 나를 못 찾는데 그 남학생은 어찌나 끈질긴지

포기를 안 하고 계속 쫓아와서 거의 반나절을 길에서 헤매다가 집에 늦게 들어갔었어요. 그랬더니 어머니가 미련한 짓 했다고 화를 내시면서 얼른 택시 잡아타고 집에 와서 돈 받아다가 택시비를 지불하면 될 것을 머리를 못 써 갖고는 서울바닥을 하루 종일 누비다가 들어오느냐고 역정을 내셨어요. 그 다음부터는 비상금이라고 하시면서 택시비를 항상 따로 주셨어요. 그때 그 남학생은 집착력이 강한 좀 이상한 사람이었어요. 나의 택시비 스토리 재미있어요?"

"재미있는 것보다도 무서워요. 누가 나의 진이를 납치해 갈까 봐 걱정이 되네요. 빨리 결혼해서 진이를 집에다가 꽁꽁 묶어두고 싶어요."

"아~~ 장난으로라도 그런 소리 하지 마세요. 나는 새장 속의 진이는 되기 싫어요. 가만히 보니까 요시는 나 놀리는 거 재미 붙인 것 같아요."

요시가 재미있어하는데 뒤에서 누군가가 다리를 쳐서 돌아보니 아무도 없었다. 이상히 생각하고 진이를 보니 진이는 아무것도 모르고 있었다. 잠시 후 또 다리 뒤 쪽을 누군가가 건드려 뒤를 봐도 역시 아무도 없었다. 그때야 요시는 진이의 장난이라는 걸 알아차렸다.

"진이가 말띠라서 뒷발질을 잘하는군요."

"어떻게 알았어요?"

"장난꾸러기!"

B 호텔에 들어선 두 사람은 엘리베이터를 타자마자 진이는 일본서 하던 버릇대로 요시의 재킷 속으로 손을 넣어 요시의 허리를 두 팔로 감는다.

"너무나 좋다! 피로가 다 풀리는 것 같아요."

여윈 진이의 몸이 요시에게 밀착되는 순간 요시는 온몸에 전율이 흐르는 듯한 강한 성욕을 느꼈다. 무슨 이유일까? 학교 앞에서도 마른 진이가 그렇게도 섹시해 보이더니, 마르고 여위어서 가련해 보이기까지 하는 진이에게서 왜 이렇게도 강한 성적 매력을 느끼게 되는 걸까? 요시는 눈을 감고 진정하려고 마음을 가다듬었다. 엘리베이터에서 내린 두 사람은 홀 안으로 걸어 들어갔다. 홀 안으로 들어서자마자 진이는 갑자기 되돌아 나온다.

"나는 안 되겠어요. 여기는 옷을 이렇게 입고 오면 안 될 것 같아요. 나 같은 사람 오는 데가 아닌 것 같아요."

"사람들이 별로 없어서 조용해 보이는데. 피아노 음악이 좋지 않아요? 우선 들어가 보죠. 안 된다면 그때 나와요."

"그래도 나하고 같이 있으면 요시가 창피할 거예요."

"그럼, 창피할지 안 창피할지 한번 들어가 봐요 우리!"

웨이터는 두 사람을 안쪽 깊숙이 있는 부스로 안내하고, 메뉴를 놓고 갔다. 영어, 일어, 한국어로 된 메뉴는 대부분이 술과 안주 이름이다. 음악이 너무나 좋아서 둘이는 벌써 로맨틱한 분위기에 매료되고 말았다. 진이가 차림새에 신경을 쓰는 것 같자, 요시는 자리에서 일어나 진이를 안으로 들여보내고 옆으로 앉아 사람들로부터 막아 줬다. 자리가 아늑해 아무도 보는 사람이 없자 진이를 내려다보던 요시는 서서히 다가가 얼굴을 가까이 하고 이미 뜨거워진 입술을 사랑스러운 진이의 입술에 포갰다. 오랜만에, 아주 오랜만에 하는 꿀맛같이 달콤한 입맞춤이다. 요시는 속삭였다.

"나한테는 불량품이 더 잘 맞는 것 같아요."

"왜 자꾸 놀리는 거예요?"

진이가 눈을 흘기자 요시는 그 눈에도 키스를 해 줬다.

'캔트 헬프 펠링 인 러브 위드 유(Can't help falling in love with you,)', '포 더 굿 타임(For The good time)' 등 로맨틱한 곡들을 계속 연주하고 난 후 피아

니스트의 휴식시간인가보다. 홀은 조용해졌다. 손님들도 제법 많아진 듯했다. 진이는 요시가 뜻밖에 찾아 와 준 것이 생각할수록 고마웠다. 요시의 얼굴을 바라보던 진이는, 뚫어져라 요시의 눈을 들여다보며 요시의 손바닥에 뭔가를 썼다. 진이의 눈동자를 들여다보는 요시는 손바닥의 감각으로 읽어 간다.

'You are my sunshine, My only sunshine. You make me happy!(당신은 나의 태양, 내 하나뿐인 태양, 당신은 날 행복하게 해 줘요!)'

다 읽고 난 요시는 진이에게 잠깐만 기다리라고 하고는 어딘가 갔다 오더니 진이의 손을 잡고 피아노로 데리고 가 앉혔다. 그리고 '당신은 나의 태양'을 부드럽게 쳐주었다.

"이 노래도 알아요?"

요시는 '유 빌롱 투 미(You belong to me)'를 치며 진이를 바라본다. 진이는 안다고 고개를 끄덕이고는 조용히 노래를 따라했다. 그 모습이 사랑스러워 요시는 진이에게서 눈을 떼지를 못했다.

"이거는요?"

요시는 '스패니쉬 아이즈(Spanish Eyes)'를 쳤다. 진이는 또 고개를 끄덕였다. 진이는 이미 요시의 연주에 푹 빠졌다. 이 매력적인 남자가 나를 사랑해 주는 나만의 남자라니…. 가슴에 잔잔한 떨림을 느끼며 행복감에 취했다. 사랑스러운 두 사람은 그렇게 눈에서 눈으로 사랑을 나누며 음악에 도취되어 포근한 로맨스에 젖어 있었다. 세련된 여자 피아니스트가 휴식을 마치고 가볍게 손뼉을 치며 다가왔다.

"내가 일자리를 뺏기겠어요! 참 잘 치십니다. 두 분 멋지세요."

"피아노를 쓰게 해 주서서 감사합니다."

"이렇게 잘 치시는 분이라면 언제든지 환영입니다. 애인이 너무나 미인이십니다."

"감사합니다."

요시는 진이의 손을 잡고 자리로 와 앉혔다. 마치 어린애를 보호하듯.

진이가 요시와의 사이를 아직 진이 어머니에게 말을 못 하고 있다는 것을 아는 요시는 싫어도 오늘밤에 진이를 일찍 보내줘야 한다고 생각했다.

"진이 블루스 출 줄 알아요?"

"알아요."

"출까요?"

요시는 진이를 가슴에 가볍게 안고는 거의 제자리걸음을 하다시피 블루스를 췄다. 둘이서 처음으로 같이 추는 춤! 두 사람은 이렇게 조용히 차분한 행복에 젖어있었다. 일본에서 있었던 사랑이 모든 것을 세상에 태어나서 처음으로 경험하는 두 사람이 감당키 어려울 정도의 황홀함에 빠진 불같은 사랑이었다면, 이번 서울에서의 사랑은 믿음 위의 평온한 사랑을 하고 있다. 그렇게 둘이는 예쁜 사랑을 지층별로 차곡차곡 쌓아가고 있었다.

"저 손님, 여학생 아냐? 저 손님 누가 받았어? 여기는 미성년자는 못 들어오는 것 몰라? 정지처분 받고 싶어서 그래?" 하고 매니저가 호통을 쳤다.

"예. 지금 나가주시라고 하겠습니다."

"지금 그 손님보고 나가라고 하면 같이 오신분이 어떻게 되나? 눈치들 하고는 츠츠츠. 이따가 나가실 때 조용히 남자 분께 말씀드리게. 여기는 어린 여자는 못 데리고 오신다고."

블루스가 끝나고 난 후 요시가 말했다.

"이제 우리 그만 갈까요?"

"싫어요. 이대로 있고 싶어요."

"나는 좀 피곤한데요."

"그래요? 많이 피곤해요? 그럼 일찍 쉬어요."

진이는 아쉽지만 요시를 놓아주기로 했다.

계산이 끝난 후 종업원이 말했다.

"다음부터는 같이 오신 손님은 좀 곤란합니다."

"무슨 문제라도 있나요?"

"그게 아니라 여기는 미성년자는 못 들어오는 곳입니다."

"알았습니다."

"무슨 얘기 했어요?"

문 밖에서 기다리던 진이가 물었다.

"진이를 십대로 본 것 같아요."

"그럴 줄 알았어요. 내가 옷을 이렇게 입어서 그렇게 봤을 거예요. 다음부터는 신분증을 갖고 다녀야겠네요."

헤어지기 싫은 것을 억지로 참고 있는 게 역력히 얼굴에 나타나 있는 진이를 내려다보는 요시의 마음도 진이 못지않게 헤어지기 싫다. 하지만 진이를 위해서도 오늘밤은 하고 싶은 대로 다 할 수는 없다. 엘리베이터에서 머리를 요시에게 기대고 서 있는 진이를 앞으로 돌려 세우고 편안하게 안아줬다. 진이는 많이 피곤했다. 하루 종일 수업에 지쳐있던 중에 요시가 온 거였다. 요시가 온 것이 너무나 좋아서 흥분상태로 있다가 이제야 피로가 엄습한 모양이다.

"나한테 에너지 좀 줄래요?"

"에너지요?"

요시를 올려다보는 진이의 눈에 피로가 가득하다. 눈을 감고 기다리는 진이가 가여워 보였다. 얼굴을 숙여 진이의 이마에, 두 눈에도 입김 따듯한 키스를 해 줬다.

"아~~ 이렇게 편안하고 좋을 수가 없어요. 믿음, 소망, 사랑 그 중에 제일은 사랑이라!"

"그렇게 좋은 말을 어디서 배웠어요?"

"성경에서 배웠어요."

"나는 거기에 하나 더 붙이고 싶어요. 믿음, 소망, 사랑, 그리고 건강."

"나한테 하는 말이라는 거 알아요. 명심할게요. 요시의 내일 계획은요?"

"서울을 좀 알고 싶어요. 나 혼자 할 수 있으니까 진이는 집에서 쉬고 저녁때 만나요."

요시는 진이의 건강상태가 내일 하루 종일 데리고 다닐 상태가 아님을 실감할 수 있어 쉬게 해야겠다는 생각이 들었다.

"진이 어머님께선 진이 건강에 대해 뭐라고 하세요?"

"나 보고 경계선에 있으니까, 첫째도 잘 먹고 충분히 자고, 둘째도 잘 먹고 충분히 자야한다고 하세요. 지금 저에게 제일 필요한 약은 그 두 가지 뿐이래요. 그런데 내가 말을 안 듣는다고 요즈음 감시가 심하세요. 오늘은 들어가자마자 잘 거예요. 그래야 어머니가 좋아하시죠."

"국전 준비할 때부터 생긴 과로가 계속 되는 거는 아닐까요?"

"그런 것 같아요. 좀 쉬었어야하는데 내가 미련스럽게 욕심을 부린 것 같아요. 입선 된 게 너무나 좋아서 힘든 것도 모르고 계속 달렸던 것 같아요."

"입선했어요?"

"네. 하나는 입선하고 또 하나는, 글쎄 특선이래요."

국전 이야기가 나오자 진이의 눈이 다시 초롱초롱해졌다.

"그런 중요한 얘기를 왜 지금에야 해요?"

"내가 얘기했잖아요. 나는 요시만 보면 내 정신이 아니라서 다른 데는 머리가 잘 돌아가질 않는다고요."

"진이는 말을 해도 그렇게 예쁘게만 해요? 진심으로 축하해요! 수고한 보람이 있군요. 이제는 건강회복하는 일만 남았어요."

진이를 힘주어 안아주는 요시는 진이가 건강해지기 바라는 마음 간절하였다. 둘은 호텔에서 나왔다.

"내가 데려다 줄게요."

"아녜요, 쓸데없는 시간 낭비예요. 요시도 피곤한데 일찍 쉬어요."

"나도 다른 남학생들같이 진이 집을 가르쳐주기가 싫군요."

"아~ 이 참. 요시도, 그런 말이 어디 있어요? 쓸데없이 왔다갔다할 필요가 없다는 말이죠."

"그래야 내가 마음이 놓여서 그래요. 진이만 내려주고 그 택시로 그냥 오면 되요."

"내일은 점심때 올게요. 저녁때까지는 못 참겠어요. 12시 정각에 로비에서 만나요. 같이 고궁을 구경하는 것도 좋고요."

"무리하지 말아요. 어머니 말씀대로 충분히 쉬도록 해요."

"무리하는 거 아녜요. 하고 싶은 거 못 해도 병나요. 그거 알아요, 요시?"

"어머니 저 들어왔어요."

"목소리가 명랑한 거 보니까 잘 놀은 게로구나. 일찍 자거라. 음악 틀어놓고 바스락거리며 밤 시간 다 보내지 말고."

“네. 일찍 자려고요. 안녕히 주무세요.”

호텔방으로 들어온 요시는 진이와 보낸 오후가 너무나 즐거웠다. 제법 피곤하긴 해도….

이렇게 서울에 남아 진이와 달콤한 하루하루를 보내면 얼마나 좋을까 하는 생각을 해본다.

“기요코 언니 프랑스 잘 다녀왔어요? 10월에 온다고 하고 왜 안 와요?”

“아버님 일이 끝나지 않아서 그래. 내가 전화한 거는 요시가 잘 갔는지 궁금해서.”

“예, 만났어요. 언니가 얘기해 준 B 호텔에 묵고 있어요. 고마워요 언니!”

“요시가 가서 좋니?”

“네. 너무나 좋아요.”

“내가 척 보기에도, 요시가 너를 그냥 두지 않을 거라고 짐작했었어. 너한테 완전히 반했더구나.”

“언니. 그거는 나도 마찬가지였어요.”

“너도? 그러면 너는 연기가 수준급이로구나. 너한테서는 눈치를 못 챘었으니까. 내가 파리를 가지 말고 너희들 불놀이 구경을 했어야 했는데.”

“너무 놀리지 마세요. 서울 오면 모두 얘기해 줄게요.”

전화가 끝난 진이는 부엌으로 갔다.

“아주머니. 나 계란찜 좀 해 주세요.”

“아이구! 이게 듣다가도 반가운 소리네! 진이가 웬일로 먹을 걸 다 해달라고 하고. 그래 내가 계란찜 맛있게 해 줄게. 은행도 남은 게 있으니 잘 됐어. 또 뭐 먹고 싶어? 뭇국? 진이는 살코기만 넣은 맑은 뭇국 좋아하지? 내가 지금 당장 끓여줄게."

　호텔입구에 들어서는 진이의 모습이 환해 보였다. 어제보다 훨씬 생기가 도는 얼굴로 생글생글 웃으며 들어서는 모습이 너무나 화사했다. 볼 때마다 매번 다른 매력을 느끼게 해 주는 진이가 신비스럽기까지 했다.

　"잘 쉬었어요?"

　"어제 진이와 보낸 시간이 너무 즐거워서 잘 잤어요. 진이도 많이 잤어요?"

　"네. 많이 먹고, 많이 자고, 아침 먹은 후에는 낮잠까지 잤어요. 어머니와 요시 기쁘게 해 주려고요."

　"고마워요. 말 잘 들어서 예뻐요."

　"상 줘야죠."

　"아아~ 상요! 이따가 우리 둘만 있을 때 줄게요."

　"어디어디 구경했어요?"

　"을지로, 퇴계로로 해서 이쪽으로 왔다가 덕수궁 옆길로 따라 미국 대사관 앞까지 갔다 왔어요."

　"배고프죠?"

　한국음식을 소개하고 싶은 진이는 한식당으로 갔다. 그 식당 아주머니와 진이 어머니는 학부모회를 같이 하면서부터 두 집안이 가깝게 지내고 있었다.

　"진이 왔구나. 손님 모시고 왔네?"

　"아주머니 안녕하세요? 저요~~"

　"응 알아 너는 매운 건 싫단 말이지? 외국손님이시니? 인물이 참 좋으시다. 신자 씨. 두 분 조용한 자리로 모셔요."

　진이가 말을 하려는데 주인은 먼저 각별한 배려를 표시했다.

"감사합니다. 아주머님."

진이는 깍듯이 인사를 했다.

"아이구 진이는 예나 지금이나 인사도 예쁘게 잘하지! 어서 따라 들어가 봐."

두 사람은 자리에 앉았다.

"진이 어머님이 나를 아직 모르시는데 괜찮겠어요?"

"저 아주머님은 눈치가 십 단이신 분이라서 절대로 우리 얘기 먼저 안 하세요. 아침에 생각해 봤는데요, 오늘 저녁에 어머님께 요시가 와 있다고 말씀드리려고 해요. 우리가 사랑하는 사이라고 하면 내가 학생이라는 이유로 거부반응을 보이실 것 같아서 사업을 위해 와 있다고 하고 싶은데 요시는 어떻게 생각해요? 미안해요. 내가 아직 솔직히 말씀드릴 처지가 아니라서요. 그렇다고 내가 아끼는 요시를 숨어서 만나는 거는 요시한테 미안해서 싫어요."

정말로 미안하다는 눈빛으로 바라보고 있는 진이를 보며 진정 진이다운 소리라고 생각했다.

"나는 걱정하지 말아요. 진이를 위해서는 내가 숨어 만나는 사람이 된다 해도 좋아요. 우리가 결혼할 때까지 흔들림 없이 가는 것이 중요한 거니까요."

"이해해줘서 고마워요. 혹시 내일 아침 나와 교회에 안 갈래요? 몇 시 비행기로 가세요?"

"오후 일곱 시에 떠나요. 교회가 몇 시에 시작하는지요? 나 같은 사람이 가도 되나요?"

"아홉 시에 시작하는데 요시 같은 사람이 가도 되는지 아닌지 한번 와 볼래요? 만약에 온다면 거기서 우리 어머님 소개해 줄게요."

“가야죠.”

“순천댁. 진이 학교 갔어요?”

병원에서 들어온 진이 어머니가 진이를 찾았다.

“모르겠는데요. 오늘은 아침도 많이 먹고, 오전 낮잠도 아주 곤하게 잘 잤어요. 과일 좀 주려고 들어갔더니 깊이 자고 있었어요. 조금 전에 아주 예쁘게 차려입고 나갔는데 잠을 잘 자고 나더니 얼굴도 볼그스레한 게 어찌나 예쁘던지요. 선생님, 진이 신랑감 얼른 고르세요. 고렇게 예쁜 거 누가 난짝 들어가기 전에요.”

“졸업하면 결혼을 했으면 좋겠는데 공부를 더 하고 싶다니 저의 언니 짝 될까봐 걱정이야. 상대를 찾아 줘서 같이 유학을 보내야 할지? 여기 한국에 붙잡아둬야 할지? 박사님이 살아계시면 이런 때에 의논도 드리고 할 수 있을 텐데….”

“진이가 그렇게 사근사근해도 지가 하고 싶은 거는 꼭 해 내고야마는 그런 데가 있어요. 더 공부하고 싶다면 말리지는 못하실 거예요.”

“그건 자네가 잘 봤어. 어려서부터도 당장 앞에서는 참고 있다가도 언젠가는 결국 자기 고집대로 하고 말지. 진이를 아껴주는 좋은 상대를 찾아줘야 할 텐데…. 점심에 국수장국 좀 먹을까? 언제 들어온다고 그래요?”

“진이요? 저녁 먹고 온다고 했어요. 현준이는 언제 온다고 해요?”

“교환학생은 1년씩 하는 건데, 계속 거기서 대학을 마치고 싶다고 하는군. 지가 다 알아서 한다고 걱정 말라고 하네. 그 녀석이 없으니까 집이 텅 빈 것 같아.”

“현준이가 없으니까 일거리도 없어 답답해요. 그런데 진이 생일은 어떡하시겠어요?"

"이번에는 친한 친구만 부르라고 해야겠어. 너무 피곤하면 안 되니까."

"그러세요. 내가 진이 좋아하는 걸로만 차릴 테니 음식점서 하지 마시고 집에서 하세요."

진이 어머니는 식사 후 30 여분 정도 피아노를 치고 병원으로 나갔다. 대개 하루 일과가 그렇다. 약사, 간호사 등은 병원식당에서 식사를 하는데 진이 어머니는 직원들이 불편해하므로 안채로 들어와서 혼자 한다.

고궁을 거닐며

식당에서 나온 후 요시가 덕수궁을 가 보고 싶다고 했다.

"그렇게 멀리 있는 것 같지 않은데 진이가 괜찮다면 걷는 건 어때요?"

"나는 괜찮아요. 다리만은 튼튼해요. 어려서부터 서울바닥을 누비고 다니던 사람이잖아요. 발레도 했고요. 요시가 아침부터 다녔기 때문에 다리 아플까봐 그래요."

"나도 이 정도는 문제없어요."

"요시는 무슨 운동하는 것 있어요?"

"어릴 때부터 대학까지 학교 야구팀을 했어요. 회사 입사 후에는 회사팀에서 매일 하죠. 그러니까 나도 서울을 누비고 다녀도 진이한테 뒤떨어지지는 않을 거예요."

진이는 생각했다.

'그렇지! 운동을 안 한 사람한테서 결코 저런 몸이 나올 수가 없지!'

덕수궁은 마침 꽃전시회가 있어서 사람들이 많았고 특히 학생들로 만원이었다. 연못가로 간 두 사람은 벤치를 찾아 앉았다. 주위에는 사람들이 하나도 없이 모두들 꽃전시장에만 모여 있었다.

"겨울이 되면 연못이 꽁꽁 얼어요. 그러면 친구들과 스케이트를 타곤 했어요. 이준기 선생님이 오시는 날만은 못 왔어요. 하루는 내가 온종일 스케이트를 타고 와서는 영어공부 하다가 너무 피곤해서 나도 모르게 잠이 들어 선생님한테로 쓰러져 잤어요. 그리고 그날 처음으로 어머니한테 매 맞았어요. 그 이후로는 영어공부 하기 전에는 아무데도 못 가고 선생님 오시기 직전에 아주아주 찬물로 세수하고 기다리라고 하셨어요. 그리고 공부하는 동안은 무릎을 꿇고 앉아서 하라고 하셨고요. 왜냐하면 선생님이 말할 수 없이 바쁜데도 어머니 부탁으로 나를 가르쳐주셨거든요. 그런데 글쎄, 하루는 그렇게 꿇어앉아 있는 동안 다리에 쥐가 난 걸 모르고 갑자기 일어나다가 선생님한테로 또 쓰러졌잖아요. 선생님은 너무 놀라고, 기가 막혀서 어처구니없어 하시더군요. '너 왜 이렇게 며칠에 한 번씩 사람을 깜짝깜짝 놀라게 하냐? 이러다 애 떨어지겠다.' 하시잖아요? 그 소리 듣고 너무나 우스워서 내가 배꼽을 잡고 대굴대굴 굴렀어요. 남자가 어떻게 애를 밴단 말예요? 선생님은 그렇게 우스운 소릴 잘하셨어요. 공부 도중에도 자꾸 웃음이 나서 혼났어요."

"그때가 몇 학년 때였어요?"

"고등학교 1학년 때였어요."

"이준기 씨와는 언제까지 영어를 했어요?"

"그 겨울이 마지막이었어요. 선생님이 곧 군대에 가시고, 군에서 제대하자마자 미국으로 대학원 하러 가시고, 대학원 끝나자 곧 주일 대사관에서 일하게 되시고 해서 더 이상은 배울 수가 없었어요. 그렇게 바쁜 중에도 가끔 교재를 타이핑해서 보내주세요."

"그런데 요시는 어떻게 그렇게 한국 발음을 잘 해요?"

"내 말 알아듣기 어렵지 않아요?"

"전혀 어렵지 않아요. 요시는 신통방통한 데가 많아요."

"신통방통이 무슨 말예요? 발음을 흉내도 낼 수가 없군요. 진이가 만들어 낸 말이죠?"

"아녜요. 숙제예요. 그거 알아내면 상 줄게요. 아참! 나 상주는 거 잊었어요? 아무도 없을 때 해준다고 했잖아요?"

요시는 천천히 얼굴만을 숙여 오늘 따라 통통한 진이 입술에 폭신폭신한 키스를 해 주고는 진이의 천진난만하고도 사랑스런 모습을 오래오래 기억에 남기려고 눈을 떼지를 않았다.

떨어져서 걷기도 하고, 손을 잡고 걷기도 하며 두 사람은 덕수궁을 한가로이 걸으며 가을의 맑은 하늘, 높은 구름을 만끽하였다. 진이와 단둘이 있는 게 너무나 좋았다. 떨어져서 걸어가는 모습을 바라보는 것도 좋고, 가까이 두고 내려다보는 것도 흐뭇하고, 품에 안고 있으면 황홀해지기까지 하며, 이렇게 같은 공간 안에서 같이 숨을 쉬고 있다는 그 자체만으로도 행복했다.

두 사람은 양지바른 곳에 있는 벤치에 앉았다. 요시는 팔을 진이 뒤로 해서 진이의 어깨를 안아 자기에게 기대게 해 주고, 자신은 두 다리를 길게 뻗어 편한 자세를 취했다. 진이도 요시 품에서 두 팔은 요시의 허리를 안고 포근하고 편안함을 취했다. 따뜻한 햇살 아래서 잠이라도 올 것같이 두 눈이 사르르 감긴다. 오랜 고요함을 깨고 진이가 입을 열었다.

"저기 기와지붕과 추녀 끝이 보이죠?"

"추녀가 뭐예요?"

"지붕 끝의 네 모서리에서 두 면이 만나서 이루는 끝을 추녀라고 해요. 저 네 모퉁이에 약간 치켜 올려져 있는 곳을 말하죠. 보여요?"

"아~ 그거를 추녀라고 하는군요. 그런데 그 추녀가 어떻다는 건가요?"

"저 추녀를 보면 옛날에 망신당했던 생각이 나요."

"진이는 그렇게도 창피했던 이야기가 많아요?"

"그러게요! 나는 그렇게 바보짓 했을 때가 많네. 하루는 등교를 하자마자 미술선생님이 빨리 집으로 가서 수채화 도구를 갖고 문교부 주최 미술대회가 있는 덕수궁으로 가라고 하시는 거예요. 가면 거기에 예고 학생들과, 미술 선생님이 벌써 가 있을 거니까 내가 중학교 대표로 왔다고 하고 예고 선생님 지시대로 하래요. 그래서 집에 가서 오랫동안 안 쓰고 처박아 두었던 물감 상자를 갖고 갔었어요. 가니까 벌써 저 석조전 앞에 모두들 자리를 잡고 앉아 있더군요. 나도 대회 감독관이 앉으라는 대로 가서 앉았어요. 그런데 저 추녀의 기울기, 각도 등등이 보기보다는 어려워서 어떻게 그려야 할지 도대체가 감이 잡히지를 않았어요. 걱정이 되고 기가 막혀서 멍하니 앉아있는데 예고 선생님이 오시더니 '네가 우리학교 중학생이니?' 하시더군요. 나중에 알았는데 다른 참가자들은 몇 주 전부터 와서 연습을 해서 어려울 것 없이 벌써 시작을 하고 있는데 나만 물끄러미 앉아있으니까 선생님이 금방 아셨던 것 같아요. 에이~ 케 세라 세라, 나도 모르겠다. 하고는 뭐가 되든 시작은 우선 해 보려고 물감 상자를 여는데 글쎄 와르르하며 차돌같이 말라빠진 물감들이 대회장 돌바닥으로 쏟아지면서 조용한 대회장에 요란한 소리를 내는 거예요. 대회에 참석했던 200명도 넘는 학생들이 모두 찡그린 얼굴을 하고는 누구를 째려보겠어요? 쥐구멍이라도 있으면 기어들어가고 싶다는 말을 실감했어요. 오랫동안 손이 떨려서 잘 그리지도 못할 정도로 창피했었어요. 다행히도 선생님이 감독관에게 가서 뭐라고 하시더니 예고 남학생을 내 옆에 앉게 해서 물감을 같이 쓰게 해 주셨어요. 모두들 멀찌감치 떨어져 앉아야 하는데 우리는 물감을 같이 써야하기 때문에 바로 옆에 붙어 앉게 되었어요. 그래서 선배한테 작은 목소리로 '나 저거 그릴 줄 몰라요.' 했죠. 그랬더니 깜짝 놀라면서 기가 막힌다는 얼굴로 보더군요. 그래서 '저런 거 한 번도 안 그려봤어요.' 했죠. 선배는 난감한 얼굴로 한참을 바라보더니 짧게, '나 하는 거 보고 해봐.' 그러더군요. 그래서 커닝을 살짝살짝 해 가며 그 선배 하는 대로 했어요. 그래서 저 건물을 보면 그때 사생대회 나가서 망신당했던 생각이 나요."

"그때가 몇 학년 때였어요?"

"중학교 2학년, 날씨는 따뜻한 봄날이었어요."

"그래서 어떻게 됐어요?"

"전공으로 하는 선배가 하는 대로 했는데 떨어질 이유가 없죠."

"그러고 보니까 진이는 아주 엉터리군요. 진이야 말로 챔피온 오브 엉터리예요."

"그렇죠? 우리는 그런 점에선 공통점이 있다니까요."

"그렇게 나를 꼭 끌고 들어가야겠어요? 이 엉터리 학생!"

요시는 진이의 머리를 손으로 헝클어뜨리며 장난을 쳤다.

"머리를 이렇게 하니까 진이가 꼭 예쁜 강아지 같아요."

"말했잖아요. 나는 멍멍이가 아니고 말이라니까요."

두 사람은 다시 걷기 시작했다.

"기억은 다 안 나는데, 헤르만 헤세의 '가을 날' 이라는 시에 이런 말이 있었던 것 같아요.

'숲가의 가지들은 금빛으로 타오르고,

나는 홀로 길을 걷는다. 사랑하는 사람을 데리고.

몇 번이고 걷던 이 길을, 좋은 날씨가 계속되는 가을….'

오늘 같은 날을 쓴 것 같군요. 우리가 이렇게 걷고 있는 거를 쓴 것 같아요."

"그렇죠? 우리 같죠?"

요시는 주로 진이를 바라보는 데 많은 시간을 보낼 뿐 별로 말이 없다. 그렇게 바라보고 있는 것이 그냥 좋았다.

진이 생일인 화요일까지 있어 줄 수가 없는 요시는 그날 저녁 둘이서 오붓한 생일을 보내기로 하고 예약을 해 두었었다. 식사가 끝나고 요시는 생일 선물을 진이 앞에 내놓았다.

"열어봐요."

선물을 열어본 진이는 눈이 휘둥그레졌다. 상자 속에는 앙증맞고 디자인도 멋있는 최신 모델의 트랜지스터라디오가 있었다.

"요시! 어떻게 이렇게 비싼 선물을… 너무 과분해요."

"갖고 다니면서 작품 하는 동안에도 음악 들으며 해요. 진이도 좋아하고 나도 좋아하는 라디오 음악을 항상 같이 들어요! 나는 집에서도, 운전할 때도, 라디오 음악을 들으며 진이 생각을 해요. 차에서는 진이가 늘 내 옆에 앉아있다고 생각하면서요. 분에 넘치는 걸로 치자면 진이가 나에게 과분한 사람이에요. 그래서 나는 진이에게 무엇을 주어도 아깝지 않아요."

진이는 말을 못 하고 눈빛으로 감사의 표시를 했다. 깜빡거리는 진이의 그 눈을 들여다보는 요시는 그렇게도, 그렇게도 흐뭇하기만 했다. 요시는 이렇게 아무 걱정 없이, 아무 부담 없이, 편안하기만 한 진이와의 이 시간이 너무나 즐거웠다. 헤어지기 싫은 것은 요시야 말로 정말 헤어지기가 싫다. 싫은 정도가 아니라 오늘밤 이렇게 진이와 밤을 보내면 얼마나 좋을까 하고 생각해 보았다.

'블루 벨벳(Blue Velvet)', '씨크릿 러브(Secret love)', '디스 이즈 마이 송(This is my song)', 등으로 시작하는 감미로운 피아노 연주가 분위기를 한층 더 로맨틱하게 해 주었다. '왓 어 디퍼런스 어 데이 메이크스(What a difference a day makes)'가 너무나 감미롭게 나오자 요시는 진이를 안고 싶은 욕망이 생겼다.

"우리 춤출까요?"

어제와 같이 둘이는 조용히 블루스를 췄다.

"진이. 피곤해요?"

"말했잖아요. 요시하고 있으면 아프지도 않고, 피곤하지도 않아요."

"그러면 나한테 진이 얼굴 좀 보여줘요. 항상 내 가슴에 그렇게 얼굴을 감춰 버리면 내가 진이를 볼 수 가 없어요."

진이는 푸~아 하고 한번 웃고는 멋쩍어서, "내 얼굴은 비싼데."하며 얼굴을 들어올렸다.

"알아요. 이 세상 무엇과도 바꿀 수 없이 비싸다는 것 알아요. 그래서 나는 진이만 바라볼 수 있다면 이 세상에서 내가 가진 모든 것과도 바꿀 수 있어요."

진이가 요시를 바라보자 요시는 진이의 얼굴을 하나하나 읽어 내려갔다. 그렇게 한참을 들여다보다가, "진이 사랑해요."하는 의미심장한 그 한마디는 진이의 피부 속속들이 녹아들어 진이를 한없이 행복하게 해 주었다. 그들 사랑의 감정은 눈 쌓이듯 이렇게 소복이, 소복이 보드랍게 높아져 가고 있었다.

"내일 아침에 내가 호텔로 와서 교회에 데리고 갈게요."

"내가 찾아 갈 수 있어요. 교회 이름만 주세요. 어머님 모시고 진이는 교회로 직접 가요."

"처음 가는 곳인데 어떻게 가려고요? 내가 올게요."

"진이 학교도 찾아 갔었잖아요? 걱정 말아요. 서울 거리를 나 혼자 찾아다녀 버릇을 해야죠."

"근처에서 제일 큰 교회이기 때문에 택시 아저씨들은 다 알아요. 생일 선물 고마워요. 요시 생각하며 음악 잘 들을게요."

요시는 택시에서 내리는 진이의 손을 한번 잡아 주었다.

진이 어머니는 피아노를 치며 찬송가를 부르고 있었다.

"어머니 저 왔어요."

진이는 어머니 옆에 앉아 같이 찬송가를 부르고 난 후 말을 꺼냈다.

"어머니, 준짱 기억하시죠? 일본서 호스트였던."

"그럼. 그 집에서 그렇게도 잘 해 주셨다는데. 기억하고말고."

"그 준짱 오빠가 지금 서울에 와 있어요. 이름은 요시라고 해요. 일본 대기업에서 일하면서 아버님 사업도 틈나는 대로 도우며 사업을 배우고 있어요. 금요일에 와서 기요코가 알려준 대로 B 호텔에 머물고 있어요. 기요코 아버님의 지도를 받으며 서울에서 시작할 사업을 구상 중이라고 했어요."

"기요코 하고도 아는 사람이었니?"

"처음부터 알았던 건 아니고 나 때문에 알게 됐어요."

"너는 일본까지 가서도 친구들 소개해 주는 일을 했구나! 어째 너는 그런 것까지도 너의 아버님을 닮았니? 실속은 하나도 차리지 못하고 그저 남을 위하는 일이라면 소개해 주고, 도와주지 못해 애를 쓰시더니!"

"지금 막 그 사람하고 헤어져서 오는 길이에요. 내일 우리 교회에 나온다고 했어요."

"기독교인이니? 일본사람은 기독교인이 많지 않은데 특이한 사람이구나."

"기독교인 아녜요. 내일 교회에 오면 어머니를 소개해 주겠다고 했더니 온다고 했어요."

"네가 가서 신세를 많이 졌는데 내가 대접을 해야지. 언제 돌아간다고 하니?"

"내일 오후 비행기로요."

"내일? 아니! 그럼 너는 그 사람을 내가 대접도 못하게 하고 보내려고 했었니? 그 사람이 이 에미를 어떻게 생각하겠니? 너는 그렇게 가끔 내가 깜짝깜짝 놀랄 짓을 하더라. 내일 교회 끝나고 우리 집으로 불러서 점심 대접을 하자. 순천댁 좀 내 방으로 오라고해."

진이가 아주머니와 같이 어머니 방으로 들어갔다.

"내일 귀한 손님을 대접할 일이 생겼는데 뭐가 좋을까? 진이가 가서 신세 진 그 댁 자제분이 왔다고 하는데 잘 대접을 해야지. 음식이 슴슴한 게 좋을 것 같은데."

"진이 먹는 식으로 하면 되겠군요. 우선 진이 생일에 쓰려고 하던 거를 먼저 쓰죠."

저 위, 교회 정문 옆에 벌써 와서 기다리고 있는 요시가 보였다. 언제나 진이를 설레게 하는 저 반듯한 자세. 그날 아침도 진이의 가슴을 사정없이 흔들어 놓았다. 진이를 본 요시가 미소 지으며 걸어 내려오고 있었다. 특유의 여유 있는 멋진 걸음이다.

"저기 걸어 내려오는 저 청년은 어쩌면 저렇게도 준수하게 잘 생겼을까?"

"그 사람이 준짱 오빠예요, 어머니."

"그래?! 준짱 오빠가 저렇게도 잘 생겼으리라고는 생각도 못했구나."

요시는 정중히 진이 어머니에게 인사를 하였다.

"스즈끼 요시나가입니다. 처음 뵙겠습니다."

"반가워요."

진이 어머니가 손을 내밀자 요시가 두 손으로 진이 어머니의 손을 잡았다. 진이 어머니는 요시의 손등을 토닥이며 말한다.

"우리 진이가 가 있는 동안 잘 보살펴 줘서 고마워요."

"아니 별말씀을요."

진이 어머니와 요시는 서로가 한 번 보고, 손 한 번 잡아보고, 금방 마음이 통하는 걸 느꼈다. 마음이 맞는다고나 할까!

"한국말을 잘하시네. 들어가실까요?"

진이 어머니는 언제나 하던 대로 제일 앞줄로 가 앉고, 진이와 요시는 제일 뒷자리로 앉았다. 진이는 요시가 와 준 것이 고마워서, 그래서 좋아서, 두 사람 사이에 있는 요시의 손을 살며시 잡고 눈웃음을 보냈다. 요시도 자상한 눈길로 답했다. 두 사람은 그렇게 조용히 앉아 예배를 지켜봤다.

"곧 점심 준비가 되니까 그동안 진이와 차 좀 마시며 쉬어요. 나는 옷 좀 갈아입고 나올게요."

차를 마시다가 요시는 응접실 저 쪽에 피아노가 있는 것을 봤다.

"진이 어머님이 치시는 피아노군요?"

"네. 매일 치세요. 요시가 한곡만 연주해 줄래요?"

"무슨 곡이 듣고 싶어요?"

"무엇이든 요시가 할 수 있는 거요."

요시는 진이와 같이 피아노로 가 앉았다.

"이 곡 생각나요? 내 방에서 처음으로 진이가 들었던 피아노 곡 쇼팽의 스케르초 2번…."

설명이 끝나기도 전에 요시는 치기 시작했다.

옷을 갈아입던 진이 어머니는 손을 멈추고 피아노소리를 듣는다. 놀랄 일이다. 그 청년이 저렇게 피아노를 잘 치다니! 감탄을 감추지 못했다. 조심스럽게 피아노 옆으로 간 진이 어머니 말했다.

"참 잘 배웠어요. 수준 이상으로 잘 치는군요. 재주가 있어요."

"감사합니다."

"어머니. 요시는 어려서부터 음감이 뛰어났었다고 준짱이 그랬어요."

"그런 것 같아. 재주가 보통이 아니야. 그거는 하늘에서 내리는 거지 아무나 가질 수 있는 것이 아니지! 내가 정말 오랜만에 기분이 좋구나. 계속해 줘요. 나는 부엌에 좀 가봐야 하니까."

요시는 쇼팽의 야상곡, 빗방울 전주곡, 차이코프스키의 뱃노래, 드보르자크의 유머레스크 등을 들려줬다. 진이는 요시의 연주에 완전히 반해 버리고 말았다. 이렇게 진이의 마음을 사로잡는 매력 넘치는 요시와 가정을 이루고 살아가는 달콤한 꿈에도 젖어보았다. 순진한 소녀의 꿈이었다.

"손님이 치시는 건가 보죠? 선생님하고 취미가 같으신가 봐요?"

"그러게 말일세. 예의 바르고, 언어행동 단정하고, 준수하게 잘 생기고, 피아노도 저렇게 잘 치고…. 저 손님 가만히 보니까, 흠 잡을 게 하나도 없는 사람이네."

솜씨 좋은 순천댁은 깔끔하게 한상 차려놓았다.

"음식이 입에 맞았으면 좋겠어요. 어서 드세요."

"감사합니다. 잘 먹겠습니다. 말씀 낮추어 주십쇼."

"어떻게 그렇게 한국말을 잘 배웠어요? 말 낮추는 것은 차차 되겠죠. 그래, 진이한테 듣자하니 한국에서 사업을 시작해 보고 싶다고요?"

"예. 그렇습니다."

"진이 아버님이 살아계셨더라면 적극적으로 도와주셨을 텐데."

식사 후 요시의 청으로 진이 어머니는 브람스의 로망스, 슈만의 저녁시간 등을 쳤다.

"음이 맑고 아름답게 참 잘 치십니다."

"고마워요. 더 좀 있다가 가면 좋겠는데 비행기 시간 늦지 않게 가야죠?"

"내 방 구경 시켜 드릴까요?"

진이가 나섰다.

"그래 볼래요? 진이 방은 사내 녀석 방 같아서 볼 거야 없지만 그래도 한번 가 봐요."

진이 방에 첫 발을 들여놓으며 한번 둘러본 요시가 말했다.

"미술 하는 사람 방에 그림이 하나도 없어요?"

"네. 맘에 드는 그림이 없어서 그래요. 걸어놓고 보려면 정말로 맘에 들어서 볼수록 좋아야 하는데 아직 그렇게 맘에 드는 거를 못 찾았어요. 적당한 거는 만족을 못 시켜주니까 아예 없는 게 났다고 생각해요."

가구가 별로 없는 진이 방에 벽 한 면을 거의 다 차지하는 책장이 특이해 보였다.

"이 많은 책들 진이가 다 읽은 건가요?"

"다 읽은 책들이에요. 요새는 바빠서 책 읽을 시간이 없어 아예 사지도 않았어요. 그날 신문도 다 못 읽는 걸요."

"언제부터 이 책들을 사 읽었어요?"

"중학교 1학년부터요. 대개는 받은 책들이에요. 내가 산 책은 열 권도 안 돼요."

진이의 책은 모두 준기가 사 준 것들이었다. 진이가 독서하는 습관을 갖도록 그렇게 정성으로 도와주었다. 요시가 언제인가부터 준기에 대해 민감한 반응을 보이는 것 같아 진이는 이 선생이 사 준 책들이라고 굳이 말하지는 않았다.

책상 위 액자에 넣은 그림이 딱하나 놓여 있어 요시가 유심히 들여다봤다.

"이거는 손수건이 아닌가요?"

"그게 뭔지 알아맞혀 보세요."

"이거는 내 손수건?"

"네. 그거 요시 손수건이에요. 기억나요? 내가 아주 쓴 나뭇잎을 입에 넣었을 때 요시가 그 손수건으로 내 입 속을 닦아 주었잖아요? 그리고 내가 빨아 준다고 하고는 집까지 갖고 오게 됐어요."

진이는 매일 밤 요시를 생각하며 그 손수건에 굿 나잇 키스를 하고 잔다.

요시는 그동안 진이에게서 몰랐던 것을 알게 됐다. 진이는 싹싹하고, 투명하게 맑고 명랑한 성격, 남을 배려하는 마음, 천진한 장난기 등등 상대방을 즐겁게 해 주는 그것이 다가 아니고, 내면적으로는 개성이 강하고, 자기가 원하는 것이 분명한 성격의 소유자라는 것을 알게 되었다. 또한 많은 독서로 얻은 박식함이 진이의 장점인 좋은 성격을 형성하는 데 도움을 주었음을 알 수 있을 것 같았다. 겸손하면서도 어딘가 당당하고 자신감 넘치는 성격!

"의자에 앉을래요? 방석에 앉을래요?"

요시는 둘러봐도 방은 아주 넓은데 앉을 데가 마땅치 않아 어쩔까 하는데 진이가 밀어서 책상 의자에 앉힌다.

"미안해요. 앉을 자리가 마땅치 않아서. 다음번엔 내가 요시에게 잘 어울리는 편한 의자를 사 놓을게요."

진이는 방석 하나를 갔다가 요시가 앉은 의자 옆에 놓고 방바닥에 다리를 쭉 뻗고 책상에 기대앉았다. 요시도 슬며시 일어나서는 방석 하나를 들고 와 진이 옆에 다리를 길게 뻗고 앉았다.

"진이 방에서는 축구를 해도 되겠어요."

"어머니하고 가구를 사러 나갔다가 그냥 오곤 했어요. 마음에 꼭 드는 게 없었어요."

"생각보다는 진이가 아주 깍쟁이인 것 같아요."

"내가요? 나 깍쟁이 아닌데. 다들 나보고 착하다고 하는데."

"남들한테는 착한데, 자신한테만은 깍쟁이인 것 같아요."

요시는 그렇게 개성이 강한 진이가 더 매력적으로 보인다. 이렇게 100 퍼센트 맘에 들지 않으면 절대로 소유하지 않는 성격의 진이가 요시를 평생 반려자로 택했다는 건 기적이라고 요시는 생각했다.

"진이의 마음에 내가 있게 해줘서 고마워요. 떠나기 전에 나한테 키스해 주지 않을래요?"

"이따가 헤어지기 전에 할게요."

"여기서 헤어져요. 나 혼자 갈 거예요."

"싫어요."

"싫어도 이번만은 안 돼요. 나 혼자 가게 해 줘요. 어머님이 어떻게 생각하실까도 생각해 봐야죠?"

진이는 서운한 얼굴로 요시를 한참 바라보았다. 진이와 또 헤어져야 하는 안타까움을 견딜 수 없는 요시는 있는 힘을 다해 진이를 안고 깊고도 뜨거운 키스를 하며 자신을 달랬다.

"국전을 못 보고 가게 되서 아쉽군요. 다시 한번 축하해요. 그리고 생일 축하해요."

"고마워요."

"어머님께 인사드려야겠어요."

요시는 진이와 어머니 방으로 가 인사를 하고 집을 나섰다. 진이 어머니는 예쁘게 포장한 상자 하나를 요시 부모님에게 전하라고 주었다.

택시를 탄 요시는 왠지 마음이 놓이며 진이를 보러 오기를 잘했다는 생각이 들었다. 미치도록 진이가 보고 싶었던 것도 견디기 어려웠지만, 더욱 더 마음을 고통스럽게 했던 거는 무언가 마음이 놓이지 않은 불안감이었다. 이렇게 와서 진이의 주변 환경을 눈으로 직접 보고 나니 마음이 놓였다. 진이가 요시만을 바라보고 있다는 것을 재확인한 것 같은 기분이라고나 할까! 더욱이 진이는 내면적으로 강한 데가 있다는 것을 알게 된 것에 더 힘을 얻었는지도 모르겠다. 요시는 더 이상 만족할 수가 없을 만큼 행복했다.

집으로 돌아와 아침을 같이하는 자리에서 아버지가 요시에게 묻는다.

"진이는 잘 있더냐? 네가 가니까 좋아하지?"

"네. 가기를 참 잘 했어요. 다녀오게 해 주셔서 감사합니다. 제가 무슨 복으로 진이 같은 여자를 만나게 됐는지 모르겠어요."

“그렇게도 진이가 좋으냐?”

“네. 진이하고 있으면 이것이 행복이구나 하는 걸 느끼게 해 줘요.”

“너를 그렇게도 행복하게 해 주는 진이가 고맙구나. 한국에서의 사업은 변함이 없는 거냐?”

“네. 모든 것에 대해 자세히 알아본 후 시작할 생각입니다. 미국에 가 있는 이치로는 컴퓨터 계통을 개척해 보라고 해서 그 계통도 연구 중입니다.”

“필요하다면 IBM 동경 지사장으로 있는 사람을 소개시켜 주마.”

“한번 찾아가 뵙고 싶습니다.”

이제 요시의 목적은 확고해졌다. 성공적인 사업을 위해, 그리고 진이와의 행복한 장래를 위해 최선을 다하며 열심히 사는 거다.

진이 역시 요시와의 결합과 일본 유학의 꿈에 부풀어 열심히 발랄한 나날을 보냈다. 그렇게 최선을 다 하며 둘이는 열심히 하루하루를 채워 나가고 있었다.

무너진 공든 탑

“진이가 아직 안 일어난 모양인데. 그래 언제 들어왔나? 일전에 어머님을 뵀는데 준기가 너무 일에만 매여서 산다고 걱정을 하시던데.”

“어제, 주말을 이용해서 잠깐 들어왔습니다. 진이가 시간이 된다면 오늘 국전에 같이 갈까 해서요. 저희 어머니도 가신다고 하시는데 혹시 나 선생님께서도 가실 수 있으신지요?”

“갈 수 있지. 내가 진이보고 전화하라고 하지. 둘이 얘기들 해 보게.”

어머니가 진이 방에 가 보니 진이는 깨어서 침대에서 그냥 뒹굴고 있었다.

"피곤하니? 오늘은 집에서 쉬고 싶으냐? 준기 군이 국전을 같이 갈 수 있느냐고 묻던데."

진이는 벌떡 일어났다.

"이 선생님 들어오셨어요? 국전 같이 가고 싶다고 하세요?"

"네 전화 기다리고 있으니 전화부터 해 줘라."

진이는 급히 전화를 했다.

"선생님 저예요. 저도 오늘 선생님하고 같이 국전 갈 수 있어요."

"잘 됐네. 두 분 어머님께서도 가신다고 하시니 준비하고 있어."

"네. 기다리겠어요."

한편 준기 어머니는 기분이 들떠 있었다.

"여보 오늘은 어디 안 나가세요? 내가 모처럼 준기하고 어디 좀 가려고 하는데."

"나갔다 오구려. 왜 내가 집에 있으면 마음에 걸려요?"

"나는 오늘 준기와 점심도 같이 하며 기분 좀 내고 싶었는데 당신이 집에 있으면 우리가 일찍 들어와야 해서요. 당신도 같이 가시면 좋겠어요. 준기하고 이렇게 한가로이 보낼 기회가 언제 또 있겠어요? 진이 데리고 국전에도 갈 거예요. 진이가 글쎄 두 작품이 다 붙었다지 뭐예요. 아직 학생인데도."

"그러면 그렇지. 왜 그렇게도 신바람이 났나 했더니 당신 짝사랑 만나게 되서 그랬구면."

"고 예쁜 것도 보고, 우리 준기하고 모처럼 시간도 보내고, 당신까지도 같이 가신다면 오늘이 내 최고의 날이 되겠어요."

준기 아버지도 가게 되자 차에 자리가 되지 않아 준기만 진이 집에 들러 가기로 했다. 먼저 도착한 진이네가 전시장 앞에서 기다리고 있는데 저 멀리서 준기 부모가 걸어오는 것이 보이자 진이는 얼른 일어나 두 사람 마중을 갔다.

"저 애 좀 보세요. 진이가 저렇다니까요. 우리 마중 오는 것 좀 보세요. 나 선생이 잘도 가르쳤어요."

"물론 가르치기도 잘 가르치셨지만, 유전자가 좋으니까. 아버지 어머니 모두 훌륭한 분한테서 받아갖고 태어나질 않았소? 민 박사를 많이 닮았어요. 민 박사가 인물이 하도 좋아서 장안 기생들이 민 박사를 보려고 아프지도 않으면서도 진찰받으러 갔다고들 하지."

"그런 말씀 마세요. 나 선생이 들으면 어떡하라고."

"안녕하셨어요, 장관님. 오랜만에 뵙겠습니다."

"그래 오랜만이다. 이렇게 어려운 데서 벌써 특선까지 다 하고. 축하한다."

"고맙습니다."

"어머님도 오셨구나. 바쁘실 텐데."

"네. 아주머님이 오신다고 하시니까 오셨어요. 아마 일찍 병원에 돌아가셔야 할 것 같아요."

진이 어머니는 이 장관 내외분과 반갑게 인사를 나누었다. 준기와 진이는 매표소로 앞서 걸어갔다. 준기와 진이가 나란히 걸어가는 뒷모습을 보는 준기의 어머니는 더욱더 진이가 욕심이 났다.

전시장을 반쯤 보고 난 진이 어머니는 먼저 가야겠다고 했다. 진이는 어쩔까 하다가 어머니와 먼저 가겠다고 했다.

"진이야 네가 우리를 안내해 줘야지 가면 어떡하니? 나 선생님, 오늘은 진이 좀 우리에게 빌려주세요."

"그래 진이야, 네가 끝까지 잘 안내해 드려야지. 나도 더 있고 싶은데 환자 때문에 그러니 네가 오늘 잘 모시도록해라."

"모처럼 세 분이 오붓하게 보내시는데 제가 방해가 될 것 같아서요."

"아이고. 그런 소리 말아라. 네가 있으면 우리는 더 오붓하단다."

그러면서 준기 어머니는 벌써 진이의 팔짱을 끼고 놔주질 않았다.

"준기야. 박 군보고 나 선생님 모셔다 드리고 오라고 해라."

준기는 진이 어머니와 함께 주차장으로 갔다.

"당신 오늘 횡재했구려."

준기 어머니가 진이와 같이 시간을 보내게 된 것에 만족해하자 이 장관도 흐뭇해했다.

주차장에서 막 돌아온 준기와 네 사람은 앞서거니 뒤서거니 하며 한가로이 작품감상을 했다. 그러면서도 틈만 있으면 준기 어머니는 욕심을 낸다.

"여보 저애들 잘 어울리죠? 둘이 저렇게 걸어가는 거 보기 좋죠?"

"떡줄 사람은 생각도 안 하는데 공연히 김칫국부터 마시지 말아요."

오랜만에 진이를 여유 있는 마음으로 바라볼 수 있게 되어서 준기는 행복했다. 진이가 옆에 가까이 있어주는 것만으로도 흐뭇했다. 만지면 깨질세라, 바람 불면 날아갈세라, 조심스러운 마음으로 준기는 진이에게 사랑을 고백할 시간을 기다리고 있었다. 적어도 공부가 끝날 때까지는 기다려줘야 한다고 생각했다. 진이가 보고 싶어서, 국전에 같이 가고 싶어서, 어렵게 시간을 내어 주말에 잠깐 서울에 다녀가기로 한 준기는 참 그렇게 하길 잘했다고 생각하며 진이 옆을 지켰다.

"제가 처음 출품하는 국전에 둘 다 당선될 수 있었던 것은 선생님의 격려 때문이었다는 거 아세요? 선생님은 언제나 저에게 모범이 되어 주시고, 제가 무엇을 어떻게 해야 하는지 방향을 잡아 주셨어요. 선생님이 하라는 대로 해서 잘못된 일은 한 번도 없었어요."

"그건 진이가 바른 마음으로 바르게 받아들였기 때문이야. 마치 새하얀 종이 위에 빨간 잉크를 떨어뜨리면 그대로 빨갛게 흡수하고, 파란 잉크를 떨어뜨리면 그대로 파랗게 흡수하는, 그 색을 정확하게 흡수할 줄 아는 순수함이 너한테는 있기 때문에 지도하는 나도 정말로 즐거웠단다."

"선생님은 명석하시기 때문에 저 같은 애를 어떻게 지도해야하는지를 아신 거예요."

"진이가 많이 성숙해졌구나. 그래서 나는 기쁘다."

전시장을 구경하며 진이와 처음으로 반나절을 보낸 이 장관도 진이의 밝고, 맑은 성품과 영민함이 맘에 들었다.

"여보. 우리 진이 데리고 전에 갔던 그 한정식 집에 갑시다."

"고맙습니다만 저는 사양하겠습니다. 가족끼리 단란하게 보내셔야죠."

"진이도 같이 가야지. 오늘의 주인공은 진인데 진이가 빠지면 되겠어?"

어머니 말이 끝나자 준기는 진이와 헤어지기 싫어서 진이를 붙잡았다. 내일 일찍 일본으로 가면 또 몇 개월은 진이를 볼 수 없겠다고 생각을 하니 정말로 이대로 보낼 수가 없었다.

"진이가 만든 좋은 작품을 보여줬는데, 우리가 답례를 해야지. 자 가자. 내가 한턱 내야지!"

이 장관이 진이를 차에 태웠다.

"진이가 가만히 보니까 똘똘이구나. 작품이 모두 결혼 혼숫감으로 만든 것 같아."

"그런 거 아녜요. 하다보니까 그렇게 됐어요."

멋적다는 듯이 준기를 바라보며 말하는 진이의 눈길에 끌려 들어가 가슴이 찡해지도록 진이가 사랑스럽다.

'그래 이렇게 1년만 더 참자!'

준기는 혼자 마음을 다졌다. 그동안 열심히 일을 해 좋은 실적을 내어서 어떻게 해서든지 미국으로 발령을 받아야 한다고 다짐했다. 그런 다음 진이를 미국으로 유학시킬 계획이었다. 그리고 그때 진이를 오랫동안 사랑해 왔었노라고 고백을 할 생각이었다.

"아주 재주가 뛰어나. 어머님이 손재주가 있으시다는 말은 민 박사로부터 들었었지."

"저는 오늘 점심도 먹기 전에 벌써 칭찬으로 배가 다 불렀어요."

"아냐, 진이는 많이 좀 먹어야 돼. 그동안 몸이 많이 여위었어. 국전 준비한다고 너무나 무리를 했어."

준기는 진이가 좀 더 건강하기를 바랐다.

"그래도 선생님이 병나지 않게 하라고 하셔서, 선생님이 하라는 대로 하려고 노력했기 때문에 병은 안 났어요."

"진이는 언제나 그렇게 말을 잘 들어서 예쁘단 말야. 오늘도 내 말 듣고 많이 좀 먹어."

점심 후 이 장관 내외는 떠나고, 준기는 진이를 데리고 경복궁 담을 끼고 걸었다. 일에 치어 바쁘게만 보내다 오늘 사랑하는 진이와 같이 있으니 이렇게 좋을 수가 없었다. 진이가 여위면서 더 매력적이고, 전에는 보지 못했던 성숙한 여성미를 보게 되자 준기는 마음이 묘하게 설레었다.

"진이가 그동안 더 예뻐졌구나. 요즈음 학교공부가 바쁘지?"

"네. 바빠요. 그런데 선생님… 저 좋은 일 있어요."

"그래? 무슨 좋은 일?"

"저를 사랑해 주는 사람을 만났어요."

"그게 무슨 소리야?"

"저를 사랑해 주는 사람을 만났다고요."

준기는 마치 둔기로 심하게 머리를 맞은 것 같아 정신을 잃을 것만 같았다. 진이가 벌써 남자를 만나리라는 계산은 못 했었다. 무슨 말을 어떻게 해야 할지 한참을 헤매던 준기는 가까스로 마음을 진정시키고 말했다.

"그랬었구나! 그래서 그렇게 꽃같이 피었었구나! 진이도 그 사람을 사랑하나?"

"네!"

"어머니도 알고 계시고?"

"아뇨. 아직은요. 아직은 조심스러워서 말씀을 못 드리고 기회를 보고 있는 중이에요."

준기는 가슴속으로 눈물이 흘렀다. 찢기는 듯 아리고, 쓰라린 눈물이 하염없이 흘렀다.

진이를 가르치러 갔었던 때가 9년 전, 가슴속 깊이 사랑하게 되면서 조심조심 공을 들여온 진이를 잃는다는 건 생각조차도 못 했었다. 준기에게 진이는 얼마나 아끼고도 아끼던 소중한 존재였던가! 너무나 조심스럽게 다루다가 이런 일을 당하게 되지 않았나 하는 생각까지 들어 가슴이 답답하며 오그라드는 것만 같았다.

"진이의 마음을 가져간 사람이 누구지?"

"선생님도 만나셨어요. 도쿄에서 만나셨던 준짱의 오빠 스즈끼 요시요."

준기는 아연실색하고 말았다.

‘그 요시였구나! 바로 그때였구나!’

무슨 말을 어떻게 해야 할지를 몰랐다. 온몸에 힘이 다 빠져 걷기조차도 힘들었다. 내가 무엇을 잘못했기에 이 상황이 됐단 말인가? 마음이 복잡하고, 무엇보다도 너무나 가슴이 아팠다. 할 말을 잃은 준기는 그렇게 말없이 걷기만 했다. 진이네 집 문 앞까지 오게 되자 준기는 마음을 굳게 먹고 혼자 생각했다.

‘그래 제발 요시와 연애만 하고 나에게로 돌아만 와 다오. 너를 마음에 품게 되면서 여러 해를 기다린 내가 왜 더는 못 기다리겠니? 돌아만 와 다오!’

준기는 가슴이 갈기갈기 찢기고 심장이 터져나갈 것만 같은 고통스러움을 참는다.

“진이야 내가 한번 안아볼까? 다음에 내가 너를 볼 수 있게 될 때까지 건강하게만 있어주기를 바란다.”

“선생님도 건강하세요.”

진이와 헤어진 준기는 어디로 가야 할지를 몰랐다. 하염없이 걷고 또 걷다가 명동의 어느 음악실로 들어가 깊숙한 곳에 앉았다. 마음속으로 흐르는 눈물을 참을 길이 없어서, 고통스러움을 참을 길이 없어서, 그렇게 하염없이 아픈 가슴을, 찢기듯이 아픈 가슴을 달랠 길이 없어서 가슴속으로 울고, 또 울었다.

국전이 끝나면서 어느 유명 패션디자이너가 진이의 작품 하나를 샀고, 특선을 한 작품은 정성스럽게 싸놓았다. 그리고 ‘이준기 선생님 결혼 선물’이라고 써서 침대 밑에 고이 넣어뒀다. 어머니에게도 부탁을 해 놓았다. 혹시 진이가 유학 가 있는 동안 이 선생이 결혼을 하게 되면 침대 밑에 싸놓은 작품을 결혼 선물로 전해 달라고 했다.

요시는 정신없이 앞만 보고 달렸다. 결혼 후 진이를 행복하게 해 주려면 그 전에 해야 할 일들이 너무나 많았다. 진이도 대학원에 가려면 3, 4학년 성적이 중요하므로 학업에 최선을 다 하랴, 일어 공부하랴, 요리학원 다니랴 눈코 뜰 사이 없이 지냈다.

서울의 소울메이츠

"아버지와 내가 이달 말에 한국에 가는데 혹시 요시가 한국에 한번 다녀 갈 수 있는지 물어보라고 하셔서 전화했어요. 요시 하는 일에 도움이 될 분 들을 소개시켜 주시겠다고 하시는군요."
기요코의 전화였다.
"구 사장님께서 그렇게까지 생각해 주셔서 감사합니다. 얼마간 한국에 계 실는지요?"
"잘은 몰라도 이삼 개월은 계실 거예요."
"알겠습니다. 5월쯤으로 계획해 보겠습니다."

계획대로 요시는 5월에 한국에 나와서 구 사장을 만났다.
"그럼 저녁 6시에 다시 만나세. 기요코가 요시군과 점심을 같이 하려고 우 리 집에서 기다린다고 했으니 내 차로 우리 집에 가서 점심들 하게"
"알겠습니다. 그럼 이따가 뵙겠습니다."

한편, 기요코는 진이에게 전화를 했다.

"진이는 오늘도 바빠? 나와 점심할 수 있어?"

"점심은 괜찮아요. 오후 수업이 2시에 시작해요."

"우리 집으로 올 수 있겠어?"

"언니 집으로요? 뭐 먹고 싶은 거 있으세요."

"그냥 오기만하면 돼. 여기 먹을 것 다 있어."

허름한 작업복만 걸치고 나가려던 진이는 옷을 갈아입었다. 기요코가 멋쟁이다 보니 신경이 쓰였다.

"언니 이 매니큐어 색 이쁘죠? 오다가 학교 앞에서 샀어요. 언니한테 잘 맞을 것 같아서….'

"이리 줘봐 내가 해 줄게. 움직이지 말고 잠깐만 있어봐."

"언니는 손재주가 좋으세요."

"내가 이거를 몇 년이나 했는데 이 정도도 못하면 어떡하라고. 아~ 예쁘다. 진이는 손톱도 예쁘네! 서로 닿지 않게 하고 잠깐만 있어 금방 마를 거야. 그래, 요시하고는 잘 되어가고 있어? 요시는 아버님 허락을 받았다고 하면서 진이와 결혼하겠다고 하던데."

"요시가 그래요? 아버님 허락을 받았다고 했어요?"

"내가 먼저 물었어. 집에서 허락을 받았느냐고? 여러 상황으로 보아 어려워질 것 같으면, 두 사람을 위해서도 더 깊은 상처들 입기 전에 헤어지는 게 좋지 않을까 하는 생각에 내 나름대로 걱정이 돼서 물었었지."

"요시는 허락을 받았군요!"

요시가 허락을 받았다고 하자 진이는 갑자기 압박감 같은 걸 느끼는 것 같았다.

"요시가 허락을 받았다면 다 되는 거나 마찬가지잖아? 진이 어머님은 이해심이 많으신 분이라서 굳이 반대하시지는 않으실 거고."

"네. 그렇게 되게 해야죠."

"잠깐, 내가 머리도 멋있게 빗겨줄게."

기요코는 진이를 한껏 모양을 내 줬다.

응접실에서 말소리가 들리며 손님이 온 것 같았다.

"언니, 요시 생각을 하니까 주위에서 나는 소리도 모두 요시 목소리같이 들려요."

"그래? 나가볼까?"

"아뇨. 그냥 그렇다는 거예요."

"우리와 같이 점심을 하실 분이니까 괜찮아."

"손님하고 점심을요?"

기요코를 쫓아 나가던 진이도, 방에서 나오는 진이를 보는 요시도, 모두 깜짝 놀랐다. 둘이는 약속이라도 한 듯 이구동성으로 외쳤다.

"여기는 어떻게!"

"진이 오늘 학교 안 갔어요?"

"요시는 언제 왔어요? 언니! 어떻게 이렇게 감쪽같이 나한테 속였어요?"

"진이만 속인 거 아냐. 요시도 진이가 여기 오는 거 몰랐어. 우리 식당으로 가서 식사하며 이야기를 할까요? 진이가 시간이 없어서… 2시에 수업이 있대요."

"학교로 다시 가야하나요?"

144

"네. 2시에 실기시간이 시작되는데 그 시간은 좀 늦어도 돼요. 나 혼자 그
만큼 늦게 더 하면 되니까요."

기요코 뒤를 따라 식당으로 가는 두 사람은 서로를 바라보며 그동안 못
했던 이야기를 눈으로 모두 다 하는 듯했다.

"언니, 고마워요."

"요시도 이제 진이 좀 그만 들여다보세요."

"언니, 우리 매일 만나는 사람들 아녜요."

요시가 손을 씻으려고 자리를 빈 사이에 기요코가 입을 열었다.

"진이야 나는 너희 두 사람 정말로 축복해 주고 싶어. 너희들은 정말로 잘
어울려! 우리 아버님은 요시한테 반하셨더구나. 아버님이 이렇게 나서서 누
구를 도와주시는 거, 전에는 본 적이 없었어."

"아저씨께서 우리 사이를 아세요?"

"아직은 모르셔. 지금은 말씀드릴 때가 아닌 것 같아서."

"저는 언니 판단을 믿어요."

"요시 아버님께서 허락하셨다는 말을 듣고, 내가 얼마니 기뻤는지 아니?
그동안 나는 너도 나처럼 가슴 아픈 일을 당하면 어떡하나 하고 항상 마음이
조마조마했었어."

"언니 나도 그게 늘 마음에 걸렸었어요. 요시 아버님께서 허락해 주셨다니
한시름은 놓이기는 해요."

요시가 돌아와 더 이상 이야기를 못 했다.

"진이는 오늘 학교 좀 빠지면 안 돼? 이런 날은 빠지기도 하고 그래야 되
는 거 아닌가! 모범생들은 정말 재미없게들 살더라. 요시가 먼 길 왔다가 곧
가야하는데 꼭 학교를 가야겠니?"

"늦게 가도 괜찮아요. 작업은 늦게까지도 하니까요. 밤샘들도 하고요."

"그 학교는 여자들만 다니는 학교라면서 여자들끼리만 그렇게 밤샘을 해도 돼요? 그러다 무슨 일이라도 생기면 어떡해요?"

"교내 경비가 있잖아요. 학년말 때는 늘 있다시피 하는 일이라서 학교에서도 신경을 많이 써 줘요."

"너도 그렇게 밤샘도 하고 그래?"

"밤샘 같은 거 못 해요. 어머니가 못 하게 하세요."

"그럴 거 같아서 물어 보는 거야. 우리 아버님 말씀으로는 나 선생님 자녀 교육이 아주 엄하다고 하시던데."

"네. 우리들한테만은 아주 봉건적이세요. 그런데…, 나는 가 봐야 할 것 같은데 어떻게들 하시겠어요?"

"나도 가야 돼요. 아직 호텔 체크인도 못 했어요. 진이 학교 데려다 주고 호텔로 갈 겁니다."

기요코는 아저씨를 불러 진이와 요시를 데려다 주고 와 달라고 부탁했다.

"진이는 제가 데려다 줄 테니, 죄송합니다만 제 가방만 김 과장님께서 호텔에 맡겨 주셨으면 하는데요."

"염려 마십시오. 외국에서 오시는 회사 손님들을 위해서 늘 하는 일입니다."

"언니 정말로 고마워요. 언니가 베풀어준 사랑 잊지 않을게요."

"그래. 우리 예쁜 동생 한번 안아볼까? 요시 떠나고 또 만나자."

"네. 전화할게요."

"기요코, 여러 가지로 고마워요."

"내가 멀리 내다보고 투자하는 거예요."

"기억해 두겠습니다."

두 사람은 김 과장이 잡아주는 택시를 타고 진이 학교로 향했다. 참고 참았던 요시는 택시를 타자마자 진이의 손을 잡았다.

'오늘은 진이가 전과는 달리 보인다. 손톱도 바르고, 머리 모양도 어른스럽고, 그동안 나의 진이가 자랐나? 태도는 애교스럽고, 착착 안기는 느낌을 주는 거는 전과 같은데 어딘가 성숙했다. 여자태가 난다.'

요시는 안고 싶은 충동을 참았다.

"아저씨 여기서 세워주세요."

진이는 서소문 어느 작은 다방 앞에 택시를 세웠다.

"학교 늦는다고 했잖아요?"

"어차피 오늘 늦게까지 할 거니까 괜찮아요."

진이는 오늘 늦게까지 남아서 하고 그 대신 내일은 빠지기로 작심했다.

지하로 내려가는 작은 다방은 바쁜 시간이 지나서인지 손님이 없었다. 진이는 화장실 좀 다녀온다고 하며 일어나 카운터로 가서 전화를 빌려 쓴 후 화장실로 갔다. 전화를 받은 순천댁 아주머니에게 오늘은 학교에서 늦는다고 어머니에게 전해달라고 부탁했다.

걸어오는 모습이 아름다운 진이를 바라보며, 요시는 저다지도 아름다운 진이가 왠지 이 허름한 다방과는 전혀 구색이 맞지 않는다는 생각이 들었다. 진이는 다리가 쪽 곧고 길어서, 그리고 히프가 크지 않아 바지 입은 모습이 너무나 멋있다.

요시 옆으로 와 앉은 진이는 애교 있는 눈길로 요시를 올려본다. 요시는 그 눈길이 무엇을 원하고 있는지를 안다.

"내 허리에 손 넣고 싶어서 그래요?"

"참을게요."

"우리 결혼할 거니까, 그때 매일 하게 해 줄게요. 오늘은 참아요."

"참는다고 했잖아요. 참을 거라고요! 그런데 무슨 일로 이렇게 갑자기 왔어요?"

"구 사장님께서 내가 알아두면 도움이 될 분들을 소개시켜 주시겠다고 하셔서요. 그래서 오늘저녁에 구 사장님을 또 만날 거예요."

"언제 돌아가세요?"

"온 김에 해야 할 일들이 많아서 며칠 있어야 할 것 같아요. 결혼하면 절대로 진이를 외롭게 하지 않을 거예요. 그러기 위해서는 결혼 전에 내가 해야 할 일들이 많아요."

차를 다 마신 두 사람은 다방을 나와 택시를 탔다.

"나는 오늘 늦게까지 작업하고 내일은 학교에 안 갈 생각이에요. 내일은 일찍 만나요"

"그럼 나하고 아침식사 같이 할 수 있어요? 점심땐 구 사장님하고 또 다른 분들을 만나야 해요. 그 다음은 진이와 같이 할 거예요."

"알았어요. 아침에 로비에서 만나요. 나 내려주고, 요시는 이 택시로 그냥 가세요."

요시는 택시에서 내리는 진이에게 당부했다.

"너무 늦게까지 하지 말아요."

호텔로 간 요시는 저녁에 구 사장과 만나서 같이 의논할 일을 꼼꼼히 준비한 후 단정히 차리고 약속장소로 갔다.

"요시 군 인사드리게 이태운 재무장관님이시네."

재무장관이라는 말에 요시는 적이 놀랐다. 그렇게 어마어마한 분을 소개받을 줄은 몰랐다. 요시는 얼른 일어나 공손히 인사를 하였다.

“처음 뵙겠습니다. 스즈끼 요시나가입니다.”

“일전에 말씀 드렸던 한국에서 사업을 해 보고 싶다는 청년입니다. 그~ 저·· 왜, 민 박사님 둘째 따님이 무슨 국제모임으로 일본에 갔을 때 이 댁 신세를 지게 되면서 서로들 알게 된 것 같더군요. 아시죠? 진이라고.”

“아~ 진이! 알고말고요. 그 애가 우리 집사람 짝사랑 아닙니까? 집사람은 진이를 며느리로 삼든가 아니면 딸을 삼든가 하고 싶다고 노래를 하죠.”

요시는 갑자기 심장이 덜컹 내려앉는 것 같았다.

‘이런 댁에서 진이를 며느리를 삼겠다고? 이런 댁이라면 진이 어머님도 딸을 안 주실 이유가 없으실 텐데.’

요시는 침착해지려고 애를 썼다.

“나 선생이 애들을 잘 키웠어요. 민 박사가 그렇게 잘 자란 애들을 못 보시게 되어 가슴이 아픕니다.”

“그러게 말씀입니다. 그래서 그런 연고로 내가 요시군을 알게 됐는데, 아~ 이 청년 아주 맘에 들어요. 큰 재목감이에요. 그래서 이 장관님을 만나 뵈라고 일부러 불러냈습니다.”

“그래, 한국에서 무슨 일을 하고 싶은가요?”

“말씀 낮추어 주십시오. 컴퓨터와 염료 계통을 생각 중입니다. 밀가루 방면도 생각 중입니다마는 일본 큰 회사와 제휴를 맺어 공장을 한국에 짓는 방향으로 연구 중입니다. 제가 아직 한국 물정을 잘 모르기 때문에 여러 어르신들의 지도편달이 필요하다고 생각됩니다. 자문을 듣고, 제 나름대로 연구를 한 후 하나씩 순차적으로 시작할 계획입니다. 그리고 미술에 관한 재료와 책을 중개상 없이 한국 소비자들이 저렴한 값에 구입할 수 있도록 하고 싶습니다.”

"아 그래요? 젊은 사람이 비즈니스 머리가 상당히 샤프하군. 앞을 내다보는 사업을 하겠다…! 구 사장께서 이 청년이 마음에 들어 하시는 이유를 알았습니다. 구상하고 있는 사업이 아주 건전한 사업들이군. 소비자를 배려해 주는 마음가짐도 됐고! 좋아! 우리 식사하며 더 구체적으로 들어봄세."

이 장관이 요시를 도와주려고 하는 데에는 사업 내용보다도 말하는 태도와 의지 그리고 그 사람의 눈동자를 보고 사람 됨됨이에 확신이 있었기 때문이었다. 이 장관은 매사에 인간성을 제일 중요시하는 사람이었다.

'며느리를 삼든가….' 이 소리가 귀에서 울려 마음이 산란해지는 것을 억제하며 대화에 집중하려고 요시는 최선을 다했다.

요시는 마주앉은 진이를 보자 어제 이 장관이 했던 말이 생각나 마음이 복잡했다. 며느리를 삼고 싶다는 말이 뇌리에서 사라지지 않아 밤잠도 설쳤다.

"어제 만남은 만족했어요? 누구를 만났어요?"

"재무장관님을 만나 뵙게 해 주셨어요."

"이 장관님을 만나셨군요."

"그분이 진이를 아시던데…."

"물론이죠. 우리 아버님의 고등학교, 대학교 선배세요. 전공은 다르시지만 두 분이 아주 친하셨어요. 구 사장님도 저의 아버지를 통해서 이 장관님을 아시게 되셨고요. 모든 사람들이 그분의 인품을 높이 평가하는 인격자시죠."

"이 장관님 아들들을 진이도 알아요?"

"아들들요? 그 댁엔 아들이 하나뿐예요. 이 장관님 아들은 요시도 만났어요. 그분이 도쿄에서 우리 점심 사 주신 이준기 선생님이세요."

요시는 진이의 얼굴만 들여다 볼 뿐 아무 말을 못 했다. 일본에서 이준기

가 진이를 바라보던 심상치 않던 눈길이 상기되어서였다. 요시는 혼자 다짐
에 다짐을 했다.

'나는 진이를 누구한데도 빼앗길 순 없어! 절대로 진이를 빼앗기는 일은
없어야 돼!'

진이를 뚫어져라 바라보기만 하던 요시가 물었다.

"진이. 나 사랑해요?"

"뭐라고요? 타임머신 타고 다시 뒤로 돌아가자는 거예요? 왜 그래요? 무슨
일 있었어요?"

'이 선생님 아버님과 무슨 이야기가 오고 갔기에 요시가 이렇게 민감해졌
을까?'

진이는 나름대로 짐작이 갈 만한 것을 짚어보았으나 이유를 찾을 수가 없
었다.

"이준기 씨가 그렇게 대단한 집안의 아들이라는 얘기를 왜 안 했어요?"

"그게 뭐가 중요해요? 나나, 이 선생님이나 그런 거 상관 안 해요. 내가
이 선생님을 존경하는 거는 그분이 존경 받게끔 하니까 존경하는 거지 집안
을 보고 하는 건 아니니까요. 더욱이 이 선생님 자신이 집안 내세우고 돋보
이려 하는 것을 아주 싫어하는 분이세요."

진이는 이제야 알았다. 요시가 왜 이러는지를. 진이는 주위를 살피더니 몸
을 식탁 너머 요시에게 가까이 하고는 속삭였다.

"진이는 스즈끼 요시만을 사랑합니다. 이 소리가 또 듣고 싶어져서 그러는
거죠?"

요시는 피식 웃었다. 불안한 마음이 가시지는 않지만 귀여운 진이 하는
행동을 바라보니 웃음은 나왔다.

"진이는 점심을 어떻게 할까요? 내가 같이 할 수 없는데. 내 방에다 시켜줄 테니 거기서 먹고, 잠깐만 쉬고 있으면 내가 올 거예요. 그럴래요? 그게 진이에게는 편할 것 같아요."

"그럴게요."

"어제 늦게까지 학교에 있었죠?"

"그걸 어떻게 알아요?"

"눈에 써 있어요. 실은 나도 지난밤에 여러 가지 생각으로 잠을 못 잤어요. 점심에 만날 분들을 위해 준비해야 할 게 좀 있는데 같이 올라갈래요?"

방에 들어서자 어색해서 주뼛주뼛하는 진이에게 얇은 담요를 갖다가주고 소파에서 편히 쉬라고 했다. 열심히 일을 하고 있는 요시의 뒷모습이 믿음직스러워 진이는 행복하기 그지없었다. 매력 넘치는 요시의 뒷모습에 반한 진이가 목석이 된 듯 요시를 바라보며 그렇게 앉아있는 것을 요시는 알기나 할까!

갈 준비를 해야겠다며 요시가 일어났다. 진이도 덩달아 일어나자 요시는 진이를 품에 안아준다. 그리고 이마에 입을 맞췄다.

"진이가 읽을 책이 없어서 어떡하죠? 점심 먹고 좀 쉬고 있으면 올 거예요."

"걱정 말아요. 나는 혼자서도 잘 놀아요."

요시가 나가자 진이는 메모지에다 올 가을에 출품할 국전작품을 구상하기 시작했다. 처음 출품에 두 작품이 모두 당선이 되자, 요 엉뚱한 아가씨는 이번에는 세 작품을 만들어 볼 욕심이었다. 진이는 질투를 하는 법이 없는 느긋한 성격이지만 자기가 할 수 있는 일에만은 욕심을 부렸다.

구 사장과 자리를 같이한 사람들은 일본과 사업을 하는 기업인이었다. 설

탕, 밀가루, 수산업, 조미료, 라면 등 주로 식품계통의 사업을 하는 사람들이었으며, 건설자재, 샌드페이퍼, 정원잔디 등을 일본으로부터 수입하는 사람도 있었다. 구 사장 생각에 요시가 이런 사람들을 알아두는 것도 서로 좋겠다는 생각에 자리를 마련했다. 친목으로 자주들 모여 이제는 서로의 가정 사정도 스스럼없이 말하는 듯했다. 구 사장이 민 박사 따님 진이로 인해 요시를 알게 됐다고 하자, 정 사장이라는 분이 자기 아들이 진이를 좋아했다는 이야기를 해 여기서도 요시를 긴장시켰다.

호텔방으로 돌아온 요시는 소파에 있어야할 진이가 안 보이자 순간 가슴이 심하게 뛰기 시작했다. 누군가한테 진이를 빼앗길지도 모른다는 잠재의식에서 오는 과잉반응이었는지도 모른다.

대강 기본 아이디어를 잡아 스케치해 놓은 진이는 의자 하나를 창가로 끌어다놓고 앉아 창밖을 내다보며 요시가 오는 거를 기다리다가 잠이 들었던 거였다.

진이를 발견한 요시는 창가로 걸어가 쪼그리고 강아지같이 자고 있는 모습이 하도 예뻐 한참을 보다가, 안아서 침대에 눕히고 이불을 덮어준 후 자기도 재킷을 벗어 걸고 가만히 진이 옆에 길게 앉아 곤하게 자는 진이를 내려다보고 있다 잠이 들었다. 착실히 살아가는 진이도, 요시도 피로가 쌓여 꽤나 피곤했던 모양이다. 얼마가 지났을까. 진이가 눈을 떠보니 요시가 옆에서 자고 있었다. 요시의 자는 모습을 처음 보게 되는 진이는 열심히 들여다보며 혼자 생각했다.

'멋있는 요시, 겉보다도 속이 더 잘생긴 사람. 하나님은 어떻게 나에게 이런 매력이 넘치는 사람을 주셨을까? 주님 감사합니다.'

진이는 살며시 일어나 화장실로 가서 세수하고, 머리 손질도 하고 나와 침대 옆에 턱을 고이고 엎드려 요시가 깨기를 기다리며 바라봤다. 기다려도, 기다려도 요시는 깨지를 않자, 진이는 또 다시 잠에 빠지고 말았다. 쌓였던 피로는 저축해 둔 에너지가 없는 진이를 또 나른하게 만들었다.

요시가 눈을 떠보니 진이가 이불은 모두 요시에게 덮어주고 엎드려 자고 있지를 않은가.

진이를 내려다보는 요시의 가슴이 자꾸 뛰기 시작했다. 진이를 잃어버릴 것만 같은 불안함이, 지금 진이를 안고 나면 안심하고 일본으로 떠날 수 있을 것만 같은 생각에 마음이 복잡해졌다. 실수를 해서는 안 된다고 다짐을 하며 진이에게 이불을 덮어주려는데 진이가 눈을 뜨며 요시의 목을 끌어안았다. 요시에게 중심을 잡아주고 있던 냉철함은 그 순간 모두 무너지고 말았다. 그들은 폭신폭신한 구름 위의 천사들같이 포근한 황홀함을 맛보는 것 같았다. 몇 개월이나 참고도 참았던 이 순간인가! 그렇게 무아지경에서 헤매기를 얼마를 했을까. 요시의 귀에 아련하게 진이의 목소리가 들렸다.

"요시. 나 아직 어머니로부터 결혼허락을 못 받았어요. 미안해요."

요시의 귀에서 진이의 목소리가 가냘프게 여운을 남겼다.

숨을 가다듬으며 잠시 생각에 잠긴 요시는 정신을 차리고 옆으로 몸을 돌려 누웠다.

"요시. 미안해요. 우리 몇 달만 더 참아요. 정말 미안해요."

"내가 생각이 짧았어요. 실수를 할 뻔했어요. 나를 바로 잡아줘서 고마워요."

요시는 허전해서 진이를 가슴에 끌어안았다.

"잠깐만 이렇게 있게 해 줘요."

조용히 요시 품에 안겨있던 진이가 다시 말했다.

"요시를 꿈에서 만나게 해 달라고 언제나 기도를 하며 자곤 했었어요. 어떤 때는 꿈에서 요시가 나에게 뜨거운 키스를 해 주며 나를 아주 행복하게 해 주었어요. 그게 내가 아는 최고의 행복감이라고 믿었었어요. 요시는 오늘 그보다 더한 말로도 표현할 수 없는 짜릿함과 황홀함을 가르쳐 줬어요. 이제 내 꿈에서 만나는 요시는 나에게 이렇게 달콤한 황홀함을 맛보게 해 줄 것 같아요. 이 황홀한 행복감을 알게 해줘서 고마워요."

"사랑행위가 이렇게 혼을 다 뺏어가는 황홀함이라는 거를 진이의 피부로부터, 체온으로부터 처음으로 강력히 느끼게 됐어요. 내가 진이에게 고마워해야 해요."

새 순이 돋아나듯 이들의 순수하고, 감미로운 사랑은 새싹과 새 봉오리를 싹트게 하고 있었다. 행복감이 그렇게 지속되고 있던 중, 요시는 망설이다가 언젠가는 짚고 가야한다는 생각이 들어서 어렵게 입을 떼었다.

"진이 때문에 미국으로 쫓겨 간 사람이 있었다고요?"

"네. 몇 년 전에 그런 일이 있었어요. 혹시 오늘 정 사장님이라는 분이 오셨어요? 그분의 아들이었어요. 정 사장님은 라면회사를 하시기 전에 우리 병원 일을 도와주셨어요. 그래서 우리들은 어려서부터 잘 알고 있었어요. 그런데 언제부터인가 자꾸 나를 불편하게 해 줘서 하루는 내가 화가 나서 다시는 우리 집에 오지도 말고, 길에서 봐도 아는 척도 하지 말라고 했어요. 그랬더니 말을 잘 듣고 아주 오랫동안 우리 집에 발을 끊고 안 왔었어요. 그러다가 갑자기 나타나서는 골목이 떠나가라 하고 난동을 부렸어요."

"그 사람이 이번에 결혼하러 미국에서 들어온다고 해요."

"좋은 사람 만났으면 좋겠군요."

"그 사람이 아직도 진이를 못 잊고 있다면?"

"아직도 나를 못 잊고 있다면, 그 사람한테 가라고요? 왜 나를 그렇게도 안 믿어주는 거예요?"

"왠지 그 사람이 진이를 포기하지 않을 것 같아요. 진이를 그 사람한테 빼앗길 것만 같은 불길한 예감이 들어서 불안해요."

진이는 요시가 또 흔들리고 있어 안타깝다. 이렇게 불안해하는 요시를 이대로 떠나게 할 수는 없다고 생각한 진이는 옷을 벗는다.

"나는 요시가 안심된 마음으로 돌아갈 수 있었으면 좋겠어요. 오늘, 내 모든 것 다 바치겠어요. 제발 나를 믿고 편한 마음을 가져줘요."

그러자 옷을 벗고 있는 진이의 손을 요시는 힘주어 잡아 못 하게 했다.

"이러지 말아요. 진이! 진이의 순결을 우리가 결혼할 때까지 지켜주고 싶어 하는 마음은 진이보다도 내가 더 해요. 그때까지 아끼고 싶어서 지금까지 어렵게 참아왔었는데 내가 오늘 잠깐 정신을 잃었어요. 진이를 믿고 안심하고 편한 마음으로 떠날 거예요. 이러지 말아요."

"화창한 날이든 궂은 날이든 나는 오로지 요시만을 바라보고 있다는 것 명심해 주세요."

"나는 왜 이렇게 진이 앞에서는 성숙치 못한 짓만 하게 되는지 모르겠어요."

"알아요. 나한테만 그런다는 것도 알아요. 나를 너무나 많이 사랑하기 때문이라는 거 알아요. 그래서 내가 얼마나 흐뭇한지 몰라요. 그리고…."

"그리고 뭐예요?"

"그리고 어떤 땐 그렇게 바보짓 하는 요시가 귀엽고 사랑스럽기까지 해요."

말이 끝나자마자 진이는 얼른 이불을 뒤집어쓰고 숨어 버렸다.

"바보짓 하는 요시? 그게 남편 될 사람한테 할 소리예요? 이 아가씨 교육 좀 다시 시켜야겠어요!"

요시는 진이를 마구 간질였다.

"아~아~ 이러지 말아요. 우리 이거 안 하기로 했잖아요? 자꾸 이렇게 날 괴롭히면 요시 손을 물어버릴 거예요."

더 이상 참을 수 없는 진이는 요시의 손을 물어 버렸다. 그리고는 멋쩍게 말했다.

"맛이 괜찮은데요. 여기다가 소금을 조금 치면 더 맛있겠어요."

"큰일 날 소리! 맛있는 저녁 사 줄게 내 손 놔요. 이 손으로 할일이 너무나 많아요."

"다시는 나 간질이지 않는다고 약속해요? 나는 간지러운 거 정말 못 참아요."

"오케이. 약속해요."

"이제 이 손 놔줄 테니까 내 웃옷 좀 찾아와요."

"내가요? 진이 옷까지 찾아오라고요?"

"벗겨서 던진 사람이 찾아와야 하는 거 아닌가요?"

그때서야 요시는 자기가 한 짓이 부끄러워져 얼굴이 붉어지며 주섬주섬 자기부터 옷을 입고 두리번두리번 진이의 옷을 찾는데 그 모양이 정말로 귀엽고 재미있어 보여 진이는 깔깔대고 웃으며 침대보로 몸을 둘둘 감아말고는 일어나 같이 찾았다. 이렇게 순진한 사랑을 나눈 두 사람은 개운하고 상큼해 가벼운 마음으로 마냥 즐겁게 웃을 수가 있었다.

그래서 요시는 진이에게 다시금 감사했다.

옷장으로 간 요시는 상자에서 캐시미어 스웨터를 꺼내 진이에게 입혀주며 말했다.

"내 생각이 맞았군요. 핑크가 진이에게 잘 어울릴 거라고 생각은 했어요."

요시는 단추 하나하나를 끼워준다.

"이 단추들 진주예요. 나일론 실로 단단히 달아서 그리 쉽게 풀어지지는 않는다고 해요. 이 작은 봉투에 여분의 진주단추가 더 있대요."

"요시, 나는 아직 학생예요. 이렇게 비싼 옷은 나에게 너무 과분해요."

"진이는 이 세상에서 나의 가장 소중한 사람예요. 이보다 더 한 것도 해 주고 싶어요."

"어떡해? 아니 '어떡해'가 아니고 고마워요. 이렇게 예쁜 걸 사다줘서 정말 고마워요. 공주가 된 기분예요."

"진이는 이 세상에서 가장 아름다운 나의 공주예요."

스웨터를 입혀놓고 요시는 진이의 아름다움에 매우 만족했다.

"사랑해 줘서 고마워요. 요시."

사랑스러워서 너무나 사랑스러워서 요시는 새털 다루듯 진이를 사뿐히 안아주며 한없이 기뻤다.

"저녁에 뭐가 먹고 싶어요? 내 손을 못 먹어서 진이가 지금 배고플 거예요."

"이 주위엔 식당들이 많아요."

"진이는 어디가 제일 좋아요?"

"비슷비슷해요. H 그릴은 우리 집에서 제일 가깝고, 학교에서 집으로 가는 길에 있어서 자주 가요."

"혼자요?"

"네. 그 집 크림수프를 좋아해서 어머니가 언제든지 먹고 싶을 때면 학교 끝나고 먹고 오라고 하여서 크림수프만 간식으로 먹고 올 때가 있어요. 어머니가 한 달에 한 번씩 한꺼번에 지불하세요."

"그럼 오늘 우리가 가도 진이 어머님께서 계산해 주시겠군요?"

"오늘은 안 되죠. 오늘은 요시 손 대신으로 먹는 거니까 손 주인이 계산해야죠."

"그럼 진이가 계산해야 되겠군요."

"왜 또 나예요?"

"이 손 주인은 진이잖아요?"

"어떡해?! 내가 요시한테 또 당했어. 가만있어, 이 두뇌부터 내 것으로 만들어 버려야지."

진이가 소파 위로 올라가 요시의 머리를 안고 씨름하듯 하다가 둘 다 바닥으로 쓰러지며 결국 웃어버리고 말았다. 물고 빨아도 속이 안 풀릴 정도로 예뻐 죽겠기만 한 진이를 자기 가슴 위에 올려놓은 요시는 진이의 얼굴을 손으로 어루만진다.

"이 보조개가 없어도 내가 진이를 이렇게 사랑하게 될까?

두 눈이 이렇게 별같이 반짝이지 않아도 내가 진이를 사랑하게 될까?

요 코가 깨물어 먹고 싶도록 예쁘지 않았어도 내가 진이를 사랑할 수 있었을까?

언제나 뜨겁게 해 주는 이 섹시한 입술이 없었어도 진이를 이렇게 미치도록 사랑하게 될까?

무엇보다도 착하고, 영리한 진이가 아니었어도 내가 모든 것을 다 바치고 싶은 사랑을 할 수 있을까? 감히 내가 진이를 사랑할 수 있게 해 줘서 고마워요."

"고마워요? 그러면 키스해 주세요. 지금 당장, 당장 빨리요."

진이는 요시 위에서 발장구를 치며 장난을 쳤다. 요시의 극찬이 쑥스러웠던 모양이다.

언제나 요시의 말초신경을 자극하는 쪽이 감성이 풍부한 진이라면 그것을 뜨겁게 승화시켜 불살라 태워 재로 만들어 버리는 쪽은 요시다. 지켜야할 선을 넘지 않으면서도 이렇게 새콤달콤한 사랑을 맘껏 즐기는 두 사람을 신은 시샘할지도 모른다.

진이는 자신을 황홀하게 승화시켜주는 요시의 능력에 벌써 중독이 된 것 같았다. 요시 역시 말초신경을 자극시켜 불을 지펴주는 진이로부터 중독이 된 듯싶었다. 두 사람 모두 중독증상 3기 정도는 아닐까! 이것을 '소울메이트(soul mate)'라 했던가! 이렇게 중독에 걸린 두 사람이 앞으로 어떻게 서로 떨어져서 지낼 수 있을지 모를 일이다.

"진이, 어머님께 전화 드리세요. 저녁 먹은 후에 인사드리러 간다고 미리 말씀드려주세요."

"우리 어머니께 인사드린다고요?"

"물론이죠."

"뭐라고 말씀드리죠?"

"뭐라고라니요? 그대로 말씀드리죠. 구 사장님께서 일 관계로 나오라고 하셔서 나왔다가 인사드리러 간다고요."

진이는 너무나 좋아 얼굴에 함박웃음을 보인다.

"고마워요 요시!"

진이가 전화하는 동안 요시는 나갈 준비를 하려고 세면실로 들어갔다. 진이가 전화를 끝내고 따라 들어와 옆에서 거울을 보며 머리를 빗고 하자, 요시는 정신을 놓고 거울로 보이는 진이를 바라보며 무한한 행복감에 젖었다. 결혼을 하면 매일 진이와 같은 거울을 보며 지낼 수 있다는 상상이 요시의 가슴을 벅찰 정도로 흐뭇하게 해줬다.

반코트를 입은 요시는 코트 속으로 진이를 넣었다.

“요시, 단추 채워보세요.”

“안 돼요. 그러다 단추 떨어지면 어떡해요?”

“단추 안 떨어지게 나는 기술적으로 할 수 있어요.”

진이는 날름 요시의 발등 위에 올라서더니 요시 몸에 종잇장같이 찰싹 붙어 꼭 껴안았다. 순간 요시는 갑자기 몸을 가누기 힘든 처지가 되어버리자 진이를 급히 밀어내려 하는데 그게 되지가 않았다. 예민하게 자극을 받은 요시는 진이를 안고 코트 속에서 온몸을 불사를 수밖에 없었다.

“진이, 이런 장난은 우리 결혼하고 해요. 내가 참기가 너무나 어려워요.”

전에는 없던 불덩이 같은 돌격을 받은 진이는 어리벙벙하기는 했으나 아주 좋았다.

두 사람은 진이 어머니가 피아노를 치며 찬송가를 부르고 있을 때 응접실로 들어섰다.

“어머니 저희들 왔어요.”

“어서 들어와요.”

진이와 요시는 코트를 벗고 의자로 갔다. 진이가 못 보던 화려한 스웨터를 입은 거를 본 어머니는 의아해 했다.

“어머니 이 스웨터 예쁘죠? 요시가 선물했어요.”

순간 진이 어머니의 미간이 민감하게 움직이는 것을 요시는 놓치지 않았다.

“진이가 많은 도움을 주고 있어서요.”

“아 그래요! 도움 필요할 땐 서로 도와야죠. 그렇지만 앞으로는 절대로 이런 선물을 주거나 그러지 말아요. 서로 도움 받고, 도움주고 하는 게 사람 사는 거 아니겠어요? 그래 이번엔 무슨 일로 왔어요?”

"구 사장님께서 저에게 도움이 되실 분들을 소개시켜 주시겠다고 하셔서 왔습니다."

"그거 참 잘됐군요. 그래 좋은 분들 만나봤어요?"

"네. 많은 분들을 소개 받았습니다. 도움이 될 말씀도 많이 들을 수 있었습니다. 제가 과분하게도 진이를 알게 되어서 모든 행운을 갖는 것 같습니다. 이 모든 행운은 진이 아버님으로부터 받는 거라고 믿습니다."

"어떻게 그렇게까지 생각을 하게 됐어요?"

진이가 요시 대신 답을 했다.

"구 사장님께서 이 장관님과 정 사장님 등 아버님으로부터 알게 되신 분들을 소개하셨던 것 같아요."

"그러셨구나. 고마운 일이지. 순천댁 여기 손님 오셨는데 차 좀 주세요."

진이는 얼른 일어나서 부엌으로 가 아주머니를 도왔다.

"피아노를 항상 치신다고 들었습니다."

"내 취미라고는 그것뿐이죠. 진이 아버님 계실 때는 골프연습장을 데리고 나가주셔서 그나마 운동을 했는데 그분 안계시고는 아직은 한국에서는 여자가 골프하는 사람이 없어서 남이 무어라고 할까봐 혼자는 못 나가게 되더군요. 그래서 골프채를 처분할까 하다가 진이가 관심 있어 하기에 해 보라고 했죠. 연습장에 몇 개월 다니더니 재미를 붙이고 열심히 하더군요. 그곳에 계신 여자 분이 아주 잘 가르쳐주신다고 하며 열심히 했어요. 그런데 무슨 영문인지 갑자기 안 하더군요. 원래가 좋지 않은 일은 겉으로 잘 나타내지를 않는 애라서 모르긴 해도 뭔가 언짢은 일이 있었던가 봐요. 어쨌든 우리나라에서는 아직 여자들이 건강을 위해서 할 마땅한 운동시설이 없어요."

진이가 차 쟁반을 들고 들어왔다.

162

"기요코 언니가 새 녹차를 갖고 왔다고요?"

"그래 귀한 걸 갖고 왔더구나. 녹차 좀 들어봐요. 내가 들어가서 다과 좀 담아 와야겠구나."

진이는 찻잔을 들고 일어서며 요시보고도 잔을 들라고 하고는 눈짓으로 피아노를 가리켰다. 요시도 진이가 무얼 원하는지 알겠다는 듯 웃으며 끌려갔다. 피아노 의자에 앉은 요시는 진이도 옆에 앉힌다.

"무슨 곡이 듣고 싶어요?"

요시는 '유 빌롱 투 미'를 치며 진이를 바라봤다.

다과를 들고 나온 진이 어머니는 나란히 앉아있는 두 사람의 뒷모습을 바라보며 잠시 생각에 잠겼다. 혹시 저 애들이 좋아하는 사이는 아니겠지 하는 생각을 해 보았다.

"슈만의 로망스 할 수 있겠어요?"

진이가 요시에게 신청을 했다.

"그런 거는 내가 칠 수 있으니까. 우리 요시 군한테서 멋있는 곡 한번 들어보자. 요시 군이 피아니스트가 안 된 것은 음악계의 대단한 손실이야. 재주가 너무나 아까워요."

"과찬의 말씀이십니다. 자신은 없지만 원하시면 쳐 보겠습니다. 쇼팽이 어떠신지요?"

"아주 좋아요."

"그럼 쇼팽의 발라드 넘버 1 G 단조 작품 23을 해 보겠습니다."

진이 어머니는 이번에도 요시의 연주에 감탄했다. 요시를 교회에서 처음 봤을 때부터 남 같지 않고 친근감이 가는 요시가 믿음직스럽고 대견스러워 보였다. 그의 부모가 참 잘도 키웠구나 하는 생각을 했다.

"오랜만에 마음에 드는 연주를 들으니 너무나 좋군요. 쇼팽 곡을 참 잘도 소화를 해내는군요. 정말 잘해요."

"우리 어머님이 이렇게까지 좋아하실 줄은 몰랐어요. 요시 실력이 대단하긴 한 모양이죠?"

"그럼 대단하지. 오랜만에 속이 다 시원해지는 기분이구나."

훌륭한 연주를 감상한 진이 어머니는 오랜만에 즐거움을 맛보았다.

"고마워요. 내가 욕심을 부리는 바람에 손님대접이 말이 아니로구나. 진이야, 네가 원하는 슈만의 로망스를 내가 쳐 주겠으니, 요시군 따끈한 차 좀 새로 해 와라."

새로 차를 해 갖고 나와 요시가 앉은 소파에 바짝 와 앉은 진이는 차 쟁반을 내려놓은 후 재빠르게 팔을 요시의 허리에 넣고 확 끌어안고 요시의 뺨에 키스를 하고는 얼른 팔을 뺐다. 그리고는 아무 일도 없었던 듯 얼른 옆 의자에 가 앉았다. 순식간에 당한 요시는 기가 막혀서 말을 못 하고 있는데, 진이는 얼른 차 마시라고 턱으로 찻잔을 가리켰다.

진이는 어머니의 연주가 끝난 후 보여줄게 있다며 요시를 데리고 자기 방으로 갔다.

"여기 앉아 봐요. 편안해요? 내가 요시를 위해서 산 가구예요."

"나를 위해서요?"

"지난번엔 앉을 자리도 없어서 미안했었어요. 여기 긴 소파는 요시 꺼, 짧은 소파는 내 꺼, 커피테이블은 우리 꺼. 맘에 들어요?"

"이거를 진이가 샀어요? 진이 돈으로요?"

"그럼요!"

"돈이 어디서 났어요?"

"지난번 국전에 당선됐을 때 축하한다고 친척, 친지들이 돈을 좀 주셨어요. 그리고 작품 하나도 팔았고요. 그래서 얼른 이거 살 생각을 했죠."

"편안하고 좋아 보여요. 진이 취향 맞추어 주려면 내가 돈을 많이 벌어야겠어요. 이리 와서 내 옆에 앉아 봐요. 이거는 대학원 이름들이에요. 여기서 진이가 원하는 학교를 선택해 보세요. 보내야할 서류에 대한 자세한 설명도 있으니까 읽어보고 그대로 하세요. 진이 학교가 결정되는 대로 학교 근처에 집을 구할 계획이에요. 우리 신혼집요. 진이 어머님께는 언제 말씀드릴 생각이죠?"

"미안해요. 기회를 봐서 말씀드리려고 해요."

"미안하다고 하지 말아요. 진이 입장 누구보다도 내가 잘 이해해요."

"여기 리스트 중에 M 미술대학으로 갔으면 좋겠어요. '62년에 새로 이름을 바꿨다고 들었어요. 의욕적으로 새 출발을 하고 있을 것 같아서 제일 관심이 가는군요."

"내가 돌아가는 대로 학교에 연락해서 진이에게로 입학원서를 보내라고 하겠어요. 그 학교에 대해서 알고 있었군요."

"여러 가지로 고마워요."

"그런 소리가 어디 있어요? 진이는 나의 아내가 될 사람이에요. 그런 소리는 하면 안 돼요. 아까 어머님한테서 잠깐 들었는데 진이 골프했었어요?"

진이의 얼굴이 순간적으로 일그러지는 듯싶더니 다시 명랑한 표정으로 돌아왔다.

"골프했다고도 할 수 없어요. 잠깐 연습장만 다니다 말았어요."

말이 끝나고 요시에게 미소를 지어보이는 그 미소는 평소 요시에게 보여주던 미소가 아니다. 무언가 서글퍼 보이는 미소였다. 요시는 그것을 놓치지 않았다.

"왜 하다 말았어요? 재미있어하며 열심히 했었다고 어머님이 그러시던데?"

"어머님이 그러세요? 내가 왜 그만두었는지는 아무도 몰라요. 어머님께도 말씀 안 드렸어요. 나처럼 가슴 아파하실 것 같아서요. 연습장이 건물 지하 층에 있었어요. 연습이 끝나서 집으로 오려고 층계를 올라가는데 밑에서 어떤 남자분이 '저 애는 아버지도 없다면서 여자들은 아무도 안 하는 골프는 배워서 뭐 하겠다는 건지 모르겠네.'라고 하는 말이 들렸어요. 그 순간 갑자기 누가 내 가슴을 날카로운 칼로 찌르는 것같이 아파서 견딜 수가 없었어요. 너무나도 충격적인 말이었어요. 눈물이 계속 흐르는데 걸을 수가 없더군요. 창피해서 버스도, 택시도 탈 수가 없었고요. 그렇게 울면서, 울면서 집까지 걸어왔어요. 그날 밤 한잠도 못 자면서 생각해 봤는데 그분이 누군지는 몰라도 틀린 말은 아니라는 생각이 들더군요. 선생님이 나를 많이 예뻐해 주셨어요. 갈 때마다 잘한다고 칭찬해 주고 하니까 그만 그 재미에 빠져서 내 처지를 생각 못 했던 것 같아요."

"진이 처지가 어때서요?"

"내 처지가 아버지가 없는 처지잖아요? 나는 아버지가 없는 사람이라는 거를 그날 전까지는 까맣게 잊고 살았었어요. 어쨌든 그분이 현실을 알게 해 줬어요. 나한테는 아직도 눈물 나는 서글픈 일이지만 현실을 깨닫지 못하고 살았던 거는 사실이잖아요? 많은 눈물을 흘리고, 정말로 많은 눈물을 통해서 깨달은 거죠."

요시는 진이 못지않게 더 가슴이 아팠다. 눈물이 글썽글썽한 진이의 눈에 키스를 해 주고 가슴에 꼭 껴안아줬다.

"진이가 왜 아버지가 없어요? 내가 있잖아요? 아버지 있는 사람만 골프를 해야 한다는 법이 어디 있어요? 그리고 다른 여자들이 안 하는 거는 진이도 하면 안 된다는 법이 어디 있어요? 나는 그 남자분 말이 모두 다 틀렸다고 봐요. 그분의 인격이 의심스러워요. 그런 사람이야말로 골프를 할 자격이 없는, 해서는 안 될 사람이군요. 진이가 골프에도 재주가 있는 모양인데 내가 열심히 연습을 해야겠군요. 진이한테 망신을 당하지 않으려면 말예요. 내년부터는 우리 같이 골프해요."

"나 골프 못해요. 그 정도로 많이 배우지도 못했어요."

"내가 가르쳐주면 돼요. 재주 있는 사람은 빨리 배워요."

"공연히 좋지도 않은 얘기로 요시까지 기분 나쁘게 해 줘서 미안해요."

"아녜요. 그런 사람은 생각조차도 할 가치가 없는 사람이라서 하나도 기분 나쁘지 않아요. 진이가 온실 안에서만 자라서 세상을 아직 몰라서 그래요. 그런 종류의 사람들이 이 세상엔 있어요. 무시할 건 무시하고 살아야 해요."

두 사람은 헤어지기가 싫어서 그냥 그렇게 앉아있었다. 요시는 어금니를 지그시 물으며 결심했다. 앞으로 진이가 하고 싶어 하는 거는 무엇이든 할 수 있도록 해 주어야겠다고 마음속으로 다짐을 했다.

"요시. 내가 입었던 스웨터를 호텔방에 놓고 왔어요."

"그 스웨터 내가 갖고 가도 되겠어요?"

"가져가고 싶으면 그래요."

진이는 요시가 자신을 소유하고 싶어하는 속 깊은 마음에 새삼 흐뭇했다.

"요시. 나 걱정하지 말아요. 나는 요시가 나를 얼마나 많이 사랑하고 있는지를 잘 알아요. 요시도 내가 나의 모든 것을 다 바칠 만큼 요시를 사랑하고 있다는 거 잘 알잖아요. 알죠? 알죠…? 왜 대답이 없어요?"

"진이 얼굴 안 보여주면 대답 안 해요."

푸우~아 하고 진이는 얼굴을 들며 웃었다.

"요시, 이럴 때는 꼭 떼쟁이 어린애 같은 거 알아요?"

"진이가 나만을 사랑한다는 거 믿어요. 걱정 안 할게요. 가기는 싫어도 이제 일어나 봐야겠어요. 내일 구 사장님과의 일 끝나고 전화할게요."

깊은 숨을 들이쉬며 진이를 한번 꼭 안아주고 요시는 진이 방을 나섰다. 정말로 발이 안 떨어지는 걸음이다.

진이는 학교가 끝나자마자 집으로 와 목욕하고 난 후 무엇을 입을지, 무엇을 신을지, 머리는 어떻게 해야 할지 거울을 들여다보며 고민했다. 5시쯤 전화벨이 울리자 쏜살같이 뛰어가 받았다. 요시다.

"그렇게 차려입고 어디 가니?"

"어머니, 오늘 요시가 좀 만나자고 해요. 아까 전화가 왔었는데 같이 저녁식사를 하자고 해서 그러자고 했는데… 어머니께 물어보지도 않고 약속해서 죄송해요."

"요시는 아직도 네 도움이 필요하다니? 조심해라. 남의 일 말하기 좋아하는 사람들 볼라."

"네…!"

저녁식사를 위해 나란히 식당으로 들어선 두 사람은 무엇이 그다지도 재미가 있는지 깨가 쏟아지는 듯해 보였다. 종알대는 진이의 얼굴을 바라보는 것만으로도 행복하다고 요시의 얼굴이 말해 주었다.

"진이 밤사이 키가 더 자랐어요?"

"아뇨! 멋있어 보이려고 굽이 약간 높은 구두를 신어서 그래요. 멋있어 보여요?"

"아뇨!"

진이는 갑자기 무안해져 금세 얼굴이 빨개졌다.

"아~ 엉터리! 멋있는데 왜 그래요? 나 창피해서 집에 갈래요."

진이가 돌아서려하자 요시는 한 팔로 진이의 허리를 재빠르게 안아 끌어당겼다.

"어딜 가요? 저녁 약속했으면, 약속은 지키고 가야죠. 멋있는 아가씨!"

"나 놀리는 거 결혼 전까지만인 거 알죠?"

"알아요. 멋있는 아가씨."

"요시, 자꾸 놀리려면 인제부터 말하지 마세요. 그 입은 내 꺼니까 내 허락 없이는 말 못 해요."

잠시 조용하던 진이가 다시 입을 열었다.

"'요시는 아직도 네 도움이 필요하다니? 조심해라. 남의 일 말하기 좋아하는 사람들 볼라.' 누가 그랬게요?"

"진이 어머님께서 그러셨군요? 그럼 오늘 저녁에 가서 말씀드려야겠군요."

"무얼요?"

"요시는 앞으로 평생 진이 도움이 필요하다고요."

"아~ 안 돼요. 아직은 아녜요."

"그럼 기다리죠. 그런데 진이 안면도라는 곳 알아요?"

"안면도는 요시가 어떻게 알아요?"

"나야 모르죠. 구 사장님께서 그곳에 리조트를 세우실 생각이 있으신가 봐요. 이번에 그곳 바닷가를 한번 가 보고 의견을 얘기해 보라고 하셔서요."

"안면도는 걸스카우트와 보이스카우트가 매년 캠핑을 하는 곳이에요. 그래서 몇 번 갔었어요. 어떻게 가시려고요? 그곳 가는 길이 좀 험해요."

"내일 아침에 구 사장님 차가 호텔로 온다고 했어요. 진이가 같이 가 줄 수 있을까요? 학교 가야죠?"

"학교는 괜찮은데 어머님이 뭐라고 하실지 몰라서. 아무튼 이따가 헤어지기 전까지는 답할게요. 사실은 나도 한 번 가보고 싶어요. 만나보고 싶은 아주머니도 계시고요. 겨울 캠핑 때 내가 병이 났었어요. 그래서 우리가 캠핑 갈 때마다 식사를 해 주시는 아주머니 댁 따뜻한 온돌방에서 신세를 졌었죠. 의사도, 약국도, 아무것도 없는 곳에서 그 아주머님 정성으로 나을 수 있었어요."

"고마운 분이시군요. 저녁 먹고 진이는 어디 가고 싶어요?"

"요시 가고 싶은 데는 어디든지요."

"지하에서 음악소리가 들리는 것 같은데 거기 가 볼까요? 그곳 분위기가 좋으면 좀 앉았다가 진이 어머님께 갔으면 해요."

지하로 내려가는 충계에서 요시는 진이를 잡아주느라고 한 팔로 허리를 안아줬다. 그러자 진이도 얼른 요시를 안았다.

"진이는 참 재미있는 데가 있어요. 그게 그렇게도 좋아요? 꼭 주인한테 달려드는 강아지 같아요."

"요시가 내 주인이잖아요."

홀에 들어서니 라이브 밴드에 맞추어 여자 가수가 샹송을 부르고 있었다.

"진이 샹송 좋아해요?"

"나는 샹송을 잘 몰라요."

"자꾸 들으면 들을수록 좋아지는 게 샹송인 것 같아요."

"들어도 몰라요, 나는."

"나한테 좋은 판들이 있으니까 결혼하고 나서 내가 샹송에 대해서 가르쳐 줄게요."

"전공을 음악으로 바꾸고 집에서 음악이나 배울까? 요시가 선생님 하면 학비도 절약되고."

"학비 걱정은 안 하셔도 됩니다. 학생! 내가 그 정도는 자신 있답니다."

"아~~ 그러세요? 부자 아버지!"

장난치는 게 재미있어서 요시는 진이의 코를 집게로 집듯이 꼬집어 줬다.

"우리 음악 좀 듣다 늦지 않게 어머님께 가요."

"그럼 저녁 먹고 요시가 들를지도 모르지만 기다리지는 마시라고 어머니에게 전화를 해야겠어요."

잠시 후 요시는 진이 옆으로 와 앉았다. 그리고 주머니에서 작은 상자 하나를 꺼내 진이에게 줬다.

"열어봐요. 우리 집에서 진이보고 어린이 같다고 했을 때, 머리에 핀을 꽂고 있는 진이가 얼마나 귀여웠는지 몰라요. 그래서 비슷한 핀으로 하나 사봤어요."

상자를 열어본 진이는 크게 놀랐다.

"요시! 이거는 루비 아녜요?"

핀 위로 빨간 루비가 조르륵 일렬로 박혀있는 심플하고 모던한 디자인의 머리핀이다.

"마음에 들어요? 진열장에 있는 이 핀이 꼭 진이같이 예뻐서, 잘 어울릴 거라 생각했어요."

진이가 상자에서 핀을 꺼내자 요시가 받아 진이의 머리에 꽂아줬다.

"고마워요. 이렇게 예쁜 거 선물 해줘서요."

진이는 요시의 손을 끌어 촉촉한 자기 입술에 대고 눈으로는 고맙다는 표정을 지었다. 진이를 이렇게 예쁘게 해 놓고 바라보는 요시의 즐거움이란 이루 말로 할 수가 없었다.

캐시미어 스웨터와 루비 핀을 한꺼번에 주면 진이가 너무나 부담스러워 할까봐 조심스럽게 하나씩 따로 준 것이다. 요시는 그렇게 진이의 마음속 세심한 데까지 신경을 썼다.

'모나리자(Mona Lisa)'로 시작해서 로맨틱한 음악이 들려오기 시작하자 두 사람은 일어나 춤을 추기 시작했다. 춤을 춘다기보다는 둘이 풀로 붙인 듯 같이 서서 음악에 취해있다는 말이 맞을 것 같다. '러브 미 위드 올 유어 하트(Love me with all your heart)', '하니(Honey)' 같은 감미로운 음악에 취해있던 요시는 가슴에 안고 있던 진이의 손을 자기 입술에 댔다. 그리고 이마에 키스도 해 주고 조용히 말했다.

"우리 두 곡만 더 듣고 나가요. 진이 어머님을 뵈러 가는데 너무 늦으면 안 되잖아요."

요시는 그런 식으로 진이를 잘 리드했다. '웬 아이 펄 인 러브(When I fall in love)'를 들으며 떠날 준비를 했다.

"가기 싫은데 어떡하죠?"

"가야 되요. 가서 피아노 쳐 줄게요."

요시는 진이를 잘 달래서 일찍 데리고 나왔다.

요시는 진이 어머니를 보는 것이 무언가 솔직하지 못한 것 같아서 부담스럽고 상당히 힘이 들지만 겪어야만 할 일이라고 생각했다. 진이가 어머니에게 둘의 사이를 빨리 알려드리기만 하면, 그래서 허락을 받기만 한다면 요시는 모든 것이 편해지겠지만 진이가 조심스러워하는 것을 알기 때문에 진이를 편하게 해 주기 위해서 자신이 어려움을 감수하기로 했다.

"어머니. 요시가 어머니에게 피아노 연주해 드리려고 왔어요."

"어서와요. 바쁜데 나한테까지 신경을 써주다니! 피곤할 텐데. 여기 앉아요. 순천댁 아까 꿀에 재놓은 과일 좀 이쁜 그릇에 담아 갖고 오세요."

요시가 오기를 기다리고 있었음을 짐작할 수 있었다. 진이가 순천댁을 도우러 간 동안 요시가 입을 열었다.

"오늘 진이를 보내 주셔서 감사합니다."

"진이가 아는 게 없는데 뭔 도움이 되는지 모르겠어요."

"아직도 서울이 생소한 저에게 많은 도움을 주고 있습니다. 말 친구가 돼 주기도 하고요."

"그 애가 말을 사분사분 잘도 하죠. 하루 종일 환자들 보고 피곤해 들어와서도 그 애가 조잘거리는 소리를 들으면 피로가 다 풀려요. 뭐 별소리도 아닌 말을 하는데도 그 애는 재미있게 늘어놔요. 진이만 들여다보고 있으면 세상 걱정 다 잊게 되요. 남들한테도 그러는지는 몰라도요."

"네. 저도 진이 얘기를 재미있게 듣습니다. 재미있게 말하는 재주가 있는 것 같습니다."

"그래서 진이는 외할아버님 사랑을 독차지하고 자랐어요."

진이가 과일 쟁반을 갖고 왔다.

"한국서 하려던 일들은 잘 되고 있나요?"

"네. 구 사장님 덕분에요."

"구 사장님께서 안면도에 뭘 하시려는가 봐요. 요시 보고 한번 가 보라고 하셨대요."하고 진이가 끼어들었다.

"안면도요? 휴양지를 구상 중이라고 작년부터 말씀을 하시더니 안면도를 생각하시는 모양이군요. 서울서 그렇게 멀지는 않죠. 하지만 아직은. 글쎄 너무 앞서 가시는 거는 아닌지 모르겠군요. 휴양지만 개발해 갖고는 안 되니까요. 사람들이 그곳으로 가게끔 하려면 가는 길도 편해야 되고, 그 주위도 지내기에 편한 시설들이 어느 정도는 갖춰져야 하는데 내가 거기 가서도 진료를 해봤지만 호화스런 휴양지가 들어서기에는 좀 이르다는 생각이 드는군요. 나는 사업은 모르니까 사업하는 분들의 눈은 다르리라 생각하지만서도요."

"거기서도 병원 개업을 하셨습니까?"

"개업을 했던 게 아니라 한 달에 한 번씩 외진 시골로 무료진료를 나가는데 안면도도 몇 번 갔었어요."

"무료진료라면…?"

"어머니는 약을 여러 상자씩 갖고 가서서 가난한 사람들을 무료로 치료해 주세요. 한 달에 한 번씩요. 아까도 내가 얘기했잖아요. 의사도, 약국도 없는 데가 있다고요."

"혼자서 하시는 건가요?"

"처음에는 혼자 했는데 이제는 자원해서 도와주는 간호사들이 서너 명 있어서 더 많은 환자를 봐줄 수 있어요. 우리 이런 얘기는 그만하고 요시군 피아노 좀 들었으면 좋겠어요. 한 곡만 들려줘요. 일찍 가서 쉬어야죠."

"잘한다고 칭찬해 주시니까 마음 놓고 쳐 보겠습니다. 쇼팽을 좋아하시는 것 같아서…."

요시는 쇼팽의 연습곡 중 한 곡을 쳤다. 조용히 감상하는 진이 어머니는 요시가 음악적 소질이라든가, 성실함, 뛰어난 인물, 겸손함 등이 세상을 떠난 진이 아버지와 흡사한 점이 많다는 생각을 하고 있었다.

연주가 끝나자 진이 어머니는 요시에게 고맙다는 인사를 하고는 방으로 들어가려 하고, 요시도 작별인사를 하고 현관 쪽으로 가고 있는데 진이가 말했다.

"어머니. 나도 내일 안면도에 갔다 왔으면 좋겠어요."

"네가 안면도에는 왜?"

"전에 캠핑했던 데를 가 보고도 싶고, 나 아플 때 봐주신 아주머니도 만나 보고 싶어서요."

"그 아주머니한테는 내가 찾아가서 인사했다. 그리고 너희들 캠핑했던 데도 변한 거 없더라. 거기 갔다 오면 하루를 다 보내게 되는데 나중에 방학하면 가는 게 어떻겠니?"

"김씨 아저씨 차로 가는데 나도 같이 가고 싶어요."

"진이 잠깐 내 방에 좀 왔다 가라."

진이는 요시를 급히 자기 방에 데려다 놓고는 어머니 방으로 갔다.

"네가 생각이 있는 애니? 요시 군이 일이 있어서 가는 데를 네가 왜 쫓아가니? 다 큰 여자가 그렇게 아무 남자와 그런데 같이 다니는 거 아니다."

"어머니. 요시는 아무 남자 아니잖아요. 요시는 좋은 사람이에요. 그리고 김씨 아저씨와 같이 가잖아요."

진이 말을 듣고 나니 진이 어머니는 요시에게 미안한 마음이 들었다.

"학교도 메이데이 준비로 수업도 없어요. 가게 해 주세요."

"갔다 오면 저녁은 아무리 늦어도 집에 와서 먹도록 해라. 저녁까지도 요시군과 같이 먹으면 안 된다."

"알았습니다. 고맙습니다. 어머니!"

진이는 쪼르르 자기 방으로 가서 요시에게 말했다.

"가라고 하셨어요."

요시는 진이가 허락을 받아 낼 거라고 믿었다. 진이 어머니는 겉으로는 엄하게 하셔도 진이에 대해 말할 때는 그렇게도 사랑스러울 수가 없다는 것을 요시는 어머니의 얼굴에서 읽을 수 있었기 때문이다. 어머니의 사랑은 진이의 요구를 거절하지 못하리라 요시는 짐작했었다.

"수고했어요."

"그게 무슨 수고예요."

"진이, 나한테 멋있게 보이려고 새 구두와 새 스타킹 샀어요?"

진이는 깜짝 놀라 요시를 바라보며 의아해 했다. 그 모습을 본 요시는 테이블 위에 있는 가계부를 턱으로 가리켰다. 열려있는 가계부에는 어느 날, 무엇을, 얼마를 주고 샀는지가 적혀있었다.

"나~~ 어떡해! 그걸 왜 봤어요?"

"보지 않았어요. 보였어요."

"그 말이나 그 말이나 다 같은 말이잖아요?"

얼굴이 빨개진 진이는 가계부를 얼른 접어 책상 서랍에 넣었다. 아까 요시 전화 받고 급히 치장하고 나가느라 그것을 테이블 위에 그대로 펼쳐 두었던 것을 미처 생각지 못했었다. 창피해서 요시를 볼 수가 없어 책상 앞에서 돌아서지를 못한다. 거기에는 새로 산 아래 속옷, 브래지어 등등 부끄러운 품목들이 적혀있었는데 그걸 치우지도 않고 요시를 방에 들여보낸 것이 그렇게도 후회스러울 수가 없었다.

볼그스레한 얼굴에 약간 고개를 숙이고 서 있는 진이의 모습은 마치 극도로 아름다운 조각을 보고 있는 것 같은 착각을 일으킬 만큼 아름다웠다. 약간 고개를 수그린 목에서부터 어깨 선으로 이어지는 곡선은 눈부실 정도로 아름다웠다. 머리서부터 발끝까지 아름답기만 한 진이의 자태를 요시는 밤이 새도록 그렇게 도취되어 바라보고만 싶었다.

요시는 일어나 진이 옆으로 가 진이를 돌려세운다.

"내가 장난이 심했어요. 미안해요. 정말 미안해요."

"내가 바보짓을 한 건데 요시가 왜 미안해요?"

"나한테 그런 것 갖고 부끄러워하면 어떡해요? 몇 개월 후면 내가 그런 물건들을 사다 줄 남편인데요."

"남자가 그런 걸 왜 사요?"

"진이가 필요하면 사다줘야죠. 그런데 진이! 그것보다도 나는 진이가 가계부를 쓴다는 데 놀랐어요."

"가계부를 쓴 게 후회스러워요. 쓰지 않았으면 이런 창피를 당하는 일은 없잖아요? 여자로서 감춰야 할 거를 모두 요시에게 보여줬잖아요!"

"나는 진이가 나에게는 과분한 사람이라는 거를 진이를 처음 봤을 때부터 알았어요. 그래서 나도 그에 맞는 사람이 되고 싶어서 최선을 다해 노력하고 있어요. 그런데 진이를 알면 알아갈수록 장점만 더 보이니까 과연 내가 노력한다고 될 수 있는 걸까 하는 걱정까지 드는군요."

"칠칠치 못해서 창피만 당하는 게 무슨 장점이에요? 요시는 엉터리 같은 소리만 하고 있어요."

"그만 마음 풀고 나 좀 봐요. 진이 얼굴이 붉어지니까 맛있는 복숭아 같아서 먹고 싶어져요. 순천댁 아주머니보고 이 예쁜 코를 꿀에 재달라고 해서 먹을까?"

"푸~~우우아 내 코는 비싸서 안 돼요."

"알아요. 내가 사랑하는 진이의 코는 이 세상에서 제일 비싼 코예요."

요시는 진이의 코에 입을 맞추어주고는 자리에 앉혔다.

"나는 진이가 그렇게도 알뜰한 여자일 줄 몰랐어요. 진이는 어쩌면 그렇게 도 사랑스런 행동만 해요? 누구한테 배웠어요? 가계부 쓰는 거는?"

"배울 게 뭐가 있어요? 그냥 내가 한 달에 얼마를 쓰나 궁금해서 쓰기 시 작한 것뿐이에요."

"나는 그런 진이가 더 사랑스럽고, 자랑스러워요."

요시는 아름다운 진이를 가슴에 품고 오래 있고 싶지만 진이가 요시 보기 를 민망스럽게 여기는 것 같아 편하게 해 주기 위해 떠나기로 했다.

"앞으로 내가 속옷이 필요하게 됐을 때, 나에게 그 속옷을 사다 줄 사람은 나 외엔 이 세상에서 꼭 한 사람 진이밖에 없어요. 나 역시 이 세상에서 꼭 한 사람뿐인, 진이의 모든 것을 사다 줄 수 있는 사람이구요. 이런 일로 해서 우리가 부부로 가는 길이 더 가까워졌다고 생각하는데, 그래서 행복하기만 한데 진이는 나와는 생각이 다른가요? 오늘밤 편한 마음으로 잘 자요. 그리 고 내일 아침 아름다운 미소 보여줘요. 아침 9시에 진이 데리러 오겠어요."

"요시, 31일도 바쁜가요?"

"그때쯤은 괜찮을 거예요. 왜요?"

"바쁘지 않으면 메이데이 때 내 파트너가 되 줄 수 있나 해서요."

"그렇게 계획을 잡죠."

진이를 다시 한 번 안아주고 일어서면서 요시가 물었다.

"김씨 아저씨는 어떤 분이세요?"

"그 아저씨가 구 사장님 차 운전하시며 회사일 하시는 분이세요. 내가 어 릴 때부터 우리 외할아버님을 도와주시던 분인데 구 사장님께서 한국에서 처음 사업을 시작할 때 믿을 만한 사람을 찾으시니까 외할아버지께서 아끼는 아저씨인데도 구 사장님께 보내드렸어요. 그래서 아직도 틈만 있으면 예전에 할아버지 댁에 있을 때 하던 대로 우리 어머님을 도와주세요. 그 아저씨는 교육은 짧지만 생각이 깊은 진실한 분이세요.”

“훌륭한 분이시군요. 얼굴이 인자해 보여 좋은 인상을 받았어요. 진이가 내일은 내 조수가 돼 줘야겠어요. 안면도 사진을 좀 찍어야 해요. 조수 노릇 잘하면 내가 상도 줄 거예요.”

진이는 요시를 올려다보고는 그 상이 무엇인지 다 안다는 듯 씽긋 웃었다.

요시가 자리에서 일어나는데 진이가 물었다.

“내 선물 안 받고 갈 거예요?”

요시가 노력한 보람이 있어 진이는 부끄러움도 많이 없어진 듯했다. 요시는 그렇게 진이 옆에 없어서는 안 될 사람의 자리를 굳혀가고 있었다.

“선물요?”

“허리 좀 구부려 봐요.”

요시가 허리를 굽히고 진이를 내려다보고 있자 진이는 두 팔을 벌려 요시의 목을 안고 발로는 요시의 두 다리를 밀어버렸다. 엉거주춤하게 허리를 구부리고 서있던 요시는 갑작스런 공격에 억 소리를 내며 중심을 잃고 진이 위로 엎어지고 말았다.

“이 장난꾸러기!”

“키스 룰 넘버 원을 벌써 잊었어요? 말하면 안 되잖아요.”

요시는 진이의 파인애플보다도 더 달콤한 키스를 선물로 받았다. 몽롱해지며 서서히 땅속 깊이 꺼져 들어가는 것만 같았다.

호텔로 가는 택시 안에서 요시는 갑작스레 당했던 일을 생각하니 절로 미소가 나왔다.

'사랑하는 개구쟁이, 귀여운 장난꾸러기!'

진이 어머니는 순천댁에게 부탁하여 내일 세 사람이 먹을 과일들을 깨끗이 씻어 싸놓으라고 준비시키고, 라면 한 상자를 내놔 두라고 했다.

안면도로 가는 차안에서 김씨 아저씨가 이야기를 꺼냈다.

"부동산회사 분은 어제 벌써 안면도로 들어갔습니다. 그리고 서소문에 있는 빌딩은 계약하지 말라는 구 사장님의 전화가 아침에 있었습니다."

"왜 계약을 하지 말라고 하시는지 혹시 아시는지요?"

"신촌에 더 좋은 곳이 있다는 정보를 받았다고 하셨습니다. 내일 시간이 되면 신촌에 가 보시겠습니까? 가 볼 수 있으시다면 오늘 복덕방에 연락해 두겠습니다."

"가 보고 싶습니다. 김 과장님께서 수고를 좀 해 주실 수 있겠어요?"

"알겠습니다."

"아저씨. 전에 내가 안면도에서 병났을 때 돌봐주시던 아주머니 집을 찾아 가실 수 있으시겠어요?"

"그 집 알죠. 선생님 무료진료 나가셨을 때도 모시고 갔었어요. 뒤에 실은 라면상자가 그 아주머니한테 전할 거죠?"

"네. 그래요. 아저씨는 고향에 언제 가실 건가요?"

"바로 지난 주말에 다녀왔어요. 할아버님 댁 산지기 아들이 어르신 묘지 손질을 제대로 못 해서 일 좀 시키고 왔어요. 어르신께서 진이 학생을 끔찍이도 사랑하셨던 생각이 나네요."

두 사람이 조심을 해도 김씨 아저씨는 진이를 학교까지 데려다 주는 요시를 보고 진이를 좋아하고 있다는 걸 짐작했다. 구 사장도, 진이 어머니도 모르는 걸 김씨 아저씨만은 알고 있었다. 단지 김씨 아저씨는 진이까지도 요시를 좋아하게 될까봐 혼자 걱정을 했다.

"순천댁 아주머니가 과일을 싸 주셨어요. 아저씨 사과 잡수세요. 목마르시죠?"

진이는 사과를 하나씩 돌렸다.

"진이 학생이 벌써 내년 봄이면 대학을 졸업하죠? 세월 참 빠르군요. 애기 때는 외가댁에서 자라다시피 했죠. 조부모님, 외삼촌까지도 진이 학생한테 온 정성을 다하셨죠. 진이 학생 업어주는 순덕이가 애기 다리를 벌려서 업기라도 하면 할머니로부터 불호령이 떨어지곤 했어요. 두 다리를 똑바로 붙여서 업지 않고 양쪽으로 벌려서 업으면 다리가 휘어서 미워진다고 못 하게 하셨는데, 그렇게 두 다리를 똑바로 붙여서 업으면 자꾸 흘러내리니까 힘이 좀 들기는 했겠죠. 외삼촌께선 빈 병으로 진이 학생 다리 마사지도 해 주시고요. 그렇게들 외가댁에선 정말 진이 학생밖에는 모르셨는데, 기억나요? 할아버님께서 얼마나 진이 학생을 사랑하셨는지? 오죽하면 여자들은 안 가는 장지에 진이 학생만은 할아버님 마지막 길을 배웅해 드려야한다고 친척들이 그래서 학교까지 빠지며 장지에 갔었던 일 생각나죠?"

"그날 일들 모두 생각나요."

김씨 아저씨가 진이한테 할아버지의 사랑을 환기시켜주는 데는 나름대로 생각하는 바가 있어서였다.

나오는 울음을 감추려고 입에다 대고 있는 사과 위로 눈물이 흘렀다. 요시는 손수건을 꺼내 진이에게 주고 입에 물고 있는 사과를 뺏었다. 차안은 한

동안 조용했다. 진이도 슬펐고, 김씨 아저씨도 슬펐다. 얼마가 지났을까? 요시가 자기 사과를 진이에게 주며 먹으라고 하자 진이는 자기가 먹던 사과를 달라고 손을 뻗치는데, 요시는 그 눈물 묻은 사과를 먹기 시작한다.

"이 사과는 유난히도 맛이 있군요."

"그렇군요. 달고도 물이 많아요."

김씨 아저씨는 영문도 모르고 답했다. 진이와 요시는 서로 바라보며 눈웃음을 보냈다.

"아저씨, 어머니가 그러시는데 요시는 여기 물을 마시게 하면 안 된다고 하셨어요. 외국에서 온 사람들은 시골에 가서 조심 안 하면 탈난다고 하셨어요."

"알았어요. 선생님 말씀대로 해요."

"요시, 여기서는 물 마시지 말아요. 목마르면 사이다나 과일로 해요. 아니면 맥주든가."

"괜찮을 거예요."

"아녜요. 철저히 하지 않으면 안 된다고 어머니가 몇 번씩이나 부탁하셨어요. 요시가 배탈 나면 나는 어머니한테 야단맞아요."

요시는 진이 어머님의 세심한 배려에 감동을 받고 무한히 고마웠다. 부동산회사에서 나온 사람과 땅주인의 설명을 들은 요시는 그들과 헤어진 후 사진을 찍기 시작했고 진이는 조수 노릇을 한다는 핑계로 가방을 들고 붙어다녔다. 사진을 찍으며 다니다가 요시는 아무도 없는 아늑한 소나무 숲으로 들어가게 됐다. 진이가 오기를 기다렸다가 들어서자 확 끌어당겨 두개의 큰 소나무 사이로 끌고 가 참고 참아왔던 뜨거운 키스를 했다. 진이의 허리를 한 팔로 들어 안아 자기 몸에 밀착시키고, 한 팔로는 진이의 목을 있는 힘을 다해 받치고는 용광로 같은 뜨거운 키스를 해 내고야 말았다. 발산하고 싶었던 걸 발산하고 난 요시는 속이 트이는 듯했다. 진이는 갑자기 도깨비에 당한 것 같은 강한 키스에 혼이 다 빠지고, 맥이 다 풀려 몸을 지탱할 수가 없을 정도였다. 인사불성이 되다시피 한 진이는 축 처진 백조의 날개같이 두 팔을 늘어뜨리고 그렇게 요시에게만 의지를 하고 있었다. 이 세상 그 누가 진이를 이렇게도 황홀하게 해 줄 수 있을까? 천진난만한 모습을 내려다보는 요시는 또 다른 황홀함에 끌려 들어갔다.

구 사장님이 생각하고 있는 땅을 다 돌아보고 사진으로 남긴 요시는 진이가 걸스카우트 캠핑을 하던 바닷가에 가 보고 싶다고 했다.

"제일 좋은 해변을 걸스카우트가 차지했군요. 오늘은 넘어지지 말아요. 진이가 아파도 내가 진통제를 줄 수 없는 상황이니까요."

"요시~~ 나는 바닷가에 가기만하면 넘어지는 사람 아니라니까요. 그때는 내가 요시의 매력에 너무나 반해서 정신을 잃은 상태나 마찬가지였으니까 그랬죠."

"지금은 아무렇지도 않아요?"

"지금은 그때와는 달라요. 그때는 내 시야에 들어온 요시가 너무나 멋있어서 넋을 잃었는데, 지금은 내 가슴속에 들어온 요시가 너무나도 매력적이라서 내 혼을 다 뺏어갔어요. 나는 가끔 생각해요. 이 세상에 내 혼을 완전히 뺏어갈 수 있는 사람이 존재할 수 있다는 것이 참으로 신기하다고요."

요시는 침묵만 지킬 뿐 아무 말이 없다. 진이의 고백이 너무나 가슴 벅차서 감정을 진정시키기가 어려웠다.

"우리 여기 좀 앉을까요? 지난 가을 일본으로 돌아간 후 진이가 더욱더 보고 싶어서, 가슴이 시리도록 보고 싶어서 견딜 수가 없었어요. 그래서 운전을 하며 하염없이 달렸죠. 그러다가 어느 교회를 보게 됐어요. 들어가서 앉아있는데 저절로 기도가 나오더군요. 나에게 과분한 진이를 사랑할 수 있게 해 줘서 고맙다는 기도를 했어요. 그리고 진이가 믿는 하나님과 약속도 했어요. 내 모든 것을 다 바쳐 진이만을 아끼고 사랑해 주겠노라고요. 그러고 있는데 음성이 들렸어요. '내가 너와 같이 하리라. 내가 너와 같이 하리라.' 이렇게 두 번 들렸어요. 진이가 믿는 그 하나님이 나와도 같이 해 주신다는 신념이 생기더군요. 진이와 떨어져 있으면 늘 불안하기만 하던 마음이 차차 편안해지기 시작했어요. 진이의 하나님이 나와도 같이 해 주신다는 말이 고마웠어요."

하나님이 분명 요시를 택하여 주었다고 믿는 진이는 자기도 모르게 눈이 촉촉해지기 시작했다. 왠지 감격스러웠다. 결코 울 일이 아닌데도 눈물이 핑 도는 원인은 알 수 없지만 감사의 눈물임이 분명했다.

"요시 오늘 여기서 주님 앞에 다시금 우리 결혼을 약속하는 거예요."

"이 세상에 진이보다 더 나를 행복하게 해 줄 사람은 아무도 없어요. 그래서 나는 진이와 결혼할 날만 애타게 기다리고 있어요."

조용한 바닷바람과 더불어 행복이 스며들었다.

"진이가 걸스카우트였기 때문에 내가 진이와 만날 수 있게 돼서일까? 나는 이 해변이 왠지 너무 맘에 들어요. 다음에 우리 여기다 예쁜 집 지어놓고 휴가 때마다 올 수 있으면 좋겠어요."

그들의 사랑은 아름답게 차원 높은 사랑으로 성숙하고 있었다. 그래서 두 사람은 더 말이 필요가 없다는 것도 알았다. 요시는 진이를 가슴에 안고, 뛰는 가슴으로 진정 진이를 사랑한다는 의미를 느끼게 해 주고 싶었다.

"진이! 오늘 내가 정식으로 진이의 하나님 앞에서, 평생을 나의 사람이 되어 주겠다는 허락을 받은 것 같은 기분이에요."

요시의 품에 안긴 진이는 마치 안식처에 와 편히 쉬고 있는 듯해 보였다.

모래밭을 걷다가 요시가 삼각대를 설치하고 카메라 타이머를 누르고 급히 진이 옆으로 가는데, 빨리 오라고 진이가 재촉을 하여 뛰다가 서로 안고 웃는 자연스러운 포즈가 됐다. 후에 이 사진은 요시의 사무실에 평생 걸리게 되는 사진이 되었다.

"아저씨, AFKN 미군방송 좀 틀어주세요."

"그 방송을 좋아해요?"

"네. 거기서 나오는 음악을 좋아해요."

햇볕 쏟아지는 해변을 많이 걸어서일까, 감미로운 음악 때문일까, 진이는 차안에서 애기같이 잠이 들었다. 요시는 윗옷을 벗어 진이의 머리를 받쳐줬지만 그래도 수그러지며 편해 보이지 않아 자기 무릎에 재웠다. 해에 그을린 얼굴이 더욱더 아름다운 진이의 얼굴에서 눈을 떼지 못하는 요시는 첫 번째 사업이 빨리 한국에 자리 잡도록 더 노력해야겠다고 생각했다.

"김 과장님, 내일 아침 오늘과 같은 시간에 호텔로 와 주시면 신촌에 있다는 건물을 가 보겠습니다."

어머니와 저녁식탁에 마주한 진이는 요시와의 관계를 말씀드리려고 얘기를 꺼냈다.

"어머니. 요시 말예요. 보면 볼수록 사람이 좋아요."

"나무랄 데가 없어서 좋아질 수밖에 없는 사람이잖니. 그 사람은 무얼 해도 성공할 거다."

"나 그 사람이 점점 좋아져가요."

"젊어도 배울 점이 많고 모범이 될 만한 사람이니까 좋아하는 게 무리가 아니지. 그렇지만 좋아하는 선에서 끝내야 된다. 알아들었지?"

어머니를 잘 리드하여 이야기를 부드럽게 끌어가려던 진이는 어머니가 너무나 단호하게 끊어버리는 바람에 순간적으로 당황하여 잠시 할 말을 못 찾았다. 가슴까지 떨려오기 시작하더니 머릿속이 새하얘지는 것이 무슨 말을 해야 할지 아무 생각이 나지를 않았다. 생각보다 쉽지가 않겠다는 예감이 들어 마음이 자꾸만 슬퍼졌다.

학교 축제

'무슨 일이 있어도 어머니로부터 허락을 받아내고야 말 거야.'

진이는 마음에 다짐을 하며 치장을 했다. 요시가 선물한 머리핀, 스웨터, 그리고 목걸이로 마음껏 모양을 낸 진이는 요시와는 학교 정문에서 만나고 과 친구들과는 정문 옆 다방에서 만나기로 했다. 과 친구들은 의대생들과 파트너를 하기로 했고 진이만 따로 자기 파트너를 데리고 가는 거였다.

세련되게 정장한 요시가 택시에서 내려 걸어오고 있는 모습을 보는 진이는 손끝까지도 짜릿해지는 기쁨을 느꼈다.

"당신이 진이가 사랑하고 있는 요시라는 분 맞습니까? 너무나 매력적이라서 못 알아보겠습니다. 혹시 영화배우…?"

"오늘 영화배우는 진이인 것 같은데요. 사인 좀 해 주시겠어요?"

둘은 그렇게 말을 하고도 우스운지 마주보며 웃었다. 그렇게 가끔 싱거운 소리를 하는 것도 재미가 있나보다. 진이는 요시의 손을 잡고 과 친구들과 그 파트너들이 기다리고 있는 다방으로 들어갔다. 보기에도 너무나 근사한 한 쌍이 들어서자 다방 안은 갑자기 조용해지며 모두들 두 사람만을 바라봤다. 민망해진 진이와 요시는 약간 허리를 굽히고 친구들이 있는 테이블로 찾아들어갔다. 친구들은 요시를 보자 모두들 눈이 휘둥그레졌다.

"오늘 나의 파트너 스즈끼 요시 씨를 소개합니다. 그리고 저는…"

진이가 말하는데 갑자기 누군가가 끼어들었다.

"너. 민진이 아니냐? 나 기억 안 나니? 교회서 연극도 같이 했었고… 정말 반갑다."

진이는 아무리 보아도 모르는 사람이었다.

"제가 머리가 나빠서인지 기억이 잘 안 나는군요. 그래서 저는 의대를 못 갔습니다만. 네. 제 이름은 민진이예요."

"서울 장안에서 민진이 모르는 사람 있나?"

누군가가 하는 소리다.

"오늘 저의 파트너는 의대생이 아니고 외국인입니다. 잘 부탁드리겠습니다."

학교 노천극장으로 향하는 젊은 사람들은 축제 분위기에 한껏 흥분된 듯했다. 진이와 같은 교회를 다녔다는 그 의대생은 자기 파트너는 버려두고 요시도 제쳐놓고는 진이 옆에 붙어 옛날 얘기에 열을 올렸다. 진이도 이제는 생각이 났다. 그 솜뭉치 같이 뚱뚱했던 정인욱.

"너무 말라서 못 알아봤어요. 나보다 2, 3년 위가 아니셨던가요?"

"2년 위지. 너는 유치원 때도 그렇게 예쁘더니 아직도 여전하구나. 우리 과 녀석들이 진이, 진이해도 그게 너를 두고 하는 소린지는 몰랐지!"

진이는 여러 모로 요시에게 신경이 쓰여서 정인욱의 파트너인 미자를 불렀다.

"두 분 즐겁게 보내세요."

진이는 자리를 옮겨 요시 옆으로 바짝 다가갔다.

"의대생들이 진이, 진이 한대요?"

"들었군요. 못 들었으면 한 번 더 큰소리로 해 달라고 그럴까 했는데."

"이렇게 아름다운 진이를 못 알아본다면 정상적인 남자가 아니죠. 그 의대생들 이해해요."

"결혼 전까지만예요."

"나 지금 진이 놀리는 거 아녜요. 진심이에요."

"글쎄. 결혼 전까지만 받아주기로 했다니까요."

두 사람은 소곤소곤 주위 사람이 안 들리게 속삭였다.

"나는 진이하고 같이 있는 시간이 재미있고 그렇게 즐거울 수가 없어요. 진이는 나에게 많은 행복을 줘요. 몇 달에 한 번씩 이렇게 와서 진이를 보고 가면 나는 충전이 돼서 일을 더 잘하게 되요. 진이는 나의 충전기이기 때문에 평생을 나와 같이 있어줘야 되요. 나는 이제 진이의 충전 없이는 살 수 없는 사람이에요."

"나도 마찬가지예요. 요시를 생각만 해도 행복하고 같이 있으면 더 행복해요. 왜 그런지 알아요? 그거는 우리가 서로 엉터리 같은 소리를 해도 재미만 있고 잘 통해서 그래요. 그래서 내가 타이틀을 붙였잖아요! 우리는 챔피언 오브 엉터리들이라고요. 우리는 벌써 한 배를 탄 사람들이라서 도망가려 해도 갈 수가 없게 돼 버렸어요. 도망가다가는 물에 빠지잖아요."

요시는 이렇게 잘도 조잘거리는 진이가 예뻐 죽겠다. 평소에는 요시가 말

이 없어서 재미없는 사람으로 생각하는 사람들이 많지만 알고 보면 요시같
이 유머감각이 뛰어난 사람도 드물다. 진이만이 그 실타래를 잘 풀어주기 때
문에 같이 있을 때는 그 유머감각을 있는 대로 발휘했다. 그래서 이 두 사람
은 천생연분인가보다.

"우리 저녁은 따로 나가서 먹어요."

"같이 행동해야 하는 거 아네요?"

"그렇지 않아요. 전에 요시 어머님이 해 주신 메밀국수 맛있게 먹었었는데
그때 그 맛하고 비슷한 집을 찾았어요. 가 볼래요?"

"나는 아무데서 먹어도 괜찮아요."

"우선 우리학교 구경부터 시켜 줄게요."

진이는 옆에 있는 친구보고 요시에게 학교 구경 시켜주려고 먼저 가겠다
고 하고는 일어났다. 친구들은 요시를 아무도 안 뺏어 갈 테니 그렇게 도망
가지 말라고 놀렸다.

"친구들은 내가 요시를 뺏길까봐 도망가는 거래요."

"나도 그렇게 생각해요. 나는 꽃밭에 있는 게 좋기만 하던데."

"아~~그래요? 그럼 우리 다시 가요. 나는 의대생들과 같이 있고 요시는
우리 과 친구들과 같이 있으면 딱 됐네요."

진이가 되돌아가려하자 요시는 급해져서 진이의 허리를 낚아채듯이 잡아
세운다.

"내가 진이를 어떻게 의대생들한테로 보내요? 큰일 날 일이죠."

"그렇게도 꽃을 좋아하는 사람이 그동안 주위에 많은 꽃들이 유혹을 했다
던데 왜 쳐다보지도 않았어요?"

"내 주위에 유혹하는 꽃들 없었어요."

"그 말 안 믿어요. 준짱하고 기요코한테 다 들었어요."

"향기 있는 꽃으로 여겨지지가 않으니까 유혹이라고도 생각이 안 되는 거죠. 여기 벤치에 앉았다 갈까요? 이 다음에 진이 닮은 예쁜 딸 낳으면 이 학교에 보내야겠어요."

"우리 딸도 요시같이 매력적인 남자를 만나야 할 텐데. 이 세상에 요시같이 멋있는 남자가 또 있을 수 있을까?"

"립스틱 바른 여자를 볼 때면, 예뻐 보이지도 않는데 왜 바를까 했었는데 립스틱을 바른 진이의 얼굴이 이렇게 나의 가슴을 뛰게 할 정도로 매력적일 줄은 몰랐어요. 이 순간이 올 때까지 참기가 어려웠어요."

요시는 립스틱을 바른 진이와 키스를 하며 전에는 못 느꼈던 또 다른 감미로움을 맛보았다.

진이는 요시 입술에 살짝 묻은 자기 립스틱를 손으로 닦아주었다. 요시는 진이의 손을 잡아 무릎 위에 놓았다.

"신촌에 있는 건물이 맘에 들어서 계약하기로 했어요. 구 사장님의 조언을 받아들이기로 했어요. 그리고 그 근처에 마땅한 땅이 있으면 좀 살 생각이에요. 한국에서 우리가 살 집을 지었으면 해서요. 그건 아버님과 의논할 생각이에요. 도쿄에 미술용품 도매상을 시험 케이스로 시작했는데 실적이 좋기 때문에 일이 바빠졌어요. 그래서 아버님으로부터 독립하기로 했어요."

"요시, 그러다가 건강을 해치지나 않을지 모르겠군요."

"이 세상에서 무엇보다도 건강이 제일 중요하다는 거 알아요. 우리 아버님이 늘 하시는 말씀이에요. 그리고 진이와 오래오래 행복하게 살려면 건강해야한다는 것도 알아요. 그래서 내 몸 관리를 잘하고 있으니까 걱정 말아요. 나는 언제나 진이 건강이 걱정돼요. 내 충전기가 건강해야 나도 건강해질 수 있으니까요."

"깊이 명심할게요. 그러니까 우리 빨리 메밀국수와 튀김 먹으러 가요. 요시가 나에게 진통제를 주기 시작하던 그날 요시 어머님이 해 주셨던 메밀국수 먹으러 가요."

"내가 10년 감수하던 날이기도 하고요. 그렇게 당황해 보기는 처음이었어요. 지혈이 되지 않았을 때는 정말 당황스러웠어요."

"모두 기억해요. 애를 써도 지혈이 안 되니까 흐르는 피를 요시 입으로라도 막아주려던 모습을 평생 잊을 수가 없을 거예요. 그때의 천진스러울 정도로 순수한 요시의 모습에 나는 나의 영혼을 모두 **빼앗**기면서 요시도 나를 사랑하고 있다는 걸 확신했어요. 요시가 정말 남자로 보이기도 했고요."

광화문에 있는 메밀국수집은 진이가 간식으로 크림수프를 먹기 위해 들르던 H 그릴 대신에 자주 들르게 되는 단골집이 됐다. 그 집에 들어서면 요시와의 추억이 생각이 나 진이를 즐겁게 해 주곤 했다.

저녁을 맛있게 먹고 메밀국수집에서 나온 두 사람은 산책삼아 언덕 위 교회 쪽으로 걸어갔다.

"나 다니던 고등학교 가 보고 싶지 않으세요? 바로 이 교회 오른쪽에 있어요."

"물론 가보고 싶죠."

정문으로 들어서서 중학교 건물을 돌아보고 뒷동산으로 올라가 진이가 원예부 할 때 많은 시간을 보냈던 온실도 보여줬다.

"그럼 진이는 꽃도 잘 키우겠군요."

"내 방에서 꽃 한포기라도 보셨어요? 나는 그런 엉터리잖아요."

"아~ 참. 엉터리!"

온실에서 나와 노천극장 쪽으로 걸어갔다.

"여기 노천극장에서 모든 행사를 해요. 그리고 저쪽 고등학교 건물에는 예술고등학교도 같이 있어요."

"그럼 미술대회 때 진이를 커닝 시켜줬던 그 남학생이 다녔다는 학교로군요."

"미술, 음악, 무용에 아주 뛰어난 학생들이 많이 있죠."

"진이는 미술 하는 사람이 왜 그 학교로 안 갔어요?"

"그때는 미술 할 생각을 안 했어요. 남자들이 선호하는 과에 나도 도전해 보고 싶은 생각이 많은 때였으니까요. 외삼촌의 영향이 컸기 때문에 건축과 아니면 정치외교학과를 생각할 때였으니까요. 원래 우리 외할아버님이 한 세대 앞서가는 분이시라서 우리 어머니도 그 시대에 의사가 되게 하셨잖아요. 외삼촌도 그래서 나를 남자들이 주로 전공하는 분야를 선택하게 조언하셨고요."

"그랬었는데 진이 어머님이 반대하셨다는 얘기 들은 기억나는군요."

학교를 다 돌아보고 나와 덕수궁 돌담을 끼고 B 호텔 쪽으로 걸었다.

"진이. 오늘 몇 시까지 집에 들어가야 하나요?"

"오늘 늦는다고 했어요. 학교에 축제가 있는 거 아세요."

두 사람은 약속이라도 한 듯 자연스럽게 스카이라운지로 올라갔다.

뒷자리에서 샴페인 터지는 소리가 나자 요시가 물었다.

"샴페인 좀 마셔볼래요?"

"요시가 마시면 한모금은 마실게요."

음악이 나오자 두 사람은 음악에 맞춰서 춤을 추러 나갔다. 늘 하던 대로 요시는 춤을 추며 진이의 등을 감싸 포옹했다. '두 유 노우 더 웨이 투 산

호세?(Do you know the way to San Jose?)' 빠른 곡이 나오자 진이가 물었다.

"요시, 지르박 할 줄 알아요?"

"지르박 하고 싶어요?"

요시는 지르박을 리드하기 시작했다. 진이가 예쁘게 추는 걸 바라보던 요시는 신통하다는 표정이다.

"진이 전공이 미술 맞아요? 무용 아니었어요?"

요시는 웨이터가 갖다 놓은 샴페인을 진이에게 먼저 두어 모금 마시게 하고 나머지는 자기가 마셨다.

'쉬 빌리브스 인 미(She believes in me)' 등 부드러운 멜로디에 이어 '스키야키'가 나오자 진이가 말했다.

"아! 우리가 좋아하는 노래를 들려주네요."

진이가 좋아서 밝게 웃는 모습이 하도 예뻐서 요시는 참지를 못하고 가볍게 키스를 해 주고 다시 춤을 계속했다.

'위를 보고 걸어요. 눈물이 흐르지 않게….'

요시가 가사를 한 줄 한 줄 읊어가며 노래를 해 주고 있는데 진이의 몸이 서서히 무거워지는 것 같아 느낌이 이상해 내려다 본 요시는, 얼굴이 창백해져 괴로워하는 모습을 보고 깜짝 놀랐다.

"왜 그래요?"

"나도 모르겠어요. 갑자기 토할 것 같고 어지러워요."

요시는 급히 진이를 데리고 밖으로 나가는데 여종업원이 따라 나오며 도움이 필요하냐고 물었다.

"나 좀 화장실로 데려가 줘요. 요시 미안해요. 잠깐만 여기서 기다려주세요."

화장실에 들어서자마자 진이는 쓰러져 버렸다. 뒤 따라오던 종업원이 급히 잡아주었다.

"괜찮으세요? 정신 좀 차려보세요."

밖에서 듣고 있는 요시는 걱정이 되어서 견딜 수가 없다.

정신이 돌아온 진이는 속에 있는 것을 토하고 말았다. 잠시 후 세면대에서 물로 양치를 하고 세수를 하고 나니 다시 아무 일도 없었던 것같이 기분이 좋아졌다.

"애기 가지셨어요?"

종업원이 느닷없이 물었다.

"네? 아~~ 그런 게 아니라…"

"좋으시겠어요. 축하드려요. 남편께서도 아세요?"

"아닌데…."

진이는 거기 더 있다가는 또 무슨 말을 들을지 몰라 종업원에게 고맙다고 인사를 하고 급히 나와 요시의 손을 끌고 나갔다.

"괜찮아요?"

"이제 아무렇지도 않아요. 미안해요 놀라게 해서."

"왜 그랬어요? 병원에 안 가도 되겠어요?"

"나도 모르겠어요. 전에도 비슷한 일이 한 번 있었어요. 우리 외숙모님한테 물어봐야겠어요. 외숙모님도 의사세요. 전에도 샴페인 한두 모금 맛 본 적이 있는데, 지금 생각해 보니까 그때도 이런 일이 있었던 것 같아요."

"우선 내 방으로 가서 전화해요."

요시는 방으로 올라가는 엘리베이터에서 진이가 안쓰러워 꼭 껴안고 이마에 입을 맞춘다.

"내가 진통제 돼 줄게요."

"고마워요. 지금은 아주 편해요."

방으로 들어선 진이는 또다시 기분이 이상해지는 것 같더니 어지러워지며 다시 토할 것 같았다.

"요시, 나 또 어지러워져요."

"얼굴도 아까같이 창백해졌어요. 화장실에 데려가 줄게요."

요시는 진이를 화장실로 데리고 가 토하도록 도와줬다. 토하고 난 진이는 또 감쪽같이 아무렇지도 않게 다시 편안해졌다. 진이가 일어나자 요시는 따뜻한 물수건으로 얼굴, 손 등을 닦아주며 양치질도 시키고 머리도 잘 만져줬다.

진이는 외숙모에게 전화를 했다.

"외숙모님 저예요. 뭐 좀 물어볼게 있어서요. 지난번 외삼촌 생신날 제가 샴페인 한두 모금 마시고 나서 토하고 그랬었죠? 그때 왜 그랬었어요?"

저쪽에서 카랑카랑한 외숙모님의 목소리가 들렸다.

"너는 샴페인은 안 맞는 체질이라서 그래. 어떤 성분인지는 자세히 모르지만 너한테 안 맞는 화학성분이 그 샴페인에 있기 때문에 몸에서 받아들이지를 않는 거야. 그래서 그런 증상이 생기는 거다. 너 혹시 샴페인 마셨니? 아이고 내가 너한테 그 소릴 해줬어야 하는 건데. 너는 절대로 샴페인은 마시면 안 돼. 너는 다른 화학약품에도 약하기 때문에 약도 조심해서 먹어야 돼. 복용량이 높아도 안 되고. 그래 오늘 토하고 그랬니?"

"네. 지금까지 두 번 토했어요. 그리고 어지럽기도 해요."

"네가 혈압이 보통사람들보다 낮아서 그런 거니까 그럴 때는 누워서 다리를 좀 높이 올려놔. 그러면 어지러운 거는 없어져. 너 오늘 메이데이 축제에 갔구나? 샴페인을 마셨니?"

외숙모님 음성이 원래 센 편이라서 요시에게까지도 전화 내용이 다 들릴 정도였다.

"목이 말라서 한두 모금 마셨는데 이렇게 됐어요."

"내가 학교 의무실에 전화를 해 볼 테니 거기 가서 누워 있어봐. 누우면 괜찮아질 거다."

"학교 아녜요. 제 파트너하고 나왔어요."

"그럼 어디 누울 자리가 마땅치 않겠구나? 얼른 집으로 가는 게 좋겠다. 이리로 오던지."

"여기서도 편히 있을 수 있어요."

"거기가 어딘데?"

진이는 잠시 망설이다가 말했다.

"호텔이에요."

"뭐야? 호텔에? 네 파트너라는 남자하고? 얘야, 내가 지금 당장 널 데리러 가야겠다. 왜 너답지 않은 행동을 하고 그러니? 어머니나 외삼촌이 아시는 날엔 너 큰일 난다."

"외숙모님 걱정 안 하셔도 되요. 제 파트너는 내가 전에 얘기했던 요시예요. 좀 있다 집으로 갈 거예요. 내 증상이 어떤 건지 알았으니까 나아지면 갈 거예요. 걱정하지 마세요."

"네가 일본 갔을 때 있었던 그 댁 준짱 오빠?"

"네. 그 사람이에요. 걱정 마세요. 10분이 멀다하고 자꾸 속이 올라와서 지금은 갈 수 없지만 나아지면 갈 거예요."

요시는 베개를 갖다 진이의 다리를 올리게 해줬다. 그리고 바닥에 책상다리를 하고 진이가 누운 소파 옆에 앉아 진이의 손을 잡아 자기 입에 대고 진이를 지켜봤다. 진이도 미소 지으며 서로 그렇게 바라보다가 한 손으로 요시의 한쪽 눈을 가리며 놀렸다.

"요시가 애꾸눈 해적이라면 이렇게 생겼을까? 까만 안대를 한 Pirate! One eyed Yoshi!(해적! 애꾸눈 요시!)"

그리고 요시의 귀 한 쪽을 가리고 말했다.

"반 고흐가 자화상을 그렸는데 귀가 닮지 않았다고 하여 자기 귀를 잘라 보여줬대요. 그때의 반 고흐의 얼굴이 이랬을 거예요."

진이는 또 요시의 코를 이리저리 누르며 장난을 친다.

"권투선수들이 많이 맞으면 코가 이렇게 삐뚤어진대요. 요시가 권투선수가 아니라서 다행이에요."

요시는 진이가 자기 얼굴을 갖고 놀도록 그냥 놔두고 아프지 말아주기만을 바라며 사랑스런 눈으로 바라보고만 있었다.

"요시"

"…?"

"아까 여자 종업원이 나 보고 임신했냐고 그래요. 그리고 남편이 아느냐고도 하고요."

"그래서 그렇다고 그랬어요?"

"왜~~ 또 엉터리 소리를 해요?"

"1년 후면 그렇게 될 텐데 미리 얘기하면 어때요?"

"왜 자꾸 말도 안 되는 소리를 해요? 그러면 나는 공부는 어떻게 해요?"

"애기는 내가 키우고 진이는 공부하면 어떨까요?"

"세 식구 밥벌이는 누가 하고요?"

"진이가 하죠. 진이는 어머님같이 일을 하는 게 좋다고 했으니까요. 내가 밥도 하고, 애기도 보고, 빨래도 하고….”

“내가 세 식구를 먹여 살릴 수 있을까?”

“셋이 아니고 일곱 식구는 책임져야 해요. 못 낳아도 다섯은 낳아야 하니까요.”

“요시~~ 왜 자꾸 그래요! 나는 애기 낳는 기계가 아녜요.”

“예쁜 기계니까 아기도 예쁘게 만들 거예요. 그러니까 되도록이면 많이 낳아야죠.”

“그렇구나! 내가 애기 낳는 기계로 보이는구나! 불쌍한 요시! 요시는 그동안 기계하고 키스를 했었구나~~.”

“이 세상에서 제일 성능이 우수한 기계하고 키스하는 맛도 괜찮았어요.”

“인제부터 요시하고는 절대로 키스 안 할 거예요.”

“나하고 안 하면 누구하고 할 거예요? 이 세상에서 나 말고 진이와 키스할 수 있는 사람은 아무도, 정말 한 사람도 없는데. 나밖에는 아무도 없는데 어떡하죠?”

진이는 할 말이 없어지자 요시를 두 손으로 힘차게 밀어 뒤로 넘어지게 했다. 요시는 바닥에 누워서도 우습다고 웃기만 하자 그 위로 덮치려고 하다가 다시 토할 것 같아 급히 화장실로 뛰어갔다. 그 뒤를 요시도 급히 쫓았다. 따뜻한 물수건으로 얼굴, 손을 닦아 주고, 양치질도 시키고는 번쩍 안아 다시 소파에 누이고, 다리를 베개 위로 올려줬다.

진이는 잠시 생각했다. 요시가 오늘밤 잠을 편히 잘 수 있게 하려면 외숙모가 와서 진이를 데려가면 요시가 마음을 놓을 거라는 생각이 들었다.

“지금 기분이 아주 좋아졌어요. 나 이럴 때 요시도 가서 편한 옷으로 갈아입어요.”

진이는 요시를 화장실로 보내고 외숙모에게 다시 전화를 했다.

"외숙모, 나 좀 데리러 와 주세요. 가다가 토할지도 모르니까 준비 좀 해 주세요. 요시는 내일 아침 비행기로 떠나야 할 사람이라서 빨리 쉬게 해 줘야할 것 같아요. 그래서 내가 빨리 이 방을 떠나줘야겠어요."

"그렇지 않아도 내가 데리러 간다고 할 걸 후회를 하고 있던 참인데 잘됐다. 내가 지금 가마. 외삼촌께 너는 호텔에는 가지 않았던 거다. 내가 학교에서 데리고 오는 거다. 알았니? 어머니에게도 그렇고."

"알았어요. 방으로 올라와 주세요. 고마워요. 외숙모님."

요시가 나오자 진이는 외숙모가 올 거라고 했다.

"전화 드렸어요?"

"네. 외숙모님이 걱정을 하고 계셨던 것 같아요."

"내가 데려다 주면 되는데 왜 오시게 했어요?"

"괜찮아요. 외숙모님은 차가 있으세요. 그리고 운전사도 외삼촌댁에서 사는 사람이에요. 두 분 연애하실 때부터 외삼촌이 나를 잘 데리고 다니셨기 때문에 외숙모님은 나를 동생같이, 친구같이 그렇게 생각해요. 외삼촌과는 나이 차이가 많으세요. 머리가 좋으셔서 결혼 후에 외할아버지께서 의사 공부를 시키셨어요. 그리고 내가 어렸을 적인데 한국에 파마머리가 처음 소개되었을 때 재미난 일이 있었어요. 요즘같이 약으로 하는 파마가 아니고 가느다란 숯을 이용해 열 기운으로 하는 파마였는데 외숙모님이 거금을 들여서 최초로 나를 해 주셨어요. 거울을 보니까 머리카락이 곱슬곱슬한 게 신기하더군요. 그래서 내가 장안의 구경거리가 됐었어요. 어디를 가던 '곱슬머리 인형'이 왔다고 구경을 했어요. 그러고 외숙모님은 할아버지, 할머니로부터 크게 꾸중을 들었어요. 그런 게 애한테 해로우면 어떡하라고 그런 거를 해 주느냐고요. 우리는 서로가 지켜주는 비밀도 많았어요."

"진이도 비밀이 많아요?"

"많죠. 우리 둘만 아는 비밀! 알고 싶어요? 우리 외숙모님께 잘 보이면 알려 줄지도 몰라요. 그렇지만 우리 외숙모님 그렇게 쉬운 사람 아녜요. 이따가 보면 알게 될 거예요."

"그럼 내가 그 외숙모님께 잘 보여야겠군요."

"그럼요. 아주 똑부러지게 매사가 분명하시죠."

요시는 진이를 무릎에 애기 안 듯 껴안고 진이의 따뜻한 체온을 모두 기억해 가려고 했다.

"진이! 꼭 건강해야 해요. 10월, 진이 생일에는 나오도록 할게요. IBM 과의 일이 많아져서 자주 못 나와요. 이해해 주죠?"

"이해해요. 그리고 걱정 안 해요. 왜냐하면 기요코 언니가 내 스파이거든요."

"기요코가 진이 스파이? 아~ 그랬구나! 가끔 만나자고 해서 외로운 나를 위로해 주기 위해서 그러는 줄 알고 고마워했는데 그게 스파이노릇을 하기 위한 거였구나."

"기요코 언니가 나와 약속했어요. 여자들이 가까이 못 하게 감시를 철저히 하겠다고요."

"아~ 하 이 아가씨들 조직이 대단한 걸 내가 몰랐군요. 내가 그동안 스파이로부터 감시를 받고 있는 것을 몰랐었군요."

"그런데 요새는 걱정이 돼요. 기요코 언니 자신이 연애하느라고 감시가 소홀해지면 어떡하나 해서요. 그렇다고 한눈팔면 나한테 혼날 줄 아세요. 나는 다른 스파이가 또 있어요."

"아유~ 요~ 내 사랑하는 강아지가 나를 그렇게까지 감시해야겠어요?"

"기요코 언니 요새 연애하느라 바쁘죠?"

"그런 거 같아요. 좀 더 확신이 생기면 나한테도 소개시켜 준다고 했어요."

"그래서 요즈음엔 연락을 잘 안 하는구나."

"진이, 외숙모님이 오시면 우리 헤어질 때 키스해 줄 수 없으니까. 지금 해 줄게요."

요시는 진이에게 뜨겁고도 달콤한 키스를 해 줬다.

"이거는 헤어지기 전의 키스고요…, 이거는 5개월 동안 참기 위한 키스예요."

그러면서 요시가 두 번째 키스를 하려는데 방을 두드리는 소리가 났다. 요시가 일어나려하자 진이는 요시의 목을 꼭 붙잡고 계속하라고 놓아주지를 않았다. 요시도 진이의 온몸을 힘 있게 끌어안고 불같은 키스로 진이를 뜨겁게 달구어 놓았다.

'이거는 귀신만이 할 수 있는 섬광과도 같은 불가마야!'

황홀한 진이는 몽롱하기까지 했다. 급히 진이를 바로 앉히고, 머리, 옷 등을 만져주고 문으로 가서 외숙모님을 맞았다.

"처음 뵙겠습니다. 스즈끼 요시라고 합니다."

요시가 반듯한 태도로 맞이하자 외숙모는 요시의 수려함에 놀라는 듯했다.

"이 청년 아주 미남이시네."

"외숙모, 미안해요. 하루 종일 환자 보며 피곤하실 텐데."

"24시간 환자와 지내는 게 내 직업인데 미안할 게 뭐 있니. 혈압 좀 재보자. 소매 걷어봐."

요시가 무의식중에 소매 걷는 것을 도와주려 하자 외숙모가 단호하게 밀어낸다.

"진이한테 손대지 말아요."

요시가 놀라며 무안해하자 진이는 요시에게 눈웃음을 보내며, '이런 분이라고 말했잖아요.'란 뜻으로 고갯짓을 하자 요시도 알았다는 듯이 웃었다.

"혈압은 아주 정상이구나. 가자! 요시군은 내일 아침에 떠난다고요? 편히 쉬고 무사히 떠나기 바라요. 우리 진이 때문에 실례가 많았어요."

방금 흥분의 용광로에서 막 나온 진이의 혈압이 낮을 리가 없다는 걸 외숙모가 어찌 알 수가 있었겠는가!

찬바람이 도는 외숙모는 그렇게 진이를 데리고 나갔다. 요시가 같이 나가려하자 외숙모가 말린다.

"요시 군은 여기서 헤어집시다. 나오지 말아요. 다음에 나오면 우리 식사 같이 해요."

요시가 기가 막히다는 듯이 서 있자 진이는 우스워서 요시에게 눈을 찡긋했다. 요시도 황당하다는 표정을 지으며 진이에게 눈웃음으로 답했다. 그래서 이번 만남은 외숙모의 출현으로 그렇게 우습게 헤어지게 됐다. 복도를 걸어가다가 진이가 돌아보고 한 손가락으로 한쪽 눈을 가리며 윙크하는 시늉을 하자, 요시도 윙크를 하며 손바닥에 키스를 해서는 진이 앞으로 후 불어서 보냈고, 진이는 그 키스를 두 손으로 잡는 시늉을 했다. 하는 짓이 어린애 같이 귀엽다. 덩달아 어린애 같아지며 요시도 재미있었다.

"뭐 하는 거니?"

"네? 아니, 요시가 안 들어가고 있어서 들어가라고 그랬어요."

엘리베이터 안에서 외숙모가 물었다.

"너 그 사람 좋아하니?"

"그래요 외숙모. 나 그 사람 좋아해요."

"좋아하는 선에서 그쳐라. 더는 가지 마라. 여자들이 홀딱 반하게는 생겼더라. 매너도 단정하고. 그래도 너는 안 돼.”

“왜 외숙모도 어머니와 똑같은 말을 하세요?”

“딴 사람은 몰라도 너는 절대 안 돼.”

“왜요?”

“나중에 자세히 얘기해 줄게. 내가 언제 네 편이 안 돼 준 적이 있니? 이번 일은 안 된다. 그 청년하고는 더 가까워지지 않는 게 좋다.”

외숙모 말이 너무 강경해서 우선은 조용하기로 했다. 하지만 이제는 요시 없이는 못 살 것 같았다. 그래서 어떻게 해서든 어머니 허락을 받아 내야만 했다. 외숙모 도움을 받기보다는 어머니와 직접 해결을 보기로 마음먹었다.

요시 사무실로 전화가 왔다.

“스즈끼 요시나가 씨 대단히 감사합니다. 이렇게 훌륭한 학생을 우리학교에 보내주셔서 감사합니다. 학교 성적도 우수하거니와 무엇보다도 한국 최고의 미술전에서만 모두 수상을 했군요. 우리학교 역사상 이렇게 훌륭한 경력의 학생은 없었습니다. 더 이상 볼게 없어서 본인한테 수석으로 입학되었다는 통지를 이미 보냈습니다. 우리학교의 영광입니다.”

“혹시 사무착오는 아니신죠? 제가 보증한 학생은 민진이입니다.”

“네. 저도 지금 민진이 학생에 대해서 하는 말입니다. 우리학교를 대표해서 감사말씀 전하고자 전화를 드리는 겁니다.”

요시는 믿어지지가 않았다. 그렇게도 종알종알대면서 자기의 흉, 창피했던 일들, 엉터리 짓 했던 일들만 늘어놓던 진이가 이렇게 학교가 놀랄 만한 학생이리라고는 상상도 못 했다. 요시는 어리벙벙하기만 했다. 진이 말 대로 꼴찌로라도 붙어주기만을 바라던 요시였기에 더욱더 놀랄 일이었다. 수석이

란 거는 상상도 안 했던 일이다.

'진이! 진이! 이거는 장난치고는 너무 심한 장난 아녜요? 어떻게 이렇게도 심한 장난으로 나를 놀라게 할 수가 있어요? 내 사랑 진이! 예쁘고 예쁜 나의 요정! 나를 쥐었다, 놨다 하는 나의 사랑하는 진이!'

요시는 수화기를 급히 들어 진이에게 전화를 하려다가 내려놓았다. 시계를 보니 거의 점심시간이 다 되었다. 사무실을 나와 백화점으로 간 요시는 발걸음이 가벼웠다. 새털과도 같이 가벼웠다. 여기저기를 둘러봐도 마음에 쏙 들어오는 것이 안 보였다. 무언가 더 좋은 게 있어야 하는데 못 찾겠다. 몇 바퀴를 둘러봤을까? 한 진열장 속에 화려한 꽃무늬가 가득한 스카프가 눈에 들어왔다. 교토 실크로 만든 스카프는 마치 한 아름의 꽃다발과도 같았다.

요시는 스카프를 축하꽃다발 대신 진이에게 보내기로 했다. 그날 하루가 이다지도 즐거울 수가 없었다. 마치 발에 스프링이라도 달린 듯 경쾌했다. 진이가 더욱 그리워졌다. 안아주고 싶어 더욱더 그리웠다. 요시는 스카프를 보내며 간단히 편지를 썼다.

내가 아끼고, 사랑하는 엉터리 장난꾸러기 진이!
이 스카프를 내 꽃다발 대신 받아주세요.
수석입학을 축하해요.
우리의 신혼집은 진이 학교 근처로 정하겠습니다. 기요코에게 도움을 청하렵니다. 진이의 건강만을 바라며,

진이가 그리운 요시로부터

날씨가 따뜻해지면서 늦봄을 타는 것일까. 진이는 피곤해서 병이 나지 않게 하기 위해 일찍 집으로 와 쉬기로 했다. 가방을 아무렇게나 책상 위에 던지고 침대로 가려는데 책상 위에서 작은 상자 하나가 방바닥으로 떨어졌다. 돌아서서 집어보니 요시에게서 온 소포였다. 미칠 듯이 좋았다. 상자를 안고 침대로 가 뒹굴며, '요시한테서 왔어. 요시가 보냈어.'하며 요시가 썼을 모습을 생각하며 글자 하나하나를 손으로 쓰다듬었다.

'잘도 생긴 요시의 필체, 이 글씨들!'

한참을 그렇게 안고 있다가 진이는 일어나 상자를 열어보고는 눈물이 글썽거렸다. 요시의 편지를 채 읽어보기도 전에 글씨만 보고도 감격해서 눈물이 핑 돈 것이다. 요시가 만졌을 편지지에서 요시의 체온을 느끼며, 요시의 향기를 맡으며 한 줄, 한 줄 읽어 내려갔다. 또 읽어본다. 편지를 서랍 깊은 곳에 넣고 침대로 돌아와 실크 스카프에 얼굴을 묻고 숨을 깊게 들이마시며 요시의 사랑을 온 몸으로 받으며 그렇게 잠이 들었다.

진이와 요시는 오로지 합칠 날 만을 기대하며 정신없이 앞만 보고 열심히 달리고 있었다. 그리움을 삼켜가며….

진이가 미치도록 보고 싶어지면 요시는 차를 몰고 나가 질주를 하든가, 야구 배팅 연습장이나, 골프 연습장에 가서 기운이 다할 때까지 휘두르며 그리움을 달랬다.

진이 역시 요시가 그리울 때는 요시와 같이 앉았던 학교 벤치에 앉아 음악을 듣다 오기도 하고 집에 있을 때는 요시가 녹음해 준 진이의 코고는 소리를 듣기도 하며 보냈다.

진이는 요시에게 편지도 하지만 요시는 진이가 불편해 하는 걸 알기 때문에 편지도 마음 놓고 못 했다.

진이는 아직도 어머니가 왜 '요시를 좋아하는 그 이상은 안 된다.'고 하는 지는 알아내지 못했으나 이제 그런 거는 상관 안 하기로 했다. 알고 싶지도 않다. 한 가지 분명한 거는 요시 없이는 절대로 살아 갈 수 없다는 것뿐이다. 진이는 어머니와 좋은 마음으로 허락을 받아낼 수 있다고 자신했다.

한국에서의 일을 마치고 일본으로 돌아온 요시는 도쿄로 거처를 옮긴 후부터 생각지도 않은 수난을 받게 됐다. 요시를 좋아하는 여자들이 오다와라 집에 있을 때는 접근하기가 어려웠으나 혼자 살게 되자 아파트까지 쫓아오거나 퇴근길을 지키고 있다가 만나 줄 것을 원하는 등 여간 귀찮게 하는 것이 아니었다. 어느 날 퇴근 후 회사 주차장에서 차문을 열려는데 갑자기 손이 뜨거워지며 몹시 아파, 뒤를 보니 한 여자가 요시에게 황산을 뿌리고 있질 않겠는가! 위험을 느낀 요시는 급히 관리실로 피했다. 그 후부터 IBM 건물에는 신분이 확실치 않고는 들어올 수 없는 카드패스 시스템을 장치했다.

10월 마지막 주, 서울로 떠나기 전 오다와라로 가던 중, 한 젊은 여자가 몰던 차가 갑자기 요시의 차로 달려들어 크게 사고가 났다. 장시간의 수술이 끝난 요시는 다음날 정신이 들자 곧 기요코에게 전화를 했다.

"기요코, 내가 사고가 나서 진이한테 갈 수 없게 됐어요. 미안하지만 진이에게 전화를 대신 해 줬으면 좋겠어요. 내가 다쳤다고는 하지 말아주세요. 일 때문에 못 간다고만 해 주세요."

"뭐라고요?! 많이 다쳤어요? 거기가 어느 병원이에요? 내가 지금 갈게요."

"올 필요 없어요, 진이한테 연락만 좀 해 주세요."

"무슨 소리예요? 가 봐야죠. 내가 병문안도 안 간 걸 알면 나중에 진이가 나를 얼마나 원망하겠어요? 진이에게는 지금 전화할게요. 입원실 번호가 어떻게 되죠?"

진이와 통화한 후 기요코는 곧 병원으로 향했다.

"아유~! 생각보다 많이 다쳤군요? 얼굴에 흉 지면 어떡해요?"

"상처는 여러 군데 났지만 괜찮다는군요."

요시는 진이와 통화했는지부터 물었다.

"했는데, 요시가 바빠서 진이한테 갈 수가 없겠다고 하자 실망하는 듯 했어요. 내가 다음 달쯤에 가려 했었는데 요시를 대신할 겸 앞당겨 갈까 해요."

"내 대신 그래주면 고맙겠어요. 비행기 표는 내가 준비해 놓겠어요."

"그럴 필요 없어요. 어차피 내가 가려던 거였으니까요. 진이한테 뭐 전할 거는 없어요?"

"있어요. 내 아파트에 가면 포장해 놓은 작은 상자가 있는데 그것 좀 전해 주세요. 아파트 열쇠는 저기 옷장에 걸린 내 윗옷 안주머니에 있어요. 귀찮은 일을 부탁해서 미안해요."

"내 동생 남편 될 사람인데 이 정도도 못 해 주겠어요? 다리가 부러졌다면 심각한 부상일 텐데 의사가 뭐라고 해요?"

"뼈가 자리를 잡을 때까지는 시간이 걸리기는 해도 정상으로 돌아올 거라고 해요."

"이만하길 다행이지 큰일 날 뻔했군요. 운전 경험 많은 사람이 어쩌다 이렇게 됐어요?"

"차들도 별로 없었는데 오른쪽에서 차가 갑자기 들어오기에 피하면서 정신을 잃었어요."

“이만하길 천만 다행이에요.”

“기요코, 데이트는 잘 되 가고 있죠? 진이가 많이 궁금해 했어요.”

“이번에 한국엘 같이 가기로 했었는데 한국으로 보낸 제품에 문제가 생겨서 비상인가 봐요. 사귀어 볼수록 사람이 진실해서 정이 가는 사람이에요. 같이 있으면 마음이 편해요.”

“그게 제일 중요한 거 아니겠어요? 평생을 같이 할 사람인데 마음이 편해야죠.”

“요시도 진이를 편하게 해 주는지 모르겠네요?”

“글쎄요. 나는 진이하고 있으면 마음이 아주 편한데….”

“진이는 누구한테나 편하게 해 주죠. 그것도 타고나는 것 같아요. 나도 진이하고 있으면 편하고, 즐겁고 그래요.”

집으로 돌아가는 차 안에서 기요코는 진이 생각을 했다. 진이가 동생이라는 것이 흐뭇하고 뿌듯하다. 진이가 요시와 한 쌍이 되는 것도 기요코를 기쁘게 해줬다. 머지않아 기요코도 강태환과 결혼을 한다면, 넷이서 자주 같이 할 그림도 그려봤다.

요시가 사고가 난 다음날 신문에 요시의 교통사고에 관한 기사가 났다. 상대방 여자의 차가 낭떠러지로 떨어져 병원으로 옮기는 도중에 숨졌다고 했다. 그리고 그 옆의 자그마한 사진을 보는 순간 준짱은 가슴이 철렁했다. 요시의 대학 1년 후배로 요시를 오랫동안 짝사랑했던 거로 알고 있는 여자의 사진이었다. 요시 대신 준짱이 몇 번 만나 준 적이 있었고, 요시가 전혀 관심이 없어하자, 오빠를 잊으라고 좋게 말을 해 주었던 바로 그 여자다. 더욱 놀라운 것은 그 여자가 이루지 못할 사랑을 비관하며 쓴 글도 사진 옆에 나와 있는 거였다. 그동안 오빠를 계속 못 잊고 있다가 쫓아와 그런 일을 저지른 건가 하는 생각이 들자 준짱은 등골이 오싹해졌다. 오빠는 눈길 한번 주지도 않았는데 아직까지도 집착했던 걸까?

요시는 병원 침대에서도 회사 일과 자기 일을 하느라 바삐 보내고 있었다.

한편, 한국에 도착한 기요코는 도착하자마자 진이에게 전화를 했다.

"진이 뭐하니? 나 왔다."

"언니! 어떻게 갑자기?"

"너 보고 싶어서 왔지! 내일 뭐하니?"

"내일은 집에 친구들이 와서 점심을 같이 하기로 했어요."

"내일이 네 생일이지? 요시가 못 오게 돼서 내가 대신 왔단다."

"요시가 언니 보고 대신 가라고 그랬어요? 정말 그랬어요?"

"그래, 요시가 부탁했어. 그래서 내가 기꺼이 오겠다고 했지. 나도 네가 보고 싶었으니까."

"고마워요. 언니! 내일 저녁엔 바쁘세요? 바쁘지 않으면 우리 집에서 같이 저녁 해요."

"그래 내일 만나자. 나 선생님께 안부 좀 전해드리고. 그런데 저녁은 우리 밖에서 먹자. 나도 네 생일을 축하해 줘야 요시한테 가서도 할 말이 있지."

"요시는 잘 있는 거죠? 요시가 정말 언니보고 대신 가라고 했어요?"

"그럼, 잘 있고말고. 단지 바빠서 그렇지. 내가 누구냐? 망원경을 갖고 요시를 감시하는 사람 아니냐? 그럼 내일 보자. 대신 왔으니까 임무대행을 철저히 해야지."

전화를 끊고 난 진이는 기분이 좋았다. 너무나도 좋았다. 요시가 기요코를 대신 보냈다는 말이 그렇게도 듣기 좋을 수가 없었다.

다음날 진이는 기요코와 저녁을 같이하기 위해 마주앉았다.

"한국 음식이 처음 먹어봤을 때는 양념이 강한 것 같았었는데 계속 먹어보니까 그것도 중독이 되는 것 같더라. 그 맛이 자꾸 그리워지는 거 있지? 그래서 나 일본으로 돌아간 후에도 한국 음식점 자주 갔었어. 요시하고 만날 때는 한국식당에 잘 가. 한국사람과 결혼할 거니까 한국 음식에 익숙해야 한다고 하며 데려가면 요시도 좋아해. 요시한테 편지 좀 자주 해줘라. 볼수록 믿음이 가는 사람이더라. 너를 가슴속 깊이 아끼고 사랑하는 사람이야."

"나도 알아요. 그래서 나도 그 사람에게 모든 사랑을 주고 싶어요. 그런데 언니 만나는 분은 어떤 분이에요?"

"그 사람, 겉으로 보기에는 순박한 인상이지만 머리는 명석한 그런 사람이랄까? 말은 잘 안 해도 머리회전은 늘 하고 있는 그런 사람 있잖아. 요시도 그런 사람이고. 요시는 세련됐고, 이 사람은 조금 그렇지 못한 것뿐이지 요시와 비슷한 데가 많은 것 같아."

"언니가 빠리쟌느인데 그분 세련되게 만드는 거는 시간문제죠. 언니 손이 가면 금방 영국신사로 만들어 놓을 텐데요 뭐. 나이 차이는 어떻게 되세요?"

"일에 열중하느라고 혼기를 놓친 것 같아. 노총각이야. 나보다 6년 위야. 그런데 사람이 순수해서 그런지 나이 차이를 잘 모르겠어."

"그렇게 차이가 있으면 언니를 많이 위해 주겠네요."

"응. 그래서 그 사람하고 있으면 마음이 편안해. 믿음직스럽고."

"아저씨께서 좋아하시겠네요."

"아주 만족해 하셔. 내가 이준기 씨와 되지 않아서 상당히 실망을 하고 계셨었거든. 이준기 씨는 이미 마음속에 한 여자가 있는 것 같아서 내가 포기를 한 셈이지. 그분 미국으로 가게 될 거라고 했는데 갔는지 모르겠구나."

"아직 안 가셨나 봐요. 미국으로 가셨다는 얘기 못 들었어요. 그분이야말로 최고의 신랑감인데 결혼할 생각이 아직 없으신가 봐요. 우리 어머니가 홀륭한 여자들을 소개하려고 해도 본인이 아직은 생각이 없다고 하신데요."

"내가 장담컨대 그분은 마음속 깊이 간직하고 있는 누군가 있어. 확실해! 그리고 이거 요시가 너한테 전해 달라고 했어. 집에 가서 풀어봐."

그동안 밀렸던 이야기를 모두 쏟아내고 둘이는 헤어졌다.

"어머니 저 왔어요. 기요코 언니와 저녁 먹고 이야기 좀 하다 왔어요. 언니는 아마 지금 만나는 사람과 결혼할 것 같아요. 요시와 비슷한 점이 많은 사람이라고 그래요."

"그래? 잘 됐구나. 요시와 비슷하다면 최고의 신랑감을 만났구나. 구 사장님이 좋아하시겠다. 이제는 그분도 두 다리 뻗고 주무실 수 있게 됐구나. 손에 든 건 뭐냐?"

"요시가 보낸 내 생일 선물이에요."

"요시 군이 왜 네 생일 선물을 보내?"

"요시가 나 좋아해요. 나도 요시 좋아하고요. 어머니도 요시를 좋아하잖아요?"

"내가 요시를 좋아하는 것 하고, 네가 요시를 좋아하는 거는 다르다. 지난번에도 말했지? 좋아하는 그 이상은 안 된다고!"

"우리가 서로 사랑한다면, 어떻게 되나요?"

"서로 다친다! 그 얘기는 그만하자. 나는 분명히 경고했다. 상처 입는 일 없도록 해라."

어머니가 또 강경하게 나오자 오늘도 이 정도로 하기로 한 진이는 화제를 바꾸었다.

"이 선생님이 미국으로 가게 될 거라고 기요코 언니한테 그랬데요. 아주머니한테서 그런 얘기 못 들으셨어요?"

"미국으로 가게 됐다고 그래? 미국으로 발령 받기 위해 열심히 일을 한다는 얘기는 들었어도 가게 됐다는 말은 아직 못 들었는데. 대단한 젊은이야. 우리 현준이도 그렇게 자라줬으면 좋겠구나."

"현준이도 결코 어머니 실망시키지 않을 거예요. 두고 보세요."

"너의 언니는 그렇게 어려운 공부를 하고 결혼은 생각도 안 하니 너라도 내년 봄에 졸업하는 대로 좋은 사람을 만났으면 좋겠다. 네가 미국으로 유학을 가고 싶다면 정 사장 아들도 괜찮은데. 고등학교 때 잠깐 탈선은 했었어도 집안도 반듯하고 지금은 착실히 제 앞 가름하고 있잖니? 모르는 데로 가는 것보다 집안을 속속들이 잘 아는 데로 가는 것이 믿을 만하지. 더욱이 그 애가 너를 못 잊어 한다는데."

"봄에 결혼하러 들어온다고 하더니 안 하고 갔나요?"

"색싯감을 여럿 보였는데 이렇다 저렇다 말도 없이 공부나 더 하겠다고 하며 그냥 떠났다고 하더라. 그렇게 너를 사랑해 주는 사람한테 가는 게 좋은 법이란다."

"그 오빠는 나한테는 그냥 아는 오빠일 뿐이에요."

방으로 들어온 진이는 요시의 선물을 열어봤다. 뚜껑을 열어보니 작은 쪽지가 보였다.

'나의 하트를 진이에게. 생일 축하해요.'

쪽지를 들어보니 새카만 벨벳 위에 다이아몬드가 조르륵 박힌 하트 모양의 브로치가 눈부시게 화려했다. 진이는 요시의 정성어린 마음에 눈물이 핑 돌았다. 책상 서랍에서 편지지를 꺼낸 진이는 편지를 썼다.

　　보고 싶고, 또 보고 싶은 나만의 요시에게
　　기요코 언니와 저녁 같이하고 들어와서 요시의 선물 풀어봤어요.
요시의 정성어린 마음에 감동되어 울 뻔했어요. 아니. 눈물이 났어요.
요시의 하트를 나의 하트 위의 윗옷에 할 거예요. 그리고 나의 하트는
구름에 실어 요시에게 보내겠어요. 도쿄 하늘의 구름을 살펴보세요.
거기에 나의 하트가 있을 거예요.
　　기쁜 소식: 국전에 출품했던 작품 2점은 입선. 하나는 또 특선. 이
번 특선 작품은 요시에게 선물할 거예요. 그동안 나는 받기만 했으니
까요. 또 대한민국 상업미술전에 출품했었는데 뜻하지 않게 내가 특
상을 받게 됐다는군요. 프레스센터에서 있을 시상식에 참석하라는 연
락을 오늘 아침에 받았어요. 요시의 칭찬이 받고 싶은데…. 오늘밤 꿈
에서는 요시가 해 주는 달콤한 상을 받아내고 말 거예요.
　　(PS. 선물 너무나 고마워요.)
　　　　　　　　　　　　나의 생일날, 요시의 사랑을 받고 있는 진이

　　국전에서 갖고 온 작품 중 특선작품은 요시를 위해 정성껏 포장해서 침대
밑 이준기에게 줄 결혼 선물과 나란히 넣어뒀다. 작품 하나는 재벌회사 사장
실에서 갖고 갔다. 나머지 하나는 어머니가 좋다고 해서 방에 갔다 놨다. 이
제 진이는 졸업 작품만 잘 해내면 된다.

　　요시의 우편물을 병실로 날라주던 요시의 누님은 진이로부터 거의 매일

오다시피 하는 편지를 보게 됐다.

"진이가 무슨 일로 너한테 매일 편지를 보내니?"

"대학원을 M 미술대학에서 하기로 했어요. 내가 보증인으로 돼 있어서요."

"바른대로 말해 봐. 너희들 보통 사이 아니지?"

요시는 아무 말 없이 회사 서류들만 들쳐보고 있다. 누님은 다그쳐 또 물었다.

"그렇지?"

요시는 누님을 바라보지도 않고 말했다.

"누님만 알고 계세요."

"얘들이! 얘들이! 그동안 그렇게 예쁜 짓들을 해 왔었구나. 나는 감쪽같이 몰랐네. 아유~ 이 이쁜 것! 너의 매형과 나는 네가 진이 같은 아가씨를 만나기를 얼마나 바랐는지 아니? 나만 알고 있기에는 너무나 기쁜 소식이다. 부모님께도 알리자. 어머니도 진이를 얼마나 좋아하시는데. 진이가 한국사람이라는 게 뭐 어떻다는 거냐고까지 하셨어. 아버지는 뭐 네가 하는 것은 모두다 신통해 하시고."

누님이 집에 전화를 하려고 한다.

"누님 안 돼요. 하지 마세요. 그냥 누님만 알고 계세요. 좀 기다려야 할 일이 있어요."

"그게 뭔데?"

"우리 결혼하기로 했어요. 그런데 진이가 아직 어머님 허락을 못 받았어요. 그때까지는 기다려줘야 해요. 진이가 그러기를 원해요."

"아유~ 세상에! 그랬구나! 결혼생각까지 하게끔 진전이 있었구나! 요시야, 네가 세상에 태어나서 제일 잘한 행동 같구나. 아이고 신통한 내 동생!"

누님은 요시를 안아주며 좋아서 어쩔 줄 몰라했다.

누님이 입원실을 떠난 후 요시는 진이의 편지들을 날짜순대로 읽었다. 편지를 읽는 중간중간 요시는 눈을 감고 쉬면서 진이가 지내고 있을 모습을 그려봤다. 그립다. 진이가 그립다. 창밖 구름 위에 있을 진이의 하트를 찾아봤다.

그리운 나의 요시

대답 없는 요시에게 편지를 보내는 것이 갑자기 너무나 서글픈 생각이 들어요. 매사에 의욕이 없어요. 아무것도 하고 싶은 게 없어요. 어머니의 꾸중을 들어도 요시의 편지를 받아보고 싶어요. 사랑해요. 보고 싶어요. 너무너무 보고 싶어요.

요시가 너무나 보고 싶어서 울고 싶은 진이

진이의 편지를 읽은 요시는 곧 진이에게 답장을 쓰기로 하다가 그 전에 의사에게 전화를 해 여행 가능성을 물어봤다. 비행기 여행은 무리라고 하자 곧 기요코에게 전화를 해서 진이를 크리스마스 때 일본으로 불러달라고 부탁했다. 항공사에 전화를 해 진이의 왕복표를 기요코 집으로 보내줄 것을 부탁했다. 그리고 진이에게 편지를 썼다.

나의 사랑하는 바보 보세요.

나도 나의 울보아기가 몹시 보고 싶어요. 크리스마스 때 나에게로 와주세요. 기요코가 초청하는 형식으로 했어요. 기요코로부터 연락이 갈 거예요. 만날 때 진이의 건강한 모습 보고 싶어요.

나의 울보아기 만날 날을 기다리며, 사랑하는 요시가

크리스마스 선물

1964년 12월 24일 기요코와 애인 강태환, 그리고 진이는 하네다 공항에서 긴자의 한 한국 음식점으로 향했다. 요시가 아직 운전을 할 수가 없어서 강태환과 기요코가 진이를 공항에서 데려오는 거였다. 기요코는 요시가 바빠서 못 나오고 식당에서 기다릴 거라고만 했다.

차 안에서 진이와 강태환은 처음으로 서로 인사를 나누었다.

식당에 들어서니 오른쪽 아늑한 자리에서 요시가 손을 들어 자리를 알렸다. 약간 홀리는 듯한 요시의 늘 짓는 미소를 보자 진이는 심장이 멎는 듯하더니 마구 뛰기 시작했다. 그때부터 진이는 요시 외에는 아무도 안 보였다. 걸어 들어가 요시 옆에 앉아서도 요시만 봤다. 요시도 미소를 머금고 진이 얼굴만 들여다보았다.

"또. 또. 그런다. 테이블 매너를 잊었나?"하고 기요코가 말했다.

요시가 테이블을 향해 몸을 돌려 기요코와 강태환을 바라보며, 한 팔로는 진이의 어깨를 안아줬다. 진이도 테이블 쪽으로 몸을 돌리며 말했다.

"언니! 우리 7개월 만에 만났어요. 나는 요시가 나를 완전히 잊은 줄 알았어요. 언니는 7일도 떨어져 본 적이 없으니까 우리를 이해 못 할 거예요."

"7개월이나 됐어? 어떻게 그렇게까지 못 만났어?"하고 기요코가 놀린다.

"참! 진이 국전에서 특선한 거 축하해요."

요시는 화제를 바꿨다.

"진이 씨 국전에서 특선하셨어요? 아니 그게 정말이에요? 실력이 정말 대단하시네요!"

강태환은 신기하다는 눈으로 진이를 보았다. 그냥 아름다운 아가씨로만 봤는데 그렇게 대단하리라고는 생각을 못 했다.

"말씀 낮춰주세요. 실력이 있는지는 모르겠는데, 하나는 특선이라고는 하네요."

"다른 두 작품도 모두 입선이라고 하지 않았어요?"

요시가 한마디 더 했다.

"야~ 이거 대 작가를 몰라봤군요. 입선하기도 어려운데 국전에서 두 작품이나 입선이고, 또 특선까지라면 대단하세요."

강태환은 진이를 다시 보게 됐다. 이 아가씨가 보기보다는 대단한 아가씨라고 생각하며 벙벙한 표정으로 진이를 바라보고만 있었다.

"국전이 그렇게 대단한 건가요?"하고 기요코가 물었다.

기요코도, 요시도 사실 국전이 어떤 건지는 잘 몰랐다.

"대단하다마다요. 대한민국에서 제일 권위 있는 전시죠. 기라성 같은 실력 있는 작가들도 줄줄이 떨어지기 일쑤인데 학생 신분으로 입선, 특선을 다 했다는 건 정말 대단한 거예요. 진이 씨를 그냥 예쁜 아가씨로만 알았는데 어디에 그런 재주가 있으세요?"하고 강태환이 물었다.

"우리 진이가 그렇게 대단한 데 붙은 거예요? 너는 왜 그런 소리를 통 안 했었니? 요게 그러고 보니까 보통내기가 아니었구나!"하고 기요코가 감탄했다.

요시는 강태환을 이해한다. 요시도 진이를 사랑스럽고, 아름다운 한 여자로만 봤었기에 M 대학에서의 전화를 받고 그렇게 놀랐던 것이다. 강태환이 진이의 진가를 알아주는 것 같아 진이를 바라보는 요시는 마음이 그렇게도 자랑스럽고, 흐뭇할 수가 없었다.

"진이는 오늘 우리 집에서 자는 게 어떨까요?"하고 기요코가 요시에게 물었다.

"누님이 진이를 데리고 오라고 하셔서 호텔 예약을 취소했어요."

"누님요?"

진이는 눈을 크게 뜨고 요시를 보며 물었다. 누님이 둘 사이를 아느냐는 뜻이다. 요시는 고개를 끄덕이며 안다고 답했다.

"요시도 요즈음 누님 댁에 있으니까 여러 모로 편하죠?"하고 기요코가 묻는다.

"요시가 누님 댁에 있어요? 언제부터요?"하고 진이가 요시에게 물었다.

"얼마 안 됐어요. 임시로 있는 거예요."

"왜요?"

"나중에 내가 얘기해 줄게요."

진이는 혼자 생각한다. 요시가 누님 댁에 있다는 사실, 식당에서 요시가 앉은 채로 손만 들었던 일, 바쁘다고 비행장에 나오지 않았던 일. 무언가 느낌이 이상했다. 요시에게 무슨 일이라도 있었던 건 아닌지? 의심이 가기 시작한 진이는 요시를 찬찬히 살펴보기 시작했다. 별다른 변화가 보이지 않았다. 말끔하게 정장을 한 요시는 멋있기만 했다. 강태환은 진이가 무언가 눈치 채고 있다는 걸 알게 됐지만 모른 척해 주기로 했다. 기요코는 진이가 알게 되는 거는 시간문제라고 생각되자, 어떻게 얘기를 해 줄까 하고 궁리하기 시작했다. 요시는 요시대로 진이가 바라보는 눈길로 보아 무언가 눈치 채고 있다고 생각이 들자, 모든 이야기를 먼저 하기로 했다.

"진이, 놀라지는 말고 내 얘기 들어봐요. 내가 좀 다쳤어요. 그래서 지금은 좀 불편해요. 하지만 곧 괜찮아진다고 의사가 그랬어요. 차 사고가 났었는데 오른쪽 다리만 다쳐서 지금은 걷기가 불편하지만 곧 낳을 거예요."

"생각보다 상당히 빠른 속도로 회복되고 있으니까 진이 씨 너무 걱정 마세요. 나아지기만 하면 정상으로 걷게 된다고 했어요. 나도 의사와 이야기했었어요."하고 강태환이 거들었다.

"그래 나도 따로 담당의사 만나서 얘기 들어보고 안심했어. 어마! 애 좀 봐! 너 지금 우는 거니? 다 괜찮아진다는 데 울긴 왜 울어? 바보같이."하고 기요코가 나무랐다.

진이가 아무 말 없이 눈물을 뚝뚝 떨어뜨리고 있자 기요코는 당황했다. 기요코뿐만이 아니라 요시도, 강태환도 안쓰러워 어쩔 줄 몰랐다. 요시는 얼른 손수건을 꺼내서 진이 손에 쥐어줬다. 눈물을 닦으며 진이가 말했다.

"미안해요. 울 생각은 전혀 없었는데 눈물이 그냥 떨어졌어요. 미안해요, 바보같이 울어서. 다 괜찮아진다는 데 왜 우는지 나도 모르겠어요."

"왜 우는지도 모르고 그렇게 구슬 같은 눈물을 뚝뚝 떨어뜨렸니? 아하하하… 하여간에 너는 재밌는 애야."

기요코가 분위기를 바꾸려고 한 말이다.

진이는 민망해서 웃고, 요시도 웃으며 사랑스런 눈길로 진이를 바라봤다. 행복감에 도취된 요시는 마음이 뿌듯하다.

"아~ 정말 부럽습니다. 기요코도 내가 다치면 저렇게 진이 씨같이 울어 줄 건가요?"

모두들 웃으며 자리에서 일어났다. 요시가 계산을 끝낸 후 종업원이 요시의 클러치를 갖다 줬다. 요시의 팔을 끼고 옆으로 바짝 붙어서 걸으며 진이는, "아파요?"하고 물었다.

"안 아파요. 진통제가 옆에 있는데 아플 리가 있어요?"

진이로부터 오는 따듯한 열기는 그동안 외로웠던 요시를 포근하게 해 주었다.

누님 집에 도착하자 누님 내외는 진이를 반갑게 맞아 주었다.

"두 분 오랜만에 뵙겠습니다. 제가 이렇게 와서 신세를 져도 되는지 모르겠습니다."

"무슨 말을 그렇게 해요? 우리는 진이가 와 줘서 얼마나 고마운지 모르는데. 요시가 이런 모습이라 놀랐죠?"

"네. 약간…."

"어린애같이 눈물을 뚝뚝 떨어뜨리며 울더니 지금은 약간이라고 그래요?"

"요시~~!"

진이는 창피해서 요시를 흘겨보며 화난 얼굴을 했다. 고이즈미 씨가 얼른 화제를 바꾸었다.

"진이 상 일본어를 아주 잘하는군요."

"감사합니다."

"여러 모로 오기가 어려운 형편이었던 거로 알고 있는데 그래도 와 줘서 고마워요."

"네. 기요코 언니가 불러주는 거로 해서 왔어요. 제가 부족해서 아직도 요시를 불편하게 해 주고 있어요."

"그렇게 생각하지 말아요. 요시도 다 이해하고 있어요."

누님이 진이를 위로했다.

"너무 조급하게 생각하지 말아요. 다 잘 될 거예요. 듣자하니 M 미대에 수석입학이라고 하던데, 진이 양이 그렇게 재주꾼인 줄 몰랐습니다. 진심으로 축하합니다."하고 고이즈미 씨가 말했다.

"감사합니다."

"내가 지금 진이 묵을 방을 보여줄게요. 이층이에요."하고 누님이 안내했다.

요시는 자기가 쓰는 방으로 가 편한 옷으로 갈아입고 진이에게 보여줄 사진을 들고 나왔다.

먼저 내려온 누님이 요시에게 말했다.

"진이 양이 옷 갈아입고 내려올 거야. 그럼 너희들끼리 얘기해라. 우리는 오늘 은행 파티에 갈 준비 좀 해야 되니까."

요시는 응접실 소파에 조심스럽게 앉아서 진이를 기다렸다. 진이가 내려오자 요시는 팔을 벌리고 진이를 안아주려고 했지만 진이는 토라진 듯 건너편 소파로 가 앉았다.

"요시 보기 싫어 죽겠어. 사람들 앞에서 나 망신만 시키고."

"그게 왜 망신이에요? 나는 얼마나 자랑스러웠는데요. 진이 우는 모습이 얼마나 순수하고 예뻐 보였는지 알아요?"

진이는 할 말을 잃고 그냥 요시를 흘겨보고 앉아있었다.

"진이가 창피했다면 내가 사과할게요. 진이 말 대로 7개월 만에 만났는데 이렇게 떨어져 앉아서 바라보고만 있을 순 없잖아요? 내가 진이한테 보여줄 사진들도 있어요."

"무슨 사진요?"

"덕수궁과 안면도에서 찍은 사진들이에요."

진이는 일어나 요시 옆으로 가 앉았다.

"사진 보여주기 전에 내가 진이한테 줄게 있어요."

"뭔데요?"

요시는 진이의 얼굴을 두 손으로 감싸고 서서히 당기어 입술을 댔다. 오랜만에 정말 오랜만에 두 사람은 깊고도 달콤한 키스를 했다. 눈을 감고 요시의 두 손 안에 있는 진이의 얼굴은 마치 천사와도 같아 보였다.

"국전에 특선해서 주는 상이에요."

"상업미술전에서는 특상을 했는데…."

"아! 그게 또 있었죠? 나중에 해 줄까요? 키스하다 밤샐 수는 없으니까요."

"또 엉터리 같은 소리…."

"나는 진이가 얼마나 자랑스러운지 몰라요. 나의 사랑하는 진이가 이렇게 훌륭한 사람이라는 거를 온 세상 사람들한테 알리고 싶어요."

"나는 요시한테만 잘 보이고 싶은데."

"내 강아지는 언제나 이렇게 예쁜 소리만 하는군요. 여기 사진들을 봐요."

사진들을 하나하나 같이 보면서 그때를 회상하며 이야기는 끝이 없었다. 너무나 피곤한 진이는 이야기를 하다가 잠들어 버리고, 진이를 안아 옮길 수 없는 요시는 진이를 그대로 무릎에 재우기로하고 자기도 소파에 기대어 잠이 들었다. 파티에서 늦게 돌아온 누님이 둘이서 자는 모습을 보고는 이불을 갖고 와 덮어주었다.

'사랑스러운 것들!'

고이즈미 씨는 약속이 있어 일찍 나갔고, 음식준비를 위해 누님도 새벽장을 보려고 나갔다. 모두들 진이와 요시가 깰까봐 살금살금 소리 없이 나갔다. 깊은 잠에서 깬 진이는 진이 방 침대에 있어야할 자신이 누군가의 무릎을 베고 있는 것 같아서 잠깐 기억을 더듬어 보았다. 어제 일본으로 왔던 일부터 요시와 사진을 보며 이야기하던 때까지 생각이 나며, 지금 베고 있는 이 무릎은 요시의 무릎일 거라는 데까지 생각이 미쳤다. 조용히 얼굴을 돌려 무릎 주인의 얼굴을 올려다보니 요시는 벌써 깨서 잠자는 진이를 내려다보고 있었다.

"잠꾸러기 일어났어요?

"지금 몇 시예요?"

"일곱 시예요."

"그것밖에 안 됐어요?"

"그것밖에라니!?"

"아니, 내 말은 오늘은 휴일이잖아요? 휴일은 늦게 일어나는 날이잖아요?"

"진이 달력에는 그렇게 써 있어요? 매형과 누님은 벌써 볼일 보러 나가셨어요."

진이는 벌떡 일어나며 요시에게 말했다.

"아니! 나 좀 깨우지 그랬어요?"

진이가 일어나자마자 부엌 쪽으로 가자 요시는, "어디 가요?" 하고 묻는다.

"부엌요. 요시 아침 먹어야 되잖아요? 누님이 안 계시다고 했잖아요?"

"이리와 앉아 봐요. 밤새도록 내 무릎을 뺐으면 사용료를 내야죠."

진이가 옆으로 가 앉자 요시는 진이 이마에 키스를 해 주었다. 진이는 그렇게도 하고 싶었던 매력적인 요시의 허리를 두 팔로 감아 안았다. 요시의 옷 속으로 무엇인가가 만져지자, 불길한 생각에 진이는 급히 요시의 셔츠 단추를 열어젖히려는데 당황한 요시가 재빠르게 진이의 두 손을 잡고 못 하게 했다. 진이는 막무가내로 손을 뿌리치고 셔츠를 열어 젖혔다. 아니나 다를까, 가슴에 붕대를 감고 있질 않은가!

"이거 뭐예요? 왜 이래요? 왜 이러냐고요? 요시가 이러면 나는 자꾸 나쁜 쪽으로만 생각을 하게 되요. 내가 가슴이 조여서 못 살겠어요. 무슨 일이 있었는지 제발 얘기 좀 해 줘요."

넓은 붕대로 칭칭 감겨져 있는 요시를 본 순간 진이는 벌써 눈물이 핑 돌았고, 이미 한 쪽 뺨으로 한 줄기 눈물이 주르르 흘러내리고 있었다.

"진이, 또 울고 있어요? 그래서 진이 마음 상할까봐 감추려고 했던 거예요. 정말로 걱정할 일 아녜요. 내가 모두 얘기해 줄 테니 울음 그쳐요."

요시는 진이의 눈물을 손으로 닦아주고는 양쪽 눈에 가볍게 키스를 해 주고 이야기를 시작했다.

"진이한테 가기 전에 부모님을 뵙고 가려고 오다와라로 가는 도중 옆에서 가던 차가 갑자기 나를 들이받으면서 사고가 났던 거예요. 오른쪽 갈비뼈와 오른쪽 다리가 부러졌었어요. 그런데 이제는 갈비뼈도, 다리뼈도 모두 제자리를 잡아서 괜찮아요. 지금은 거동이 불편할 뿐이지 다른 건 괜찮아요. 내가 다리가 다 나아서 운전할 수 있게 되면 새 차를 사야 하는데, 어제 진이가 식당에 들어섰을 때 순간적으로 어떤 차를 사야겠다고 마음에 결정을 했어요. 알고 싶어요?"

"네."

허리가 잘록한 빨간 오버코트에, 요시가 사 보낸 스카프에, 무릎까지 올라오는 올리브그린색의 양말을 신은 진이를 보는 순간 요시는 하나의 미술 작품을 보는 듯했다. 그러한 진이를 보면서 요시는 빨간색이 잘 어울리는 진이한테 빨간 차도 잘 어울릴 거라 생각했었다.

"빨간 스포츠카를 사기로 했어요. 진이를 닮은 빨갛고 예쁜 차. 앞으로 진이와 같이 타고 다닐 차니까요."

요시는 언제나 이렇게 진이의 마음을 잘 풀어주었다. 차분하고 자상한 말

224

로 진이를 이해시켰다. 한없이 순진한 진이가 요시의 말을 잘 들어주므로 요시는 진이가 더욱더 사랑스러웠다.

"M 대학으로부터 전화를 받기 전까지는 진이가 그렇게까지 그 방면에 뛰어난 사람인 줄 전혀 몰랐어요. 진이가 자기 재능에 대해선 전혀 말을 안 했으니까요. 전화를 받은 그날 밤 나는 진이가 재능을 맘껏 발휘할 수 있도록 도와주겠다고 결심했어요. 집안 살림요? 물론 진이가 하고 싶어서 하려면 해요. 그렇지만 부담감은 갖지 말아요. 진이는 진이의 재능을 살리고, 살림은 살림하는 사람한테 맡기는 거죠. 누구나가 다 잘하는 것을 각각 다르게 타고 났으니까요. IBM 에서 하는 일이 잘 되고 있어요. 그리고 도쿄에서 시작한 미술용품 외어하우스가 기대 이상으로 잘 돼서 내년 봄에는 신촌에 매입한 건물에서 개장하기 위해 공사에 들어갔어요. 그리고 새로 시작할 외어하우스 근처에 땅을 구입했어요. 우리가 살 집을 짓기 위해서요. 아버님이 지금 사 놓으라고 내 몫을 주셨어요. 서울에서 구 사장님께서 지불해 주시고 이곳 구 사장님 회사로 우리 아버님께서 지불하는 형식으로 했어요. 한국에 한꺼번에 많은 목돈을 보낼 수 없다고 은행에서 그렇게 해 줬어요. 진이도 대강은 알고 있는 게 좋기 때문에 이야기해 주는 거예요."

그때 요시 누님이 집안에 들어서며 말했다.

"벌써 아침을 해 먹는구나? 부지런히 한다고 했는데 내가 늦었구나. 진이 상이 수고했군요?"

"진이는 한 게 아무것도 없어요. 모두 내가 만든 거 얻어먹기만 했어요. 나는 다른 여자와 결혼해야겠어요."

"악!" 하고 외마디를 할 뿐 진이는 얼굴이 빨개지면서 아무말도 못했다.

"나도 처음 결혼하고 아무것도 할 줄 몰랐단다. 살아가면서 배우는 거예요."

누님이 옷 갈아입으러 들어간 사이 얼굴이 아직도 빨간 진이는 요시가 너무, 너무나 미워서 입을 꼭 다물고 요시를 뚫어져라 흘겨보았다. 요시는 그 모양이 재미있어서 웃고, 그 모습이 하도 예뻐서 웃었다. 화가 난 진이의 눈은 더욱더 반짝이고, 입술은 더욱더 야무지게 보였다. 귀여운 진이!

"여기가 누구네 집이에요?"
"진이 마음에 들면 우리 집이 될 거예요."
"요시 ~~ 아픈 사람이 언제 이런 거까지…."
진이는 요시가 진이를 위해서 미리미리 준비해 놓는 마음씨에 감동을 받아 가슴이 찡했다. 얕은 담이 있고 안으로 들어가 작은 정원을 지나면 현관문이 보이는 아담한 이층 건물이었다. 좁은 골목으로 차 한 대가 들어오더니 기요코와 복덕방 남자가 내렸다.
"벌써 와 계셨군요. 죄송합니다. 들어가실까요?"
요시는 현관에서 기다리기로 하고 기요코가 진이를 데리고 집 구경을 시켰다. 요시는 혼자 앉아 생각에 잠겼다. 진이가 무엇 때문에 결혼 허락을 받지 못하고 있는지? 주저하고 있는 이유가 무언지? 요시는 가슴이 답답했다. 이러고 있는 진이는 무슨 이유인지는 몰라도 진이 자신이 더 마음이 편하지 못할 거란 생각이 들어 요시는 내색을 안 하기로 했다.
아래 위층을 모두 돌아보고 난 진이가 말했다.
"밖에서 보기보다는 방이 많아요."
"내 생각에는 위층 방 둘은 하나로 터서 작업실로 쓰면 좋을 것 같아. 진이 생각은 어떠니?" 하고 기요코가 물었다.
"주인이 허락한다면 그것도 괜찮을 거예요."

226

"집주인은 너희잖아?"

"아뇨. 나의 주인 말예요."

"아유~ 요거. 그냥! 요시. 진이가 요래서 예쁘죠?"

요시는 사랑스런 눈웃음을 지을 뿐이었다.

"강 지사장님도 나오시라고 해서 점심식사를 같이 했으면 좋겠는데요."하고 요시가 기요코에게 물었다.

"회사에 일이 생겨서 오늘 아무리 빨라도 3시 전에는 나오기 어렵다고 했어요. 그 전에 내가 볼일이 좀 있기도 하고요. 또 연락해요. 메리크리스마스! 내가 골목 밖으로 나가서 택시 들여보낼게요. 나오지 말고 기다려요."

점심 후 요시는 크리스마스 기분도 낼 겸 진이를 분위기 좋은 곳에 데려가려고 했으나 진이가 고집을 부려 그냥 누님 집으로 갔다. 진이는 요시를 편히 쉬게 해 주고 싶어서였다.

"진이 고집도 대단해요. 나만 고집이 센 줄 알았는데….."

"나는 이기적이라서 내가 편하고 싶어서 그래요. 요시를 쉬게 해 줘야지 내 마음이 편하니까 나를 위해서죠. 나는 요시하고만 있으면 돼요. 요시만을 보러 왔잖아요. 좋은 곳은 다음에 얼마든지 다닐 수 있으니까요."

"저녁은 매형이 실력발휘를 하셨단다."하고 누님이 말했다.

"음식도 잘하세요?"하고 진이가 고이즈미 씨에게 물었다.

"미국에서 유학하는 동안 배웠어요."

"요시가 이래서 아무데도 못가고 답답하죠?"하고 누님이 진이에게 묻는다.

"아녜요. 저도 이렇게 쉬는 게 편해서 좋아요."

저녁식사 후 피아노 앞에 앉은 요시는 진이가 좋아하는 곡들을 쳐주었다.

요시를 좀 쉬게 해 주고 싶은 진이가 말했다.

"우리 누워서 얘기해요."

"그럼 내 방에 가서 음악 들을까요? 오늘은 크리스마스 음악이 많이 나올 거예요."

"그럼 우리도 방에서 크리스마스 기분 내면 되겠네요."

요시가 라디오를 틀어놓고 오자 진이는 요시를 침대에 편히 눕도록 도와 줬다.

"나 이층 방에 좀 갔다 올게요. 잠깐만 기다려요."

진이는 여행가방에서 요시에게 줄 선물을 갖고 내려왔다. 누워있는 요시 옆으로 와 앉은 진이는 선물을 요시에게 주며 말했다.

"국전에 특선한 내 작품이에요. 메리크리스마스 요시!"

요시는 전혀 상상치도 못했던 선물을 받게 되자 놀라서 급히 일어나려 하다가 심한 통증을 느끼며 신음을 했다. 진이는 너무나 안쓰러워서 어쩔 줄 몰랐다.

"요시 어떡해! 미안해요. 많이 아프죠?"

"이제 좀 괜찮아요."

"내가 진통제 줄게요."

진이는 조심스럽게 엎드려 요시에게 키스를 해 주고 물었다.

"괜찮아요?"

"안 괜찮아요."

진이는 한 번 더 키스를 해 주었다.

"진통제를 과다 복용하면 안 돼요. 적당량을 복용해야 되는 거예요."

"지금부터 4시간을 기다려야 하는군요."

요시는 진이의 선물을 풀어봤다. 흐르는 선이 너무나도 아름답게 디자인된 목과반이다. 요시는 문득 준짱 방 세면실에서 진이에게 파자마를 갈아입힐 때의 아름다운 선이 흐르는 진이의 벗은 모습이 떠올랐다. 아름다운 사람이 아름다운 작품을 만드는 것일까? 몸도, 마음도 아름다운 진이만이 만들어 낼 수 있는 매력 넘치는 작품이라는 생각이 들었다. 이 작품에는 한눈에 사람을 사로잡는 그런 매력이 있다. 그런 점에선 진이와도 너무나 닮았다. 왜 이 작품이 특선이 될 수 있었는지를 알 수 있을 것 같았다. 요시는 진이의 두 손을 꼭 잡아주며 말했다.

"진이는 손도 아름다워서 이런 아름다운 작품을 만들 수 있는가봐요. 귀한 거를 나에게 줘서 고마워요."

"칭찬해 주는 거죠? 앞으로도 좋은 작품 많이 만들어 줄게요. 요시가 미술관을 지어야 할 정도로 말예요. 알았어요? 내가 만든 모든 작품은 모두 나의 사랑하는 요시 꺼가 될 거예요."

"고마워요. 진통제 시간 기다리는 동안 진이 생각 좀 들어볼까요?"

"무슨 생각요?"

"그 집 맘에 들어요?"

"아~ 그 집요? 집은 맘에 들어요."

"그럼 뭐가 맘에 안 들어요?"

"그게 아니라 내가 요시한테 너무 미안해 그래요. 나는 요시를 위해서 하나도 좋은 소식을 전하지도 못하고 있어서 내 마음이 무거워요. 요시는 나를 위해 이렇게까지 준비를 하고 있는데 나는 바보같이 제자리걸음만 하고 있으니까요. 나는 우리 어머니가 요시를 많이 좋아하고 있다는 거 잘 알아요. 그래서 마음 놓고 말을 꺼내려고만 하면 미리 내 말을 막아요. 어머니와 마찰 없이 허락을 받아내고 싶어요. 그래서 요시가 진정 사랑받을 수 있는 사위가 되게 하고 싶어요. 그런데 그게 자꾸 어딘가에서 걸려요. 그게 무언지 모르겠어요. 요시 생각엔 내가 어떻게 했으면 좋겠어요? 이러고 있는 내가 나도 싫어요. 요시가 10월에 온다고 하고 못 오고, 기다려도, 기다려도 오지는 않고, 그러면서 이러다가 내가 미치지나 않나 할 정도로 나 자신을 컨트롤하기가 힘들었어요. 거의 매일 밤 잠 들 때마다 요시가 보고 싶어 견딜 수 가 없어서, 내일 아침엔 무슨 일이 있어도 일어나는 대로 요시한테로 가서 오지 않겠다고 결심을 하며 자다가도 아침에 눈을 뜨면 못 하고, 못 하고, 그러면서 날들을 보냈어요. 나, 요시하고 또 헤어지기 싫어요. 또 겪어야 할 그 그리움을 견딜 자신이 없어요."

요시는 진이에게 팔베개를 해 주고 얼굴을 쓰다듬어주며 깊은 생각에 잠겼다. 생각 같아서는 이대로 진이를 데리고 그냥 같이 살고 싶은 마음 간절했다.

"요시한테 깊이 빠지지 말자고, 요시한테 마음을 절대로 빼앗겨서는 안 된다고, 가까이서 또 다시 볼 수 있게 된 것 만으로 만족하자고 다짐에 다짐을 했었는데 처음부터 그게 내 의지대로 되지가 않았어요. 그리고 이제는 요시 없이는 도저히 살 수 없게 됐다는 거를 이번에 절실히 느꼈어요. 어느 남자한테든 당당하고 냉철했던 내가 왜 이렇게 됐는지 모르겠어요. 대학원을 마칠 때까지는 남자는 절대로 가까이 하지 않을 거로 알았었는데…. 요시를 그리며 사는 거는 마치 고문을 당하는 것같이 고통스러웠어요."

진이는 결혼 허락이 뜻대로 되지를 않아 속이 상했다. 그러다 보니까 요시에게 마음을 빼앗기게 된 것까지도 속이 상한 모양이었다. 그렇게 혼자만 하고 있던 걱정이 진이를 속상하게 만들었고 결국은 그게 밖으로 터져 나오게끔 된 것 같았다. 어떻게 보면 요시를 믿고 부리는 어리광일지도 모른다. 요시는 이제 진이에게 그렇게까지 편한 사람이 되었나보다.

"나도 처음에는 진이한테 도둑맞지 않으려고 내 나름대로 노력했어요. 그런데도 그게 안 되더군요. 준짱 말이 맞을지도 몰라요. 우리는 태어날 때부터 이렇게 같이 할 운명이었나 봐요. 진이를 알게 되면서 참 행복이 무엇인지를 알게 됐어요. 그러니까 진이도 행복해야만 해요. 내가 행복하게 해 줄 거예요. 내가 나아지는 대로 진이 어머님께 가겠어요. 어머님 혼자 애 쓰시는데 진이가 말 잘 듣는 딸이 되는 게 어머니를 도와드리는 거라고 한 말 나 아직도 기억하고 있어요. 우리 같이 말씀드려요. 꼭 허락해 주시리라 믿어요. 그때까지 진이는 아무 걱정하지 말아요. 내가 전화도 자주해서 절대로 진이를 외롭게 해 주지 않을 거예요. 나 믿죠?"

마음에 있던 걱정을 다 요시에게 털어놓고 요시의 말을 듣고 나니 진이는 다소 위로가 됐다.

"우리도 크리스마스 파티할까요?"

"그래요. 우리 식당으로 가요. 날 붙잡아요. 이 멋있는 허리선은 다치지 않아서 그나마 다행이에요."

"진이는 정말 재미있어요. 왜 하필 내 허리를 그렇게도 좋아해요? 다른 데도 멋있는데."

"요시가 멋있는 데가 어디 있어요?

"엉터리 아가씨!"

식당에 들어선 요시는 마실 거와 오르되브르를 준비했다.

"내가 할게요."하고 진이가 하려하자 요시가 말린다.

"와인 좀 할래요? 풀럼 와인은 달아서 괜찮을 거예요."

"기분으로 조금만 주세요."

방으로 들어온 후 진이가 소리친다.

"지금부터 크리스마스 파티를 시작하겠습니다. 모두들 잔을 높이 드세요. 치어스!"

은은한 불빛 아래서 둘만의 크리스마스를 조용히 보내고 있었다. 라디오에서 들려오는 크리스마스 캐롤이 분위기를 돋운다. 잔을 든 요시가 말했다.

"메리크리스마스 진이! 사랑해요. 땅 끝까지, 하늘 끝까지 사랑할 거예요."

"나두요. 내가 구름 위에 띄워 보낸 나의 하트 보았어요?"

"도쿄 하늘 구름 위에 떠 있는 진이의 하트 매일 봐요. 언제나 나를 쫓아다녀요."

"내가 그러라고 했어요. 요시만 쫓아다니라고요. 가슴 속 깊이 넣어 둬야 돼요. 영원히!"

"여기 내 가슴 깊이깊이 간직할게요. 영원히…! 오늘도 또 졸면 안 돼요."

"그렇게 잠이 쏟아져보기는 처음이었어요. 요시가 뭐라고 하는데 꼭 꿈속에서 하는 소리같이 들렸어요."

"올라가 자라고 굿나잇 키스를 해 주니까, 자꾸 또 해달라고 하던 기억 안 나요? 귀찮을 정도로 여러 번 해 줬는데."

"거짓말하지 말아요. 한 번도 안 해 줬어요."

"내가 사진으로 다 찍어뒀어요. 게슴츠레 조는 얼굴, 통통한 빨간 입술을 내밀며 키스해 달라고 조르는 모습, 모두 찍어뒀어요."

진이는 그 말을 다 믿는 것 같았다.

"요시~~ 왜 또 나 가지고 장난쳤어요? 졸고 있는 사람 갖고 장난치면 나빠요."

"그러니까 오늘은 졸지 말아요. 진이가 졸면 내가 심심해서 장난을 치게 되니까요."

"그래요. 오늘은 내가 같이 놀아 줄게요. 뭐하고 놀까요 우리? 다리 아픈 사람하고는 춤도 못 추고."

"나 춤은 출 수 있어요. 진이 춤추고 싶어요? 이리와 봐요. 많이는 못 움직여도…."

"붕대를 풀었어요?"

"집에서는 거의 안 해요. 붕대를 감으면 움직이는데 도움이 되기는 해요."

"내가 좀 봐도 되요?"

요시는 단추를 푼다. 그리고 오른쪽 갈비뼈를 가리키며 말한다.

"이제 상처는 별로 없어요. 기침을 할 때면 울려서 좀 아프긴 해도 이제는 괜찮아요."

"다리는요?"

"다리는 나중에 보여 줄게요."

"가엾어라. 이렇게 아픈 것도 모르고 나는 요시가 나 보러 안 온다고 미워했었죠."

"지금은 안 미워해요?"

"지금은 요시가 가여워 죽겠어요."

진이는 요시의 옆구리와 가슴의 작은 상처들에 일일이 입을 맞추어주고 얼굴을 가슴에 묻으며 허리를 조심스럽게 두 팔로 안았다.

"아~~ 요시의 몸이 따뜻해서 좋다. 내가 키스해줘서 이제부터는 빨리 나을 거예요."

“고마워요. 근데, 진이 옷 단추들이 좀 차갑군요.”

“아~ 미안해요.”

진이는 자기도 앞가슴을 벗어 따뜻한 살갗을 요시 가슴에 밀착시킨다.

“이제는 안 차갑죠? 따뜻하죠?”

“비단 이불보다도 더 따뜻해요.”

음악에 호흡을 맞추며 미동의 스텝을 밟았다.

“요시.”

“….”

“요시, 만약이에요. 누가 나 보고 패션쇼 하는데 모델이 되 달라고 한다면 허락하겠어요? 제일 마지막으로 나오는 웨딩드레스만 입어달라고 하는데.”

“싫은데요.”

“알았어요.”

요시는 진이의 턱을 손으로 살짝 들어 얼굴을 한참 들여다보다가 물었다.

“하고 싶어요?”

“못 할 것 같다고는 했어요. 하고 싶다기보다 호기심은 가요.”

“패션쇼 하는 사람이 누구예요?”

“미국서 공부하고 와서 지금 한국에서 제일 유명해요. 그분이 처음으로 하는 패션쇼이기 때문에 유명한 배우들, 모델들, 가수들이 다 나온대요. 그런데 웨딩드레스만은 아무도 모르는 사람한테 입히고 싶다고 하면서 부탁을 해 왔어요. 요시가 나 그런데 나가는 거 싫어하면, 나도 하기 싫어요. 신경쓰지 말아요.”

“어머님은 뭐라고 하세요?”

“어머니는 아직 모르세요. 그분이 학교로 찾아왔었어요. 자기도 우리학교 가정과를 나왔다고 하더군요."

"진이가 하고 싶어 하고, 어머님이 허락하신다 해도 나는 왠지 싫어요."

"알았어요. 그분이 작년에 내 작품 하나를 사 갔어요. 그래서 알게 됐었죠."

"진이 학교는 규칙이 엄하다고 들었는데 그런데 나가는 거 허락하나요?"

"패션쇼를 내가 졸업식 끝나는 주말로 날을 잡았다고 했어요."

"그분이 진이를 꼭 무대에 세우려고 처음부터 마음먹은 것 같군요."

"요시, 나 안 나갈 거예요. 신경 쓰지 말아요. 절대로 안 나갈 거예요. 됐어요? 아~ 아 욕심쟁이 요시! 나도 아라비아 여자들같이 모두 가리고 나가는 웨딩드레스를 입고 나간다고 해 볼까요?"

"그래도 싫어요."

진이는 요시의 얼굴을 올려다보며 한마디 던졌다.

"엉터리, 투정쟁이, 욕심쟁이!"

요시는 아무 말 없이 가벼운 한숨을 내쉬며 진이를 안은 팔에 힘을 주었다. 요시는 자기 아닌 다른 사람이 진이를 탐내는 것이 싫다는 거를 이제는 노골적으로 표현했다.

"미스터 욕심쟁이, 앉아서 좀 쉬어야 하는 거 아네요? 우리 앉아서 좀 쉬어요."

요시를 소파에 앉히고 다리를 편하게 올려놔 준 후 진이는 요시 옆으로 다리를 쭉 뻗고 앉았다. 뽀얗고 탱탱한 진이의 젖가슴이 눈에 들어온 요시는 비너스 같이 아름다운 가슴에 자기도 모르게 손이 가려다 멈칫했다. 요시가 얼굴을 옆으로 돌리고 진이 옷 단추를 끼워주려고 하자 진이가 급히 단추를 채우며 말한다.

"내가 할게요."

"진이 미안해요. 내가 실수를 하게 될 것 같아서…."

"왜 미안하다고 해요?"

대답 대신 요시는 진이를 안아줬다.

"진이가 떠나고 나면 나는 이 겨울이 너무나 추울 것 같아요."

"내가 요시 가슴에 불을 지펴주고 갈게요. 내년 봄까지는 뜨겁게 해 줄게요. 눈을 감아 봐요. 나를 힘주어 안아 봐요."

촉촉한 입술로 가벼운 키스를 해 준다.

"가슴이 따뜻해졌죠? 이번엔 온 몸을 따뜻하게 해 줄게요."

진이의 두 번째 키스는 따뜻한 것이 아니라 온몸의 피를 끓어오르게 했다.

"진이가 지펴준 불은 내년 봄을 지나, 영원히 내 가슴을 뜨겁게 해 줄 거예요. 진이는 나의 요정인가 봐요."

둘이는 그대로 조용히 음악만 들었다.

"진이는 언제 결혼하고 싶어요? 3월이 어때요?"

"지금 하고 싶어요."

"내 강아지가 자꾸 보채면, 나 정말 견디기 어려워요. 그러다 애기 생기면 졸업도 못 해요."

"요시가 몰라서 그렇지 임신 2개월 정도는 표시도 안 나요."

"학생이 큰일 날 소리를 하네. 아~아 이 엉터리 학생을 어떡하면 좋지?"

둘이는 소꿉장난을 하듯 그렇게 쏙닥쏙닥 재미있게 놀았다. 그냥 그대로가 행복했다.

진이가 다시 입을 열었다.

"또 하나 있는데."

"또 뭐예요?"

"건축 설계사무실에서 1월부터 나와서 일을 하라고 하는데요. 그거는 학장님이 추천해 주신 거예요. 이구 건축설계사무실이라고 하는데 그분이 창덕궁이라는 서울 고궁 안에 있는 낙선재에서 사시고, 건축설계사무실도 그 낙선재에 있어요. 단지 M 미대 대학원 시작하기 전에는 일을 그만 둬야 하니까 그게 미안하죠. 학장님께 그런 사정을 말씀드렸더니 가서 직접 얘기를 해보라고 하시더군요."

"진이가 하고 싶으면 경험삼아 해 보세요."

남자 건축가들과 일을 한다는 것이 싫지만 잠깐일 것 같고, 이것까지도 반대할 수가 없어서 요시는 해 보라고 했다.

"이구 씨가 누군지 아세요?"

"모르는데요."

"내가 그분에 대해서 슬픈 역사를 얘기해 줄까요?"

"해 보세요."

"그분은 조선 왕실의 마지막 분이세요. 일본이 우리나라를 침략해서 36년 동안 통치를 하며 우리나라는 억울한 일들을 많이 당하며 살았어요. 강자가 약자에게 부리는 횡포였죠. 우리나라 왕실을 없애고 백성의 기를 꺾으려고 고종의 아들 영친왕을 유학을 보낸다는 명목 아래 일본으로 데려가서는 강제로 일본 여인과 결혼시켰고, 어린 덕혜옹주까지도 끌고 가서는 아주 불행한 삶을 살게 했어요. 그로 인해 순종이 우리나라의 마지막 황제가 되면서 왕실은 그렇게 일본이 원하던 대로 비참한 종말을 맞았어요. 영친왕과 그 일본부인 방자 여사 사이에서 낳은 분이 이구 씨예요. 일본에서 낳아 거기서 일본교육을 받고, 미국으로 유학을 가 건축학을 공부하고 미국 여자와 결혼을 하셨어요. 지금은 일본 어머니 이방자 여사와 미국 부인 줄리아 여사 그렇게 세 분이 낙선재에서 사시죠. 이구 씨는 일본서 사는 동안 풍족치 못한 삶을 사셨다고 들었어요. 일본의 탐욕은 우리나라에는 비참한 재앙이었죠. 앞으로는 이 세상 어느 나라에도 그러한 비극이 있어서는 안 된다고 봐요."

"남의 가슴에 못을 박는 일은 절대로 해서는 안 되는데, 우리 조상들이 그랬다는 게 진정 부끄럽군요."

요시는 진이에게 무슨 말을 해야 할지를 몰랐다. 분명코 남의 가슴에 피멍이 들게 한 입장에서 무어라 사과해야 위로를 줄 수 있겠는가!

"나도 미국 가서 건축을 공부할 걸 그랬나보다 하는 생각을 가끔 할 때가 있었어요."

"미국요?"

순간 요시는 가슴이 철렁했다. 진이가 진정 유학을 하고 싶은 곳이 일본보다 미국이 아닌가하는 생각이 들자, 왠지 불안했다.

"내 삶에서 여자는 진이 하나뿐예요. 그건 내가 죽는 날까지 그럴 거예요. 그러니까 장난으로라도 나를 떠난다는 말은 하지 말아줘요."

진이가 서울로 돌아온 후 요시의 첫 편지가 왔다.

벌써 그리워진 내 사랑 진이,
무사히 도착했다는 소식 기요코가 전해줬어요.
예쁜 모습으로 나를 찾아와 진이의 향기와 따뜻함을 내 품에 남겨주어서 고마워요. 진이가 패션쇼에 나가는 거 내가 다시 생각 해 봤어요. 여자라면 일생에 한번쯤은 그런데 서고 싶을 거라는 생각이 들었어요. 진이가 호기심을 갖는 게 무리가 아녜요. 남들은 하고 싶어도 기회가 주어지지 않아서 못 하는데 진이한테는 그런 좋은 기회가 왔는데도 못 하게 하는 내가 못났다는 생각이 들었어요. 다시는 없을지도 모를 기회였는데도 미련 없이 나를 위해서 포기하는 진이와 내 자신이 비교가 됐어요. 그래서 부끄러웠어요. 어머님이 허락하시면 하겠다고 하세요. 그때 나도 가 보도록 하겠어요.

오늘도 도쿄 하늘 구름 위에 있는 진이의 하트를 보았어요. 언제나 나를 따라다니며 지켜주는 진이의 하트!

추위에 감기조심하고 잘 있어요. 사랑해요.

진이의 엉터리, 투정쟁이 요시로부터

진이는 어머니 허락을 받고 패션쇼에 나가기로 했다. 그 준비로 가봉하러 다니는 일, 일본어 공부, 요리학원 다니는 일 등으로 분주히 보내고 있었다. 학교 수업이 대개는 오전에 끝남으로 건축설계사무실도 열심히 나갔다.

진이가 일본을 다녀온 후 요시의 편지가 너무 자주 오고, 전화 역시 심심치 않게 오자, 그냥 놔두면 안 되겠다고 생각한 진이 어머니는 하루 저녁 진이를 방으로 불렀다.

"낙선재에 나가는 일은 재미있니? 네가 건축사무실에서 하는 일은 뭐냐?"

"나는 설계와는 상관없는 일을 해요. 주로 상업 디자인을 시켜요. 그리고 그 부인 줄리아와 이 방자 여사가 돕는 자선단체를 위해서 포스터 같은 거를 그려주기도 하고요."

"몇 년 전 구 사장님께서 이구 씨 색싯감을 구해달라고 한 적이 있었단다. 구 사장님은 일본에서 이구 씨의 후견인으로 물심양면으로 도와주셨더구나.

일본서 학교를 마치고 미국으로 유학을 가게 됐을 때 구 사장님 생각에 짝을 지어 보내고 싶으셨던 모양이더라."

"그럼 이구 씨께서 구 사장님을 잘 아시겠군요?"

"아다마다. 그건 그렇고. 너 이번에 일본 가서 요시를 만나고 온 거냐? 기요코가 너를 부른 거냐, 아니면 요시냐? 혹시 너 나한테 거짓말이라도 한 거냐?"

"기요코가 부른 거 맞아요. 요시를 만나고 온 것도 맞고요. 어머니 나 요시 좋아해요. 아니 사랑하게 됐어요. 요시도 나를 사랑해요."

"사랑이라면, 네가 생각하는 사랑은 어디까지를 말하는 거냐?"

"우리 결혼하고 싶어요. 결혼하게 해 주세요."

"내가 너 보고 좋아하는 선에서 끝내라고 분명히 말했는데 그 말을 잊은 거냐?"

"알아요. 그런데 그게 안 돼요. 우리는 서로를 너무나 잘 알고, 이해해요. 너무나 잘 맞아요. 어머니, 나 그 사람 정말 사랑해요."

"요시도 너와 같은 생각이냐?"

"요시는 내가 요시를 사랑하는 것보다 더 나를 사랑해 주고, 더 위해 줘요."

진이 어머니는 진이를 심각한 얼굴로 바라보며 말했다.

"요시가 언제 한국에 나온다고 했냐?"

"2월쯤에 올 거예요."

"그때 요시와 같이 얘기 좀 해야겠다. 요시와는 장래에 대해서 아무 약속 도 해서는 안 된다. 알아들었니?"

진이 어머니는 걱정이 이만저만이 아니었다. 진이 또한 뭐가 이렇게도 어 렵기만 한지 속이 상해 죽을 것만 같았다.

충격의 가족 비화

1965년 2월 21일 진이 졸업식 하루 전 요시는 일본서 한국으로 들어왔다. 진이 어머니가 요시를 만나고 싶다고 해서 요시는 도착한 날 저녁을 식당에 예약했다. 식당 앞에서 단정한 자세로 기다리고 서 있는 요시를 보자 진이 어머니는 가슴이 몹시 아팠다.

'이 사랑스러운 것들이 무슨 죄가 있다고….'

식사하는 동안 진이 어머니는 요시의 사업 이야기를 주 화제로 삼았다. 그리고 식사가 끝날 무렵, 하려던 이야기를 시작했다.

"내가 기도하면서 생각을 많이 하고 내린 결정이긴 하지만 아직까지도 내가 옳은지는 확신이 없어요. 진이는 외가댁에서 특별한 사랑을 받으며 자랐어요. 특히 외할아버님한테 진이는 아주 특별한 존재였어요. 일본이 한국을 침략한 후 외할아버님께서는 한국 밖에서 독립운동하시는 분들한테 자금을 대 주셨어요. 그래서 일본경찰로부터 많은 고문도 받으시고, 늘 감시 대상이 되시곤 하셨어요. 그러던 중 하나밖에 없는 누이동생이 진이 출생 소식을 듣고 서울로 올라오다가 붙잡혀 가셨는데 그 후 사방팔방으로 알아봤으나 찾을 길이 없었어요. 그러다가 거의 일 년 후에야 일본군 위안부로 끌려 다니다 사이판에 계신다는 소문을 접하고 외할아버님께서 사람을 보내시고, 약혼자도 급히 가셨는데, 그곳 사람들이 말하기를 사이판에 있는 한 절벽에서… 기가 막히게도 자살을 하셨다는 거예요. 치욕을 감당키가 어려우셨겠죠. 그렇게 해서 혼자 돌아오실 수밖에 없었던 약혼자께선 그 후 단 열흘도 견디지를 못하시고 나의 고모님 곁으로 가셨어요. 두 집안에 비극도 그런 비극이 없었죠. 그 후론 두 집안에서 웃음이란 찾아볼 수가 없었어요. 진이 할아버님께선 고문 후유증으로 인한 육체적 고통과 하나밖에 없던 사랑하는 여동생을 비참하게 잃은 데서 오는 심적 고통을 안고 사셔야만 하셨죠. 일본에 맺히신 한이 너무나 크셨어요. 그러시다가 진이가 자라며 점점 외고모할머님을 닮아가는 거를 보시면서 웃음을 되찾게 되시고 진이 보시는 것만이 삶의 낙이 되셨어요. 진이한테 온갖 정성을 다 쏟으시고, 진이를 위해서는 아까운 게 없으셨죠. 내가 보기에도 애가 어쩌면 그렇게도 나의 고모님을 쏙 빼닮았는지 모르겠어요. 그러니 평생 쓰린 가슴을 안고 가여운 여동생을 그리시던 진이 외할아버님께선 오죽하셨겠어요?

나는 두 사람 결혼을 반대할 수가 없어요. 요시 군은 처음 봤을 때부터 믿음이 가는 청년이었고 또 무엇보다도 사랑하는 내 딸이 요시 군과 결혼하고 싶어 하니까요. 그렇지만 이러한 집안 이야기를 안 할 수도 없었어요. 상대가 진이를 그렇게도 사랑해 주시던 외할아버님께서 한이 맺혀하시던 그 일본이라는 나라의 청년이다 보니 두 사람이 알아야 할 건 알고 가야 한다는 생각이 들었어요. 그 외에 진이 아버님 쪽으로도 일본으로부터 받은 원한이 맺힌 비참한 일이 있었어요. 진이 아버님의 막내동생이 군에 끌려가 전쟁터로 간 줄 알았는데 그게 아니고 일본이 생화학 살상무기를 만들기 위해서 사람한테 직접 테스트를 시행했었는데 그 실험 대상자로 쓰여지다가 돌아가셨어요. 그러한 무기를 만드는 것도 끔찍한데 그 실험 대상을 동물도 아닌 사람한테, 죄 없는 사람한테 어떻게, 어떻게 그럴 수가 있었을까요? 그래서 우리집안의 이런 억울하고, 비참했던, 일본을 용서할 수가 없었던 기억들 때문에 내가 진이보고 요시와 가까워지지 말라고 경고를 여러 번, 여러 번 했

242

었는데…. 우리도 일본을 용서하려고 많이 노력을 하고 있어요. 단지 서글픈 사실은 일본은 잘못을 시인하려 하지 않는다는 거죠. 그것을 왜곡하는 데만 더 신경을 쓰고 있으니 참으로 안타까워요. 내 생각인지는 몰라도, 그것은 곧 기회만 있으면 언젠가는 그런 악행을 죄의식 하나 없이 또 저지르겠다는 게 아닐까요? 그래서 용서하기가 힘들어요. 하지만, 언젠가는 일본이 잘못을 인정하리라 믿어요. 어느 나라고 양심 있는 의인은 있기 마련이니까요. 과오를 반성할 줄 아는 그런 의인들이 일본을 이끄는 날이 분명히 올 거라고 믿어요."

물을 한 모금 마시고 긴 한숨을 쉬고 난 진이 어머니는 다시 이야기를 계속했다.

"나는 두 사람 헤어지라는 말은 차마 못 하겠어요. 나도 가슴이 아프니까요. 오로지 두 사람 모두 행복하기만을 바라는 마음만은 간절해요. 모두 뛰어난 지성인이니까 자기들의 행복이 어디에 있는지를 가늠할 수 있으리라 믿어요. 이 결혼은 일본 때문에 우리 집안이 뼈에 사무치는 원한을 품고 살아야 하는 이유를 이해한 다음에 두 사람이 결정하도록 하는 게 옳다는 생각이 들었어요."

요시는 충격이 너무 심해서 아무 말도, 아무 생각도 할 수가 없었다.

한참을, 그렇게 한참을 생각에 잠겨있던 요시는 다소 마음을 가다듬고 입을 열었다.

"하시기 힘드신 말씀을 해 주셔서 감사합니다. 저는 진이가 결정하는 대로 따르겠습니다. 진이가 행복해야 제가 행복할 수 있으니까요."

"아무도 그런 얘기를 안 해 줘서 몰랐어요. 요시와는 안 된다는 말밖에 는…."

“뭐 좋은 얘기라고 하겠니? 가슴 아픈 얘기뿐인데.”

요시도 진이도 무슨 말을 해야 할지 몰라 말이 없었다.

“입원환자들 때문에 나는 가봐야겠는데 진이는 어떡할래?”

“어머니 먼저 가시겠어요?”

두 사람은 어머니를 배웅하고 그대로 그냥 서 있었다. 그저 멍하니 서 있기만 하다가 요시가 진이의 손을 잡고 길을 건너가 전에 갔었던 클럽 라운지로 올라갔다. 요시는 자리에 앉기도 전에 그대로 진이를 품에 안고 춤부터 추기 시작했다. 지금 당장은 그렇게 같이 껴안고 있는 것만이 서로 의지가 될 것만 같아서였다. 눈물이 진이의 시야를 차차 흐리게 하고 있었다. 요시는 보이지 않아도, 들리지 않아도 진이가 울고 있다는 것을 육감으로 느꼈다. 그래서 더 괴로웠다. 진이는, 요시가 진이의 결정대로 따르겠다는 말이 부담스러워서 싫었다. 피할 수 있으면 피하고 싶었다. 그리고 요시의 결정대로 못 이기는 듯이 따라가고만 싶었다. 모든 가슴 아픈 일들 생각 안 하고 요시의 안이한 둥지 속에 들어가 요시의 보호막 안에서 그렇게 모든 것을 잊고 살고 싶은 마음 간절했다.

“요시, 요시!”

“듣고 있어요.”

“이번에 나를 일본으로 데리고 가 주세요.”

“나도 그러고 싶어요. 그리고 내가 결정해 주기를 바라는 진이의 마음도 잘 이해해요. 그렇지만 진이가 지금 힘이 든다고 이 상황을 쉽게 벗어나려고 하면 안 돼요. 그러면 나중에 후회할지도 모르고, 그래서 진이가 불행할 수도 있어요.”

“나 좀 데려가 주세요. 요시 나를 사랑한다고 그랬잖아요? 나를 아무한테도 뺏기지 않겠다고 했었잖아요? 누가 뭐래도 결혼하겠다고 했잖아요? 나 그 말 믿었는데….”

요시는 한숨을 쉬며 진이를 더 힘주어 안아줬다. 요시도 마음속으로 울고 있었다. 감히 자기 입장을 주장할 처지가 못 된다는 것을 잘 알고 있기에 침묵만이 있을 뿐이었다. 진이의 결정을 기다리는 요시의 마음을 재확인한 진이는 그만 집으로 가기로 했다.

“오늘은 요시도 피곤할 거예요. 나 혼자 갈게요.”

“같이 가요.”

받은 충격이 너무나 커서 두 사람은 말이 없다가 진이가 택시에서 내릴 때 요시가 말했다.

“내일 졸업식에서 봐요.”

“내일 오게요?”

“물론 가야죠. 그러기 위해서 모든 스케줄을 바꿔가며 오늘 왔는데요.”

“고마워요. 잘 쉬어요.”

맥이 하나도 없는 진이를 바라보는 요시의 가슴은 칼로 도려내는 듯 아팠다.

호텔방으로 돌아온 요시는 진이 어머니의 말을 처음부터 차근차근 정리 해 보았다. 생각할수록 참혹한 일이었다. 그 참혹한 일들이 이제 와서 요시 와 이러한 악연을 맺으리라고는 상상도 못 했었다. 기가 막히고, 어처구니 가 없었다. 분노심을 억제할 수가 없었다. 그렇게 요시는 밤잠을 꼬박 새우 고 말았다.

다음날 아침 새로 산 양복을, 진이 가족과 언약의 모임을 갖게 될 줄 알고 장만한 그 양복을 말끔히 차려 입고 요시는 진이의 졸업식장으로 갔다. 친척과 많은 친구로 진이 주위는 왁자지껄했다. 유독 진이 어머니와 진이만이 침울해 보였다. 요시가 다가가자 외숙모님이 먼저 알아본다.

"어머! 미남 청년도 왔네! 요시 씨가 진이 졸업식에 온 거예요?"

진이 어머니에게 깍듯이 인사를 한 후 요시는 숙모님에게도 인사를 한다.

"또 뵙게 되서 반갑습니다."

"요시 군이 너의 외숙모를 어떻게 아니?"

진이가 무어라 말할지를 몰라 망설이고 있는데 외숙모가 먼저 말했다.

"형님, 지난번 메이데이 때 제가 학교에 볼일이 있어서 왔다가 우연히 진이 친구들과 그 파트너들을 만났었죠. 그때 진이가 요시 군을 소개해 주더군요. 여보, 이 청년 핸섬하죠? 진이가 걸스카우트로 일본 갔을 때 묵었던 그 댁 아드님이에요. 한국에서 하는 사업이 있어 자주 나온다는군요."

외숙모는 사과 놓고, 배 놓고, 혼자 모든 정리를 했다. 요시는 진이 외삼촌에게 정중히 인사를 했다. 진이 외삼촌은 그 모습에 호감이 가는 눈으로 바라보는 것을 진이는 알 수 있었다.

"반갑습니다. 우리 진이가 댁에 가 있는 동안 그렇게 온 가족이 잘해 주셨다는 말 들었습니다. 일본으로 돌아가기 전에 식사 한번 대접하고 싶습니다."

"감사합니다."

요시는 진이에게 졸업을 축하한다며, 기요코, 준짱 등이 전하는 예쁘게 포장된 선물 상자들을 전하고 마지막으로 요시의 선물도 줬다.

"진이, 오늘 선물 복이 터졌구나. 그런데 오늘 같은 날 너 왜 이렇게 표정이 무거워? 좀 웃어봐!"

요시는 진이가 불편해 할까봐 진이를 위해서 그 자리를 떠나주기로 하고 진이 어머님께 인사드린 후 진이와는 다음날 낮에 만나기로 하고 그곳을 떠났다.

　저녁 일찍 방으로 들어와 잠자리에 누운 진이는 고모할머니를 생각해 보았다. 곱게 자라 꽃다운 나이에 기막힌 일을 당하고 도저히 그 치욕을 감당할 수 없어 결국 자살을 하게 되었던 고모할머니가, 그리고 사랑하는 연인을 못 잊어 그 뒤를 따를 수밖에 없었던 약혼자가 너무나 불쌍해서 눈물로 베개를 적셨다. 한참 젊은 나이에 피어보지도 못하고 짐승 취급을 받으며 고통을 당하다가 사망했을 작은 삼촌도 가엾고 분해서 잠이 오질 않아 그렇게 눈물로 밤을 새웠다.

　다음날 아침 진이는 패션쇼를 위해 웨딩드레스 가봉을 한 후 요시를 만났다. 밤을 꼬박 울며 보낸 진이는 기운이 하나도 없었다. 그 모습을 보는 요시는 안쓰럽고, 측은하기만 해서 가슴이 미어지는 것만 같았다.
　"내가 너무나 힘이 들어서 다음에는 또 요시를 만나러 나올 수가 없을 것 같아요. 어려움을 무릅쓰고 내 졸업식에 와 줘서 정말 고마워요. 선물도 고마워요. 이 졸업선물은 우선은 요시가 맡아두세요."
　진이는 작은 봉투 두 개를 요시 앞으로 내놓았다. 요시는 아무 말 없이 진이만 바라보고 있고, 진이는 식탁을 초점 없이 내려다보고만 있었다. 요시는 가슴이 조이는 듯이 아팠다. 너무너무 아팠다.
　"집과 차는 진이와 나의 공동 명의로 했어요. 나도 내 열쇠들을 갖고 있어요. 그것들은 진이 열쇠들이에요. 만에 하나 우리가 결혼을 못 한다 해도 공동명의의 변경은 없을 거예요. 부담을 주려고 하는 소리가 아네요. 처음부터 그 집과 차는 진이를 주고 싶어서 샀어요. 진이가 나에게 준 행복에 비하면 아무것도 아니지만 꼭 그렇게 하고 싶었어요. 나는 누구도 누리지 못하는 행복을 진이로부터 받은 행운아니까요."

잠시 침묵이 흐른다.

"할 수만 있다면 진이의 그 억울한, 고통스러운 아픔을 내가 모두 갖고 가고 싶어요."

"꿈에도 생각 못했었어요. 우리가 이렇게까지 되리라고는⋯."

기가 막힌 과거사로 어처구니없이 찢기는 아픔에 피멍이 들어가는 두 사람은 더는 말을 이어가지 못했다.

마지막 순서로 진이가 하얀 벨벳으로 된 웨딩드레스를 입고 우아하게 걸어 나왔다. 요시는 뒤에 서서 진이의 청아한 모습을 바라보며 마음이 미어지는 듯이 안타까워 견디기가 어려운 자신을 달랬다.

'진이! 나의 진이! 내 마음에 고이 간직할 나만의 진이!'

"신부 모델이 울고 있어! 어쩌면 저렇게 연기를 잘하지?"

잡지사, 신문사 기자들이 사진을 찍느라 어수선한 분위기에 더는 있을 수 없는 요시는 진이의 우는 모습을 몇 장 찍은 후, 찢어지는 가슴을 안고 홀로 조용히 그곳을 떠났다.

호텔로 돌아온 요시는 그대로 침대에 쓰러져 가슴을 도려내는 듯한 아픔을 참아보려고 몸을 사정없이 뒹굴어 보아도 그 아픔은 더 심해져 가기만 했다. 어느새 눈물은 베개를 다 적시고 있었다. 울었던 기억이 없는 요시는 그날 밤 외롭고도, 외롭게, 거의 통곡과 같은 울음으로 그 밤을 지새웠다. 숨쉬기조차 어려운 고통, 비참한 상실감, 격한 분노, 뼈를 깎는 그리움에 시

248

달리며 아침을 맞았다.

　호텔을 나서며 요시는 로비에서 진이의 사진이 실린 신문을 봤다. 오다와라에서 맑고, 밝게 눈웃음 짓는 사진으로 요시를 맞이했던 진이는 서울에서 눈물 가득한 눈으로 요시를 보냈다.

　헤르만 헤세는 '잘 안다는 것은, 그만큼 사랑한다는 것' 이라고 했다. 요시는 진이를 잘 안다. 너무나 잘 안다.

　요시와는 헤어질 수밖에 없다고 생각한 진이는 허구한 날을 불면증으로 시달리다가 결국은 병이 나고 말았다. 약으로만 의지하며 하루하루를 보내다가 드디어는 우울증까지 생기게 되었다. 심신이 허약할 대로 허약해진 진이에게 병이 오지 않는다면 그게 오히려 이상한 일이었을 것이다!

　어머니의 정성스런 기도와 간병으로 회복이 된 진이는 한국을 떠나기로 했다.

　모든 수속을 끝마친 진이가 말했다.

　"어머니. 뉴욕으로 공부하러 가겠어요. 이준기 선생님이 졸업 선물로 보내주었던 티켓으로 오늘 예약하고 왔어요."

　"준기 군이 비행기표를?"

　진이 어머니는 가슴이 철렁했다. 몸도 허약하여 좋은 짝 찾아서 옆에 두려고 했는데 또 유학 소리를 하니 걱정이 이만저만이 아니었다.

　"너는 여기서 결혼해서 나와 가까이 살자."

　"공부 다 끝나고 와서 어머니하고만 살겠어요. 지금은 서울을 떠나고 싶어요. 가서 공부에만 몰두하고 싶어요. 그렇지 않으면 미칠 것 같아서 그래요."

그렇게 심한 가슴앓이를 하고 나서 아직도 괴로워하는 딸을 바라보는 어머니는 마음이 너무나 아팠다.

햇볕이 따뜻한 날이었다. 진이는 앞뜰에 나와 앉아 요시에게 편지를 썼다.

한편, 도쿄로 돌아온 요시는 모든 의욕을 상실해 아무것도 할 수가 없었다. 마음에 심한 통증을 겪는 중병을 치르고 났건만 진이에 대한 그리움은 어떻게 할 수가 없었다. 일에만 몰두하려고 안간힘을 쓰고 있던 어느 날 요시는 편지 한 통을 받았다.

사랑하는 요시! 나만을 사랑해 주던 요시 보세요.

요시가 행복해지기를 기도하고 있어요. 요시의 행복이 곧 나의 행복이니까요. 나를 위해서도 요시는 꼭 행복해야만 해요.

우리가 이루지 못한 사랑 하늘나라에서 이루면 돼요. 웨딩드레스 입고 천상에서 기다리겠어요. 웨딩드레스 입은 나를 보고 찾아와 주세요. 거기서 우리 결혼해요. 그때는 절대로 요시를 보내지 않을 거예요.

미안해요. 사랑해요. 하늘나라에서 다시 만나요 우리!

요시만를 영원히 사랑하는 진이

어금니를 질끈 물고 뒤로 기대앉은 요시의 눈에 이슬이 맺혔다.

미국으로 떠나기 전날 밤 진이는 자그마한 상자에 요시로부터 받은 편지와 선물들을 얌전히 정리해 넣었다. 요코하마 부두에서 받은 첫 선물인 오팔 목걸이부터 넣기 시작했다. 선물을 받던 때를 기억하며, 그때에 나누었던 정겨운 대화들을 기억하며, 그리고 눈물을 하염없이 흘리면서 받은 순서대로 차례차례 정성껏 담아 테이프로 꼭 봉해 장 속 제일 깊은 곳에 넣었다.

공항에서 창백한 진이의 모습을 본 준기는 마음이 아팠다. 얼마나 마음고생이 심했으면 이렇게까지 됐을까 하는 생각에 진이가 너무나 안쓰러웠다.

"처음 학기는 영어만을 주로 하며 무리 없이 보냈으면 좋겠는데….”

"저 괜찮아요. 차라리 공부에 열중하는 게 더 좋을 것 같아요.”

작지만 깨끗한 아파트가 진이 마음에 들었다.

"깔끔한 게 꼭 선생님 취향의 아파트군요. 여러 모로 수고해 주셔서 고마워요.”

"고맙기는…. 나 선생님께선 너를 보내고 마음이 놓이질 않아 걱정이 많으실 테니 각별히 건강에 유의했으면 좋겠어. 내일부터 일주일에 두 번씩 한국인 아주머니가 올 거야. 먹고 싶은 거 있으면 해달라 하고. 끼니 거르지 마라.”

"이제부턴 제 손으로 해결하며 살아야죠.”

"얼마간은 내가 시키는 대로 해. 그렇지 않으면 내가 마음이 놓이질 않으니까.”

"고마워요 선생님.”

"앞으로는 고맙다는 소리는 하지 말고 그 대신 하루속히 건강해졌으면 좋겠다.”

"네. 명심할게요.”

"퇴근하는 대로 올 테니 그동안 좀 쉬어. 와서 맛있는 저녁 사 줄게. 문은 이중 잠금을 꼭 하고.”

비행기에서부터 머리가 아팠던 진이는 샤워부터 하고 냉장고를 열어보니 과일과 우유, 주스 등이 있어 우유 한 잔을 마셨다. 잠을 청했으나 잠이 오지 않아 어머니가 준 약 한 알을 먹고 나니 괴로웠던 몸이 편안해지더니 잠이 들었다.

전화 벨 소리에 잠이 깬 진이는 비몽사몽 중에 수화기를 들었다.

"진이야! 진이야! 괜찮니?"

"선생님? 저 괜찮은데요. 왜 그러세요?"

"'왜 그러세요.'라니? 그렇게 문을 두드려도 대답이 없어 얼마나 걱정을 했는데."

"그러셨어요? 저 전혀 몰랐었어요. 잠이 깊었었나 봐요. 죄송해요 선생님."

"그래 네가 괜찮다니 다행이다. 저녁 먹으러 가자."

시원한 바람이 있는 강변의 한 식당에 준기와 마주앉은 진이는 낮잠을 잘 자고 나서인지 기분이 좋았다. 그 모습을 바라보는 준기는 행복했다.

"진이가 하루속히 몸과 마음이 회복됐으면 좋겠구나. 아직 나이가 있으니 대학원을 무리해서 급히 끝내려고 하지 말고 네 건강을 봐가며 했으면 좋겠다."

"네. 그럴게요. 선생님이 옆에 계셔서 벌써 마음이 놓여요. 처음 오는 곳인데도 선생님이 계시니까 하나도 두렵지가 않아요."

"여기서는 즐거운 마음으로 공부에만 전념하기 바란다. 내 도움 필요할 땐 연락하고."

"선생님은 왜 아직도 혼자세요?"

"글쎄…."

"기요코 말로는 짐작컨데 선생님은 이미 마음에 간직한 여자가 있는 것 같다고 하던데. 그러신 거예요?"

"글쎄!"

"무슨 대답이 그렇게 싱거우세요? 그 여자가 이렇게 훌륭하신 선생님을 싫다고 할 이유는 없을 것 같은데요."

"싫지는 않은가봐."

"그럼 선생님이 얼른 적극적으로 나가세요."

"글쎄…."

"또 같은 답을 하시네요."

"시간이 걸려야 할 것 같아서 기다리는 중이지."

"누굴까 궁금해요."

준기는 아무 말 없이 엷은 미소를 머금고 진이 얼굴만 응시하고 있었다.

"나와 절친한 친구가 내일 저녁 먹으러 오라고 하는데 같이 갈까? 그 친구 와이프가 음식을 잘해서 주말이면 그 친구 집에 자주들 모이곤 하지."

"저도 가두 돼요?"

"너도 같이 가야 돼. 사실은 너를 환영하는 뜻에서 초청하고 싶다고 했어. 그 와이프도 너와 같은 중고등학교를 나왔어."

"아 ~ 그래요? 어쩌면 제 친구일지도 모르겠네요?"

"진이가 겨우 중학교 들어갔을 때 그 사람은 벌써 대학생이었는데 지금 와서 친구하자고 하면 아마 까무러칠 걸? 놀라게 해 주려거든 저녁이나 다 먹고 해라. 이왕 간 거 저녁은 먹고 와야지!"

진이는 준기 말이 하도 우스워서 푸아~ 하고 웃음을 터뜨리고는 배꼽을 잡았다. 오랜만에 정말 오랜만에 크게 웃어보는 웃음이다.

'그래 진이야 그렇게 마음 놓고 크게 웃어라. 그래서 상처가 빨리 치유됐

으면 좋겠다.'

준기 친구 와이프는 진이를 기쁘게 맞이해 주었다. 어깨가 넓고 키가 큰 미세스 유는 모든 방면에 능력이 있는 아주 똑똑한 여자였다. 간이 잘 맞고 음식도 푸짐하게 차려서 진이는 정말 맛있는 저녁을 먹었다.
"진이 씨가 '65년에 대학을 나왔다면 혹시 이희영이라고 알아요?"
"피아노 전공한 희영이라면 잘 알죠."
"내가 희영이 큰 시누예요."
"그러면 Y 대학에서 날리셨다는 박덕자 선배님이세요?"
"당신이 학교를 오죽 요란하게 다녔으면 새까만 후배까지 다 아는 거요?" 하고 남편이 나선다.
"그게 아니고요. 교장선생님께서 박 선배님 이야기를 가끔 하셨어요. 남학생들 틈에서도 일등만 하신다고요."
"내가 그때는 날렸었는데, 결혼하고는 남편한테 꼭 쥐어서 기를 못 펴고 살고 있잖아요."
"여기서 더 기를 폈다가는 하늘로 날아가겠네."
남편 유정길의 농담에 모두들 웃었다.
정길은 준기의 마음속에 있는 여인이 혹시 진이가 아닐까 하는 생각을 하며, 저렇게 어린 여자를 기다리느라고 한참 좋은 시절을 다 허송세월로 보냈단 말인가 하는 생각을 했다. 하지만, 준기가 후에 역사상 최연소의 주미대사가 된 것으로 봐서는 진이를 기다리는 동안 허송세월만 한 것은 아니었다.

준기의 정성어린 보살핌으로 진이는 정신적으로도, 육체적으로도 치유돼

가고 있다. 그러나 아직도 바짝 마른 진이를 볼 때마다 가슴이 아픈 준기는 어느 날 큰 종이봉투를 하나 들고 진이 아파트를 찾았다.

"이게 뭐예요?"

"길에서 진이를 팔기에 사왔지."

"저를 길에서 팔아요? 미국엔 없는 게 없다더니 정말 신기하네요."

"열어봐."

"이건 말 두 마리잖아요? 하나는 앙상하게 마르고 하나는 윤기가 있고 예뻐요."

"하나는 옛날의 진이 같고 다른 하나는 지금의 진이 같은데 진이는 어느 쪽이 되고 싶어?"

준기가 자신을 얼마나 위하고 염려하는지를 알 수 있는 진이는 감격해서 눈물이 글썽했다.

"선생님이 옆에 계시기 때문에 하루하루를 견뎌 나가는 데 큰 도움이 되고 있어서 늘 고맙게 생각하고 있긴 했어도, 저를 이렇게까지 염려해 주실 줄은 몰랐어요. 제가 선생님한테 너무 큰 짐이 되는 건 아닌지 모르겠어요."

"진이가 뉴욕으로 와 줘서 고맙기만 한데 짐이 되다니? 나는 진이를 남이라고 생각해 본 적이 없어."

"저도 선생님을 남이란 생각이 들지 않아서 마음 놓고 기댔어요. 친 오빠 같이 친 아저씨같이 그렇게요. 그리고 선생님은 제가 이 세상에서 제일 존경하는 분이세요. 그리고 어머니 다음으로 제일 좋아하는 사람이구요."

준기는 진이를 한번 안아주고는 아무 말이 없었다.

그 해 말, 진이는 예쁘게 차리고 준기와 같이 준기의 고등학교 동창 송년

회에 갔다. 유학생들은 진이를 보자 글자 그대로 벌떼같이 모여들었다. 설 자리를 잃은 준기가 겉도는 것을 본 미세스 유는 무리 속으로 파고들어가 큰 소리로 말했다.

"내 동생 예쁘죠? 그런데 어쩌나, 이미 임자가 있답니다."

그리고는 진이 손을 끌고나와 준기 옆에 앉혔다. 준기가 진이를 마음에 두고 있다고 확신한 유정길 내외는 오늘은 무슨 일이 있어도 두 사람 사이에 진전이 있도록 도와주기로 작정을 하고 왔다.

"댄스파티에서는 댄스를 해야지 앉아만 있으면 촌놈 취급받아요. 얼른 나와요."

미세스 유의 성화에 두 사람은 하는 수없이 밴드가 끝날 때까지 춤을 추며 그 밤을 보냈다. 약간의 술기운과 송년파티 분위기는 준기를 로맨틱하게 만들었고, 그래서 진이를 편하게 안아줄 수 있게 되었다. 여자를, 그렇게도 오랫동안 바라보고만 있던 진이를 품에 깊이 안은 준기는 감개무량했다.

"진이 씨. 나는 준기와는 아주 어려서부터 친구라서 우리 둘 사이엔 비밀이란 없어요. 그런데 준기가 대학교 때 한 여자를 마음에 두고부터는 혼자 외로워하고 혼자 괴로워하는 모습을 보였어요. 본인은 말은 안 하지만 나는 눈치로 알 수 있었어요. 그런데 그 여인이, 긴 세월을 마음에 고이 간직하고 있던 여인이 진이 씨라는 걸 짐작으로 알았어요. 내가 한 가지 궁금한 건 왜 준기가 준기답지 않게 진이 씨 주위에서만 맴돌고 있는지예요."

미세스 유가 같이 춤추자고 준기를 끌어낸 후 정길이 작심하고 진지하게 꺼낸 말이다.

"선생님 마음속의 여인이 저일 거라고는 상상도 못 했었기 때문에 제 귀가 의심스럽군요. 상당히 당황스럽네요."

"전혀 눈치를 못 챘었어요?"

"전혀요!"

진이는 가슴이 찡해지며 표현 못 할 감정에 휩싸였다. 갑자기 준기가 가여워서 견딜 수가 없었다. 이 세상에서 가장 존경하고 좋아하는 사람에게 큰 아픔을 준 사람이 바로 진이 자신이었다는 죄책감에 견딜 수가 없었다. 눈물을 보이기 싫은 진이는 조용히 일어나 화장실로 갔다. 국전을 같이 보고 오던 날 진이가 요시를 사랑한다고 했을 때, 준기의 마음이 어땠을까를 생각하니 억장이 무너지는 것만 같았다.

진이를 아파트까지 데려다 준 준기가 조용히 말했다.

"진이, 피곤하지 않으면 얘기 좀 할까?"

"네. 들어오세요. 그렇지 않아도 아주머니가 명절이라고 수정과를 해 주시면서 선생님도 드리라고 했어요."

준기는 진이 얼굴을 한참동안 들여다보고 있었다.

"오늘 내 친구가 했다는 말은 잊어주기 바란다. 그래, 내가 너를 마음에 두고 있었던 거를 이제 와서 숨길 수는 없게 됐지만, 너를 불편하게 해 주고 싶은 마음은 추호도 없어. 그거는 내 진심이야."

"미안해요. 선생님을 아프게 해드려서 정말 미안해요."

"네가 미안해 할 일이 아니지! 그렇게 생각지 마. 앞으로도 부담 없이 나를 대해줬으면 좋겠기에 오늘밤 얘기를 해두는 거야. 늦었으니 쉬도록 해. 잘 자라."

진이는 안타까워 잠을 이룰 수가 없었다. 이런 생각 저런 생각, 많은 생각 끝에 뉴욕을 떠나기로 결심했다.

'선생님이 못 하신다면 내가 선생님을 놔 드려야 해.'

'66년 5월 3일 진이는 음식을 정성껏 차려놓고 손님들을 불렀다. 준기의 생일날이었다. 그 자리에서 진이는 캘리포니아로 가서 석사, 박사과정을 하기로 했다고 말했다. 모두들 깜짝 놀라며 말렸으나, 진이는 모든 입학수속이 이미 끝났다고 했다. 아파트로 돌아온 준기는 진이가 준 생일카드를 읽어 내려갔다.

이 세상에서 가장 존경하는 선생님께,

누구보다도 선생님의 칭찬받기를 가장 원했고, 누구보다도 선생님의 지도와 충고가 가장 좋았고, 누구보다도 선생님의 유머가 가장 멋있었습니다. 그렇게도 아끼고 싶은 분을 슬프게 한 사람이 바로 저라는 걸 알게 됐을 땐 눈앞이 캄캄했어요. 저는 선생님한테 용서 못 받을 배신자예요. 저를 잊으세요. 저 같은 거 잊어버리시고 훌륭한 분 만나세요. 그래서 부디, 부디 행복하세요. 이것이 저의 마지막이고, 또 간절한 부탁입니다.

선생님의 생일을 진심으로 축하드리며….

진이 드림

미술관

바닷가를 거닐고 있는 여인이 왠지 낯설지가 않아 유심히 바라보던 이치로는 웨이터를 불러 그 여인에게 가서 혹시 다나카 이치로라는 사람을 아는지 물어봐 달라고 부탁했다. 돌아온 웨이터가 말했다.

"안다고 하시면서 크게 놀라시는 것 같았습니다. 모시고 올까요?"

"아니. 내가 가야지. 수고했어요."

급히 일어나 여인에게로 걸어 내려간 이치로가 인사를 건넸다.

"정말 오랜만입니다."

"이치로 씨를 여기서 만나게 되다니요? 여기는 어떻게…?"

"일이 있어서 왔습니다."

"이곳 안면도에?"

"네. 정말 반갑습니다. 이곳에 자주 오시나요?"

"오랜만에, 아주 오랜만에 왔어요."

"하고 싶은 말이 많은데 바쁘지 않으시다면 저녁을 같이 했으면 하는데요. 지금 누구와 만나고 있는 중이라 저녁에 진이 씨를 다시 만나고 싶습니다."

"바쁜 일은 없지만…."

"그럼 저녁에 뵙도록 하겠습니다."

이치로와 그렇게 헤어진 다음, 도대체 이치로가 여기서 무슨 일이 있을까 하는 생각을 하며 계속 모래사장을 거닐었다. 진이는 이 바닷가에서 요시와 달콤한 사랑을 나누던 때가 생각나자 갑자기 옛 추억이 잔잔한 파도로 물밀 듯이 밀려왔다. 아득하게, 그리움이 썰물에 모두 밀려 나갔었다고 믿었었는데….

이치로와 마주한 진이가 먼저 물었다.

"여기서 무슨 일을 하세요?"

"작은 미술관을 짓고 있습니다. 장래, 적절한 시기에 초현대식 미술관으로 확장할 계획입니다."

"왜 하필 안면도에 그걸 지으시죠?"

"대지 주인의 부탁으로 우리 회사가 건축과 운영을 맡게 돼서 짓고 있습니다."

"이치로 씨 회사에서 운영까지요?"

"그렇지 않아도 진이 씨와 연락을 하려던 참이었는데 이렇게 우연히 만나다니 아무래도 진이 씨가 이 미술관과 인연은 인연인가 봅니다."

"저에게 연락을요?"

"개관식 때 첫 전시 작가로 진이 씨를 생각하고 있었습니다."

"저를요?"

"17 년 만에 드리는 청이니 꼭 들어주셔야합니다."

"17 년!⋯ 10년이면 강산도 변한다는데⋯."

"미국에서 만났을 때는 진이 씨 건강이 아주 나빠 보여서 제 마음이 많이 아팠었는데, 지금 이렇게 건강한 모습을 보니 정말 보기가 좋습니다. 더 아름다워지시고요."

"그때는 죽지 못해 살았으니 산송장 같았었겠죠. 공부에만 몰두하자는 집념으로 하루하루를 버텨 나갈 때였으니까요."

"진이 씨같이 훌륭한 작가를 꼭 첫 전시 작가로 모시고 싶습니다. 들어주시는 거죠?"

260

"그렇게 띄워주시니 거절하기가 어렵군요. 생각해 보겠습니다."

진이와 저녁식사를 하고 방으로 올라온 이치로는 의자에 깊숙이 앉아 진이와 요시의 묘한 인연을 돌이켜 봤다. 밤새도록 깊은 생각에 잠겼던 이치로는 아침에 수화기를 들어 도쿄 요시의 비서실로 전화를 했다.

"내년 4월 첫 주는 회장님 스케줄을 잡지 말고 비워두게. 회장님께는 내가 따로 얘기할 거니까 자네는 내가 시키는 대로만 하게."

이치로는 그동안 애수에 젖어 허구한 나날을 보내던 요시를 생각해 보았다. 마음을 달래 보려고 오로지 일에만 몰두하여 이렇게 대성공을 하였어도, 마음속 깊이 간직한 진이를 못 잊어하고 있다는 걸 이치로는 알고 있었다.

작품을 모두 갤러리 큐레이터 앞으로 보내고 일주일 후 진이는 안면도로 갔다. 이치로와 개관식 전날 저녁을 같이 하기로 했던 약속을 지키기 위해서였다.

한편, 이치로는 한국에는 결코 오지 않겠다는 요시를 어렵게 설득해 개관식 전날 요시의 자가용 제트기로 함께 한국에 들어왔다. 요시는 진이와 헤어진 후 한국에 여러 사업을 벌려놨어도 전문경영인에게 모두 맡기고 자신은 한국에 오지 않았다. 한국에 오랜만에 오는 요시는 다시 진이 생각에 가슴이 미어지는 것만 같았다. 이 괴로움을 감당키 어려워서 한국에 올 수 없었는지도 모른다.

이치로와 저녁을 약속했던 식당으로 일찌감치 내려간 요시는 바에서 한잔 할까 하다가 피아노가 보이자 그곳으로 걸어가 앉았다. 예전에 진이와 즐겨 듣던 음악들이 생각나자 조용히 한 곡, 한 곡 치기 시작했다.

“나와 만나기로 한 분이 아직 안 오신 것 같군요. 여기서 기다리죠.”

“조금 전에 오셨습니다. 안내해 드리겠습니다.”

웨이터를 따라 식당으로 들어가며 진이가 말을 건넸다.

“피아노 연주가 듣기 좋군요.”

“손님이 치고 계십니다.”

순간 진이는, ‘이 곡은! 혹시 저 손님이?’ 진이는 더 이상 걸을 수가 없었다. 요시에게 다가간 웨이터가 말했다.

“회장님, 약속한 손님이 오셨습니다. 자리로 안내해 드리겠습니다.”

뒤를 돌아본 요시는 진이를 보자 자기 눈을 의심하는 듯했다. 한참동안 진이를 바라보고만 있던 요시는 그 멋있는 걸음으로 서서히 진이에게로 다가왔다. 손끝 하나 움직일 수 없는 진이는 가슴만 마구 뛸 뿐 어떻게 할 수가 없었다.

“진이를 여기서 보게 될 줄은 몰랐어요.”

진이도 무언가 말을 해야 할 것 같은데 목에서 말이 나오지를 않았다. 겨우겨우 온몸에 힘을 주어 혀 위로 밀어낸 한마디가 고작, ‘이치로 씨는?’이었다.

“오늘은 두 분만을 모시라는 다나카 사장님의 부탁이 있었습니다.”

웨이터는 공손히 인사하고 물러갔다.

“앉을까요?”

요시는 진이를 의자에 앉히고 자기도 마주앉았다. 무슨 말을 어디서부터 시작해야 할지를 모르겠는 두 사람은 그렇게 서로 바라만보고 있었다. 진이를 살아생전에 다시 볼 수 있게 된 요시는 너무나 감격스럽기만 했다. 그렇게도 말을 잘하던 진이였는데 왜 말이 없을까?

"잘 지냈어요?"

요시가 먼저 입을 열었다.

"네…."

"내가 행복해야 진이도 행복할 수 있다고 해서 나는 많이 노력했는데, 진이도 행복했어요?"

"네."

진이의 짧은 대답에 요시는 왠지 웃음이 나서 피식하고 웃었다.

"나한테 화났어요?"

"아뇨."

"그럼 왜 그렇게 말을 안 해요?"

"갑자기 말이 만들어지지가 않아서요."

진이다운 꾸밈없는 솔직한 대답에 요시는 다시금 매력을 느끼며 깊은 애정을 느꼈다.

"하는 일은 재미있어요?"

"네."

"결혼은?"

진이는 고개만 살짝 흔들었다. 그리고 요시는 했느냐고 묻는 듯 요시를 올려다봤다.

"아직…!"

요시는 잠시 생각에 잠겼다.

요시의 사업이 커 가면 커 갈수록 많은 여자들이 요시와 가까이 하지 못해 안달을 해도, 집안에서 결혼을 간곡히 권해도, 이치로가 별의 별 소리를 다해도, 요시는 한 치의 틈도 주지를 않았다.

'이치로, 너무 그렇게 애쓰지 마. 나도 사람이니까 언젠가는 한계가 오겠지. 하지만 나 지금 이대로가 좋아. 나 아무 문제없어. 자네가 생각하는 것같이 그렇게 불행하지 않아. 진이에게 그렇게 깊은 상처를 준 내가 무슨 염치로 딴 여자를 마음에 둘 수 있겠나!'

그 말을 들은 지 십여 년이 지났어도 요시의 한계는 보이지를 않았다. 마음속에는 진이뿐이었다.

별다른 대화 없이 저녁을 마치고 방으로 올라온 요시는 마음이 어디에도 집중이 되지를 않아 견딜 수가 없었다. 진이와 헤어진 지 불과 30분도 안 된 것 같은데 벌써 다시 보고 싶다.

개관식 날 요시는 여러 사람들 앞에서 인사말을 했다.

"이 미술관을 여는 것을 계기로 저는 가슴속 깊이 간직하고 있던 특별한 사연을 오늘 발표하고자 합니다. 저는 일본의 한 국민으로 이 자리를 빌려 우리 조상들이 한국에 저지른 여러가지 잘못을 진심으로 속죄하고 싶습니다. 그런 의미에서 일본에 있는 저의 회사 이익의 일부분과 한국에 있는 저의 회사 이익의 전부를 일본군에 의한 강압과 징용으로 고생하신 한국인의 후생과 복지를 위하여 바치겠습니다. 그리고 우리 두 나라의 친선을 도모하는 일을 위해서도 사용하겠습니다. 물론 저의 이런 행동으로 저의 조상들이 완전히 속죄할 수 있다고는 믿지 않습니다. 그러나 이 작은 저의 정성이 보다 더 밝은 장래를 향한 우리 두 나라의 첫 걸음이 될 수 있을 것이라 믿고 싶습니다."

많은 하객과 보도매체들은 기대하지 않았던 스즈끼 회장의 쾌거에 자못 감동하여 웅성거렸다.

손님들이 들어오기 전 요시와 진이만이 먼저 갤러리를 돌아보았다.

요시는 조용히 진이 뒤를 따라 걸을 뿐 서로 대화는 없었다. 그 많은 해 동안 요시는 진이의 작품들을 꾸준히 모으고 있었다는 거를 그날에야 알게 된 진이는 전날보다도 더 말이 나오질 않았다.

몸을 돌려 요시를 바라보는 진이는 마음속으로 말했다.

'저 사람! 저 바보 같은 사람, 왜 나를 버리지 못하고 힘들게 살아왔단 말 인가!'

연민의 마음으로 바라보는 진이에게 요시는 무언으로 답했다.

'진이가 내 가슴속에 충전기로 있었기에 나 여기까지 올 수 있었어요.'

갤러리 관람을 먼저 마친 두 사람은 일찍 호텔로 돌아왔다.

"여기 앉아 뭐 좀 마실까요?"

바닷가를 바라보며 두 사람은 옛날, 옛날에 같이 왔던 때를 생각하고 있었다.

"17 년 전이었죠? 우리가 여기 왔을 때가?"

진이는 고개만 끄덕였다.

1965년 한일 국교정상회담에서 인권을 유린당한 위안부 문제를 완강히 묵살해 버렸던 일본 정부 태도와 비교해 볼 때 요시는 진정 의인다운 의인이 라는 생각에 진이는 깊은 존경심을 느꼈다.

"오늘 요시의 연설은 감동적이었어요."

"이미 15년 전부터 계획했던 일이었어요. 나의 유업, 곧 유언이기도하고요."

"유언?"

"진이 어머님은 안녕하신가요?"

"네. 이번에 같이 오시려고 했었는데, 요즈음 허리가 불편하셔서 못 오셨어요. 그런데 그 미술관요?"

"미술관…?"

"그 미술관 주인이 요시죠?"

"이제부터는 진이가 주인이에요."

장난하지 말라는 듯 진이는 눈을 한번 흘겨줬다.

진이를 바라보며 생각에 잠겼던 요시는 전날 밤에 마음먹었던 대로 이야기를 시작했다.

"그동안 나는 힘은 들었지만 그래도 잘 참아왔었어요. 그런데 앞으로는 참아낼 자신이 없어요. 어젯밤 진이와 헤어지고 얼마 안 되어서 다시 진이가 보고 싶어 견딜 수가 없었어요. 진이가 마지막으로 보낸 편지 나 아직도 기억하고 있어요. 우리가 다시 만나면 그때는 절대로 나를 보내지 않겠다고 했었어요."

"그거는 우리가 하늘나라에서 다시 만났을 때를 뜻하는 거였어요."

"진이와 같이 있는 곳이 곧 나에게는 하늘나라예요. 언제부터인가 나는 내가 진이보다 먼저 가서 웨딩드레스 입고 오는 진이를 맞으리라 생각했었어요. 그래서 카레이스에 출전할 때마다 진이보다 먼저 가는 날이 오늘이 되지는 않을까하는 생각을 하곤 했었어요."

"카레이스요?"

"이제는 거기다 내 운명을 맡길 필요가 없을 것 같아요. 이렇게 진이와 함께 있는 한은…. 이번에 진이 어머님을 꼭 찾아뵙고 싶습니다."

진이는 깊은 생각에 잠겼다. 단 한 명의 의인이 있어도 용서하라고 하지 않았던가! 할아버지께서도 이제는 편한 마음으로 요시를 어여삐 여기지 않으실까 하는 생각도 해 봤다. 용서는 해도 죄의 대가까지 신이 대신하지는 않는다. 신은 죄를 무섭게 벌하신다는 걸 우리는 안다.

"언제 서울로 돌아갈 예정인가요?"

"오늘 오후요."

그 순간 요시는 꿈이 깨지며 산산조각이 되어 발밑으로 와르르 떨어져 수북이 쌓이는 것을 보는 것만 같았다. 다시는 진이와 헤어질 수 없다고 고백을 했음에도 불구하고 아무런 대답 없이 오늘 당장 서울로 가겠다는 진이의 말에 큰 충격을 받았다.

"요시는 언제 일본으로 가세요?"

일본으로 가야할 이유도, 한국에 남아있어야 할 이유도, 더 이상 살아야할 이유도 찾을 수 없는 요시는 아무 말도 할 수가 없었다.

어색하게 묘한 분위기만을 남기고 요시와 헤어진 진이는 혼자 바닷가를 걸으며 많은 생각에 잠겼다. 그 많은 생각에 마음이 복잡하여 시간 가는 줄 모르며 걸었다.

그날 밤 베개에 얼굴을 파묻고 외롭고도, 외로운 기나긴 밤을 겨우 넘긴 요시의 방으로 새벽같이 전화가 왔다.

"내가 너무 일찍 했나요? 바닷가를 같이 걸을 수 있을까 해서요."

"진이?! 어제 안 갔어요?"

요시는 바지를 신는지, 신발을 입는지 정신없이 걸치고 바닷가로 뛰어 내려갔다.

상큼한 새벽공기같이 미소 짓고 있는 진이가 너무나 아름다웠다.

"진이를 한 번 더 볼 수 있게 해줘서 고마워요."

"오늘 요시와 같이 어머니 뵈러 가려고 기다렸어요. 밤 시간이 그렇게도 길더군요."

감격스러운 진이의 말에, 너무나 감격스러운 그 말에 요시는 진이의 두 손을 잡고 감사의 눈길로 바라봤다. 힘을 주어 한 번 안아봤다. 있는 힘을 다해 다시 안았다. 그리고 둘은 손을 잡고 밝아오는 하늘을 바라보며 그렇게 바닷가를 걷기 시작했다.

그 많은 세월, 눈물을 흘리지 않으려고 위를 보고 걸어온 두 사람이다.

"진이! 내가 지금 꿈속을 걷고 있는 건 아니겠죠?"

달콤한 사랑을 속삭이며 장래를 약속했던 그 말들을 고이 간직해온 두 사람에게 '내가 너와 같이 하리라'고 한 언약을 요시의 신은, 진이의 신은 결코 어기지 않았다.